AF221876

…doch Gefühle schweigen
Erzählung nach Tatsachen.
Ein Lebensmosaik dreier Generationen
Autorin
Ursula Menzel

Das Einfügen der Fotos ist ohne die erforderliche Genehmigung erfolgt, da der Fotograf bzw. seine Rechtsnachfolger trotz eingehender Bemühungen nicht eruiert werden konnten.
Hinweise bezüglich der Rechteinhaber werden gerne entgegengenommen.

Inhalt

Prolog

Gibt es eine Antwort auf das Warum einer noch immer nicht ganz bewältigten Vergangenheit? Wer bereitete den Nährboden für den beispiellosen Menschenhass, der in der Massenvernichtung von Juden und nichtarischen Völkern endete? Lag der Ursprung in einem übersteigerten Nationalismus? Waren es die Generation der Kaiserzeit, die ihren Nachkommen ein anmaßendes Deutschtum lehrten? Lag es am schwachen Einfluss einer noch unerfahrenen Demokratie nach dem I. Weltkrieg?

Die bewegte Vergangenheit der Familien Niemeyer, Schneider und Löwenstern vor und während dieser Zeit gäbe uns kaum Anlass zum Nachdenken, läge man sie als „Beiwerk der Geschichte" beiseite.

Die Judenverfolgung während der NS-Zeit riss Familien so genannter Mischehen auseinander. Als Clara Schneider 1930 in zweiter Ehe den jüdischen Mann Siegfried Löwenstern heiratete, nahm das Schicksal der Familie seinen Lauf. Um einer möglichen Deportation zu entkommen, wählten sie die Emigration. So wanderte ein Teil der Familie nach Südamerika aus. Zwei Söhne Günter (17.J.) und Walter (15 J.), blieben in Deutschland. Sie erlebten Krieg und Kriegsgefangenschaft.

Nach 1945 wagten sie den Neuanfang. Alte Wertvorstellungen hatten ihre Gültigkeit verloren.

Als Walter nach fünfundzwanzig Jahren seinem Vater begegnete, schilderte er ihm seinen leidvollen Lebensweg nach der Trennung seiner Eltern. Die Geschichte, wie sie sich im dritten Reich zugetragen hatte, begann weit vor ihrer Zeit, in den Jahren der deutschen Revolution nach dem ersten Weltkrieg. So auch die Geschichte von Günter und Walter, als ihr Vater, Karl Schneider, 1920 nach sechs jähriger Internierung auf Neuseeland in das zerrüttete Deutschland zurückkehrte.

Es ist die Altersklasse der 20er Jahrgänge, die in die revolutionäre Weimarer Zeit hineingeboren wurde. Ihre Jugend prägte der Nationalsozialismus, der ihnen eine verheißungsvolle Zukunft prognostizierte. Wer von den jungen Menschen blickte hinter die Kulissen? Gerade sie erlebte das dunkelste Kapitel unserer Geschichte. Sie war es auch, die unserem Land zum wirtschaftlichen Aufschwung verhalf, um ihren Nachkommen ein Leben in Frieden und Freiheit zu ermöglichen.

Mein Dank gilt meiner Großmutter, die mir einige Anekdoten aus ihrem früheren Leben erzählte, ebenso meinem Vater, dessen Geschwister, und ihren Nachkommen, die mir ihre schicksalshafte Geschichte aus ihrer Sicht berichteten, sowie einem Kollegen meines Vater, der mir Erinnerungen an seine Hagenower Zeit mitteilte. Mein Onkel Walter schilderte mir schriftlich seine Erlebnisse. Besonders ihm, herzlichen Dank. Ebenso danke ich der Bundeswehr-Auskunftstelle, die mir über die Kriegseinsätze meines Vaters Auskunft gab. Ihnen allen meinen verbindlichen Dank, denn ohne ihre Hilfe wäre dieses Buch nicht zustande gekommen.

Respekt vor einer Generation, die Oper einer fatalen Demagogie geworden ist. Möge ihr Schicksal der Nachwelt eine Warnung vor Rassenhass, Ausgrenzung und Diskriminierung sein.

Um die Identität der Protagonisten zu schützen wurden ihre Namen geändert. Sollten dennoch einige identisch sein, so ist das reiner Zufall.

Heirat nicht geplant

Die junge Krankenschwester Clara Niemeyer stand vor dem großen Ankleidespiegel, rückte ihre Haube zurecht und legte ihre weiße Schürze um ihren rundlich gewordenen Leib, den sie seit einigen Wochen in ein Korsett zwängte. Ein letzter kritischer Blick in den Spiegel, ehe sie auf die Station ging. Niemand sollte ihr ansehen, dass sie ein Kind erwartete. Welches Gerücht ginge in ihrem Stadtbezirk um: „Die Niemeyers-Tochter bekommt ein Kind, hat aber keinen Mann." Das durfte auf keinen Fall geschehen, waren doch Niemeyers in ganz Westfalen als biedere und christlich aktive Familie bekannt.

Mit dreiundzwanzig Jahren war Clara im heiratsfähigen Alter, aber die jungen Männer hatte der Krieg verschlungen. Nun war sie schwanger geworden, und der Vater ihres Kindes wusste nichts davon. Waren es Verschlingungen des Schicksals, als sie den Seemann Karl Schneider kennen lernte? Ihr Vater hatte als Mitarbeiter eines bekannten Essener Stahlwerks diesem Mann zu einer Beschäftigung verholfen.

Zu jener Zeit kamen die Arbeitssuchenden scharenweise nach Essen. Das Ruhrgebiet galt auch nach dem Krieg 1918 als das Industriezentrum Deutschlands und zog Tausende an. Wo sonst gab es Hoffnung auf eine Beschäftigung, wenn auch für karges Brot? Das Schicksal der Arbeitslosen teilte auch der junge Seemann Karl Schneider, der nach sechsjähriger Internierung wieder heimatlichen Boden betrat. Während in Europa der Krieg tobte, arbeitete er im fernen Neuseeland auf einer Farm. Doch nach

Kriegsende zog es ihn in ein Land zurück, dessen Existenz in seinen Fundamenten zerrüttet war. Was wusste er auf der anderen Seite der Welt von Deutschland außer, was die Tageszeitungen in ihren Kurzberichten schrieben? Was für eine Vorstellung hatte er von dem, was ihn in seiner Heimat erwartete, als sein Schiff Neuseeland verließ? Karl hatte nur einen Wunsch. Er war Seemann und wollte – ja er musste wieder unter deutscher Flagge anheuern. Doch seine Hoffnungen und Bemühungen zerplatzten wie Seifenblasen. Die deutsche Handelsflotte war nach dem verlorenen Krieg teilweise versenkt, der Rest wurde den Siegermächten zwangsweise überlassen. So wie alle deutschen Seeleute wurde auch Karl Schneider von den heimatlichen Reedereien abgewiesen und auf unbestimmte Zeit vertröstet. Der ehemalige Seemann hegte bessere Erinnerungen an seine Heimat. Dass ihn sein Schicksalsweg ausgerechnet ins Ruhrgebiet führte, widersetzte sich seiner Vorstellung von einem Neuanfang. Aber Karl hatte einen Joker im Ärmel. Er hatte einst das Schlosserhandwerk erlernt. So hoffte er, wie viele seiner Altersgenossen, in Essen Arbeit zu finden. Dabei traf er auf einen gewissen Herrn Niemeyer, der bei seinem Vorgesetzten für den neuen Mitarbeiter ein gutes Wort ein legte.

Es gab noch Arbeit im Stahlwerk. Aber, so paradox es klang, die Arbeitsbeschaffung bestand aus der Vernichtung zahlreicher Arbeitsplätze. Seit der Ratifizierung des Versailler Vertrages begann in einem der bekanntesten Stahlwerke Deutschlands die große Demontage. Was in galoppierendem Tempo in den Jahren 1914 bis 1918 für die Kriegsproduktion gebaut wurde, fiel jetzt dem Abbruch zum Opfer. Panzer, Kanonen, sogar Werkshallen für die Kriegsproduktion wurden demontiert. Für Karl Schneider brachte die Nachkriegsphase für viele Monate eine Chance auf Arbeit.

In der Zeit der Nachkriegswirren sind sich Clara und Karl irgendwo begegnet. Der junge Seemann erinnerte Clara an ihre erste heimliche Jugendliebe, Carl Glitsch. Carl war einige Jahre älter als sie. Damals war sie sechzehn und unsterblich in ihn verliebt. Mutter durfte es niemals erfahren. Ihre Träume und Sehnsüchte vertraute sie ihrem Tagebuch an, das sie verschlossen in einer Kommode aufbewahrte. Sie wusste, Carl Glitsch könne niemals ihr Ehemann werden. Dennoch hätte sie eine Frau an seiner Seite nicht ertragen. So wäre es besser, wenn er ledig bliebe. Carl war der Sohn ihres Onkels Kat´l, Mutters Bruder, ein Cousin ersten Grades.

Carl Glitsch hatte Claras Tagebuch nie gelesen. Er ging in den Krieg, wie es zahllose junge Männer taten.

Und dann - 1916 - kam die schlimme Nachricht. Carl Glitsch war auf dem Schlachtfeld am Heldentod krepiert – für Kaiser und Vaterland. Für Clara war eine Welt eingestürzt. Mit bemerkenswertem Idealismus war Carl für seinen Kaiser in die Schlacht gezogen! Der Kaiser war nach dem verlorenen Krieg nach Holland geflüchtet, doch Carl Glitsch war an der Front geblieben.

Auch für Fritz, einen Studenten hatte Clara kurze Zeit geschwärmt. Doch auch er musste in den Krieg, und seitdem war er ihr nicht mehr begegnet. Doch besagter Karl Schneider war vom Waffengang verschont geblieben. Mochte man es nun Schicksal oder Fügung nennen – Vater hatte ihm eine Arbeit im Stahlwerk verschafft. Und dieser Mann hatte für sie Interesse gezeigt. Noch vor einigen Monaten hatte sie von einem Leben zu zweit geträumt. Wenn Karl sie beim Tanzen fest in seinem Arm hielt, spürte sie seine beschützende Stärke und Überlegenheit. Dieser Mann hatte die Welt gesehen, während sie noch nie über Deutschlands Grenzen hinausgegangen war. Die Bekanntschaft mit dem jungen Seemann rief in Clara Gefühle tiefer Zuneigung hervor. Sie musste die Weichen für ihr Leben stellen, jetzt, ehe es zu spät ist, musste raus aus der Umklammerung ihrer Eltern mit ihrer kleinbürgerlichen Lebenseinstellung. Mit Karl wollte sie das Leben teilen und die bunte Welt draußen kennen lernen. Und an jenem Tag, so glaubte sie, bot sich ihr die Chance einer intimen Beziehung. Und diese musste sie wahrnehmen, ehe er sich einer Anderen zuwandte. Frauen, unverheiratet oder verwitwet, gab es mehr als genug. So verlor Clara ihre Unschuld an einen Mann, dem sie einige Male begegnet war. Es war ihr erstes wunderbares Erlebnis, wobei sie sich einschneidende Veränderungen ihres Lebens erhoffte. Was wusste sie schon von seiner Vergangenheit und über seine Zielsetzungen?

Seitdem war ein halbes Jahr vergangen. Clara war dem jungen Seemann nicht mehr begegnet. Längst hatte der Alltag die junge Krankenschwester eingeholt. In der Krankenanstalt war der Zwölf-Stunden-Arbeitstag zur Normalität geworden. Dabei wurde drei Jahre zuvor die Arbeitszeit auf acht Stunden gekürzt. Jetzt war die Kürzung durch Notverordnung aufgehoben. Darüber hinaus war ab einundzwanzig Uhr Stromsperre. Die Arbeit wurde bei Kerzenlicht fortgesetzt, eine zusätzliche Belastung für Ärzte und Schwestern. Um diese Zeit fanden

Pflichtuntersuchungen bei den Essener Prostituierten statt. Schwester Clara assistierte dem Arzt mit der brennenden Kerze, „Nun gehen Sie schon näher ran damit ich etwas sehen kann", fuhr er die junge Krankenschwester an. Wortlos tat Clara das, was der Arzt verlangte, als die Patientin plötzlich aufschrie und es nach verbrannten Haaren roch.

Seit Kriegsende nahmen die Sterbefälle an Tuberkulose dramatisch zu, kein Wunder bei den miserablen Lebensbedingungen. Wer konnte bei Wassersuppen und Kohlrüben bei Kräften bleiben? Feuchte und dunkle Wohnungen taten ihr Übriges. Was der Krieg nicht geschafft hatte, raffte die Schwindsucht hin. „Das alles verdanken wir dem verdammten Krieg und dem Schand-Diktat von Versailles", pflegte Mutter Friederike zu sagen, wenn irgendwelche Nachkriegsbotschaften an ihre Ohren drangen. Als treue Anhängerin der Monarchie, die es nun nicht mehr gab, konnte sie diese Bemerkung nicht verschweigen. Vor Epidemien der Nachkriegszeit war Familie Niemeyer verschont geblieben. Dafür quälte Clara die ungewollte Schwangerschaft. Seit einem Monat spürte sie Bewegungen in ihrem Leib, den sie nun nicht mehr verstecken konnte. Mit einem unehelichen Kind würde sie in der Gesellschaft für ein „leichtes Mädchen" angesehen.

„Wohin also mit dem Kind, wenn es zur Welt kommt?" Dieser Gedanke quälte Clara wie ein Albtraum. Sollte sie es heimlich weggeben, so tun, als ob nie etwas geschehen wäre? Wem aber sollte sie es geben, ohne dass jemand aus ihrem Verwandten- und Bekanntenkreis Notiz davon nahm? Bis jetzt hatte sie ihre Schwangerschaft vertuschen können, aber künftig wird ihr rundlicher Leib nicht mehr zu verbergen sein. Obwohl sie ihn noch immer in ein festes Korsett presste, war ihr Zustand längst dem Kollegen Doktor Dressler, aufgefallen, der sie daraufhin ansprach. Er war der erste Mensch, dem sie ihr erdrückendes Geheimnis anvertraute.

„Ich bin gutgläubig und leichtsinnig gewesen und dafür wird mich die Gesellschaft mit Verachtung strafen."

„Kennen Sie den Vater Ihres Kindes?"

„Oh ja, wir sind uns einige Male begegnet, aber für eine dauerhafte Beziehung hat es nicht gereicht."

„Haben Sie ihn über die Schwangerschaft informiert?"

„Nein, mit niemandem habe ich bisher darüber gesprochen."

„Auch nicht mit Ihren Eltern?"

Clara schüttelte den Kopf. „Wie kann ich so vor meine Eltern treten, die auf christliche Werte und Tugenden allergrößten Wert legen? Meine gestrenge Mutter hält sich an die gesellschaftliche Ordnung. Ihr Leben verläuft in festen Bahnen. Das gleiche erwartet sie von mir.

Der Arzt legte beruhigend die Hand auf den Unterarm der jungen Krankenschwester.

„Möchten Sie, dass ich mit Ihrer Mutter rede?"

„Wenn Sie das tun wollen, wäre es mir eine große Hilfe."

Durch Claras Aussprache mit Doktor Dressler waren ihre Sorgen zwar nicht weniger geworden, aber sie hatte jetzt einen Vermittler, der ihr keine Vorwürfe machte, sondern mit einem Gespräch bei ihrer Mutter Einsicht erhoffte.

Friederike Niemeyer drückte auf die große Klinke an der schweren Eichentür, die sich knarrend öffnete. Noch immer war es ihr schleierhaft, warum ein Arzt der Klinik, in der ihre Tochter arbeitete, sie um ein Gespräch gebeten hatte. Clara hatte nicht gewagt, ihrer Mutter den Grund dieser Unterredung zu nennen. Die kleine rundliche Frau war zäh im Nehmen. Was hatte sie in den letzten Jahren alles überstanden: die Luftangriffe auf Essen und die chaotischen Zustände der Nachkriegszeit. Nein, so leicht konnte sie nichts mehr erschüttern.

Und jetzt saß sie einem Arzt gegenüber und lauschte gespannt seinen Worten: „Ihre Tochter ist im sechsten Monat schwanger. Wussten Sie das?" Von einem Augenblick auf den anderen glich Friederikes Gesicht einer bleichen Maske und ihre Hände begannen zu zittern. Unter tränenverschleierten Augen flehte sie den Arzt an.

„Das Kind darf nicht auf die Welt kommen. Unsere Familienehre ist ruiniert. Bitte tun Sie etwas, dieses Unheil abzuwenden."

Doktor Dressler lehnte sich in seinem Stuhl zurück. Er brauchte etwas Zeit und innere Ruhe, um dem hysterischen Auftreten von Frau Niemeyer zu begegnen. Dann sagte er fast im Flüsterton: „Frau Niemeyer, Sie wissen doch, dass ein Schwangerschaftsabbruch eine vorsätzliche Tötung ist. Auf Abtreibung steht *Zuchthausstrafe.

*Eine Strafe mit verschärften Haftbedingungen und körperlichen Züchtigungen wurde 1969 in Deutschland abgeschafft

Außerdem ist der Zeitpunkt für einen Schwangerschaftsabbruch weit überschritten. Eine Abtreibung wäre nicht zuletzt für Ihre Tochter mit einem hohen Risiko verbunden."

„Soll das heißen, Sie können nichts mehr tun?"

„So ist es, Frau Niemeyer. Wäre Ihre Tochter innerhalb der ersten zwölf Schwangerschaftswochen zu mir gekommen, hätte ich vielleicht noch etwas unternehmen können. Aber jetzt ist es zu spät."

Friederike Niemeyer saß da, mit geröteten Augen und in sich zusammengesunken.

„Wer kann uns nur helfen?" jammerte sie. „Gibt es keine Lösung, das Unheil in letzter Minute abzuwenden? Käme das Kind erst gar nicht zur Welt, auf keinen Fall in der Krankenanstalt wo Clara beschäftigt ist!"

Friederikes Flehen schien erhört. Im Augenblick tiefster Verzweiflung steckte jemand ihr unauffällig die Adresse einer Geburtshelferin zu.

Diese Hebamme half jedem, der in der Klemme steckte. Das hatte sich in gewissen Kreisen herumgesprochen.

„Es kostet aber eine Kleinigkeit", hörte Friederike eine leise Stimme an ihrem Ohr. Das Opium für eine solche „Behandlung" gab es bei sogenannten „Fliegenden Händlern". Sie liefen zurzeit in Scharen umher und handelten mit allem, was sich zu Geld machen ließ.

„Egal, koste es was es wolle, wenn nur das Problem von uns genommen würde." Friederike zwang ihren Mund zu einem Lächeln.

Als Clara ihrer Hebamme gegenübertrat, beschlich sie ein unheimliches Gefühl. Sie sah, wie ihre Mutter mit dieser Frau tuschelte, eine Handvoll Geldscheine aus ihrer

Handtasche zog und sie der Hebamme reichte. Diese ließ das Geld sofort hinter ihrem breiten Schürzenlatz verschwinden. Clara ahnte Schlimmes. Am liebsten wäre sie jetzt davongelaufen. Die Hebamme führte die werdende Mutter in ein halbdunkles Nebenzimmer. Derartige Entbindungen wurden nicht regulär im Kreißsaal vorgenommen.

„Wenn es soweit ist, dann drücken sie auf den Klingelknopf." Danach verließen ihre Mutter und diese Hebamme den Raum. Clara war allein. Ihre Gefühle waren eine Mischung aus Angst, Wut und Misstrauen.

Wenn auch in Ermangelung der Männer viele Frauen ein Liebesverhältnis mit einer Frau oder einem verheirateten Mann führten, so versteckte man das unter dem Deckmantel „Scheinheiligkeit". Was aber konnte Clara verstecken? Ihre Gedanken wanderten zurück in die Zeit, als sie das Lyzeum besuchte. Einmal hatte sie eine Fünf in einer Mathearbeit bekommen. Solche Noten honorierte Mutter sofort mit dem Teppichklopfer, und Clara hatte ihr hoch und heilig versprechen müssen, nie wieder solche Zensuren nach Hause zu bringen.

„Was hatte Mutter nur mit dieser Hebamme besprochen?" Die Ungewissheit trieb Clara den Angstschweiß auf die Stirn. Sie drückte auf den Klingelknopf. Es dauerte einen Augenblick bis die Geburtshelferin hereinkam. In ihrer weißen Gummischürze sah sie Furcht erregend aus. Mit resoluten Schritten trat sie an Claras Bett.

„Das Kind kann tot auf die Welt kommen oder nach der Geburt für immer friedlich einschlafen", sagte sie und glaubte die werdende Mutter damit zu beruhigen. Die Engelmacherinnen hatten ihre speziellen Methoden.

15

Entweder ließen sie unerwünschte Kinder durch verzögerte Abnabelung als Todgeburt auf die Welt kommen, oder versetzten sie nach der Geburt mit Opium in einen Dauerschlaf.

Clara stockte das Blut in den Adern. „Wer spricht hier von Todgeburt?"

„Das war mit Ihrer Mutter so besprochen. Wussten Sie das nicht Fräulein Niemeyer?"

„Wem steht es zu, über Leben und Tod meines Kindes zu entscheiden?"

„Ich tue nur das, worum mich Ihre Mutter inständig gebeten hatte."

„Meine Mutter?" Clara dachte einen Augenblick nach. Konnte sie zu einer solchen Handlung fähig sein? Vater und Mutter gehörten zu denen, die jeder für eine christliche Familie hielt. „Du sollst nicht töten!" War dieses Gebot in Anbetracht der Moral bedeutungslos geworden? Clara richtete sich im Bett auf. „Meine Mutter, sagen Sie, hat Sie zur Tötung meines Kindes beauftragt? Und Sie haben sich dafür bezahlen lassen? Weder Sie noch meine Mutter haben ein Recht über Leben und Tod meines Kindes zu entscheiden! Die totgeborenen Kinder klagen uns beim Herrgott an. Wissen Sie das nicht?"

Das Gesicht der Geburtshelferin verzog sich zu einem breiten Grinsen. „Wollen Sie ein Kind kriegen, das ohne Vater aufwächst? Können Sie das Ihren Eltern antun?"

„Ich kenne den Vater meines Kindes, und ob es mit oder ohne ihn aufwächst, werde ich allein entscheiden!" Claras Gesicht verzerrte sich plötzlich. Die Presswehen setzten weiteren Diskussionen ein Ende.

16

Clara schenkte einem Sohn das Leben und nannte ihn Wilhelm-Heinrich-Günter – mit Kurznamen Heini. Die Hebamme nabelte den Jungen ab und trug ihn fort. Völlig erschöpft sah Clara ihr nach.

„Was wird mit meinem Kind geschehen? Wird sie es umbringen?" Sie fühlte ihre schweißnassen Haare, ihr von Schweiß durchtränktes Nachthemd. Nach der Entbindung lag sie mit zwanzig Wöchnerinnen im großen Bettensaal. Immer wieder verfolgten sie in dieser Nacht Alpträume, indem sie ihr Kind in Todesängsten schreien hörte.

Am anderen Morgen kam die Kinderschwester herein und legte jeder jungen Mutter ein frisch gewickeltes „Bündel" in den Arm. Clara schlug das Herz bis zum Hals.

„Ist auch mein Kind dabei?" wollte sie fragen, als die Kinderschwester sich zum letzten Mal zur Tür wandte, jedoch ihre Kehle war wie zugeschnürt. „Wo ist mein Kind", dachte sie, „lag es vielleicht schon im Leichenraum? Und wenn ja, würde es wie eine Todgeburt behandelt – ohne Taufe und christliche Beerdigung?" Die Kinderschwester kam noch einmal zurück. Sie trat an Claras Bett und überreichte ihr ihren Sohn. Die junge Mutter legte ihr Kind in ihren Arm. „Ich werde für Dich sorgen, auch ohne Deinen Vater", sagte sie, indem sie dem Kleinen über das Köpfchen strich. Als Clara das Krankenhaus verließ, sollten es alle wissen, dass sie ein Kind zur Welt gebracht hatte. „Möge die Welt darüber denken, was sie wolle!"

Zu Hause betrachtete Friederike den Kleinen. Jetzt, da er seine Augen aufschlug, überkam es sie wie ein eiskalter Schauer. Fast hätte sie dieses kleine unschuldige Wesen umbringen lassen. Das könnte sie jetzt nicht mehr übers

Herz bringen. Doch das Glück war mit einem Wehmutstropfen durchsetzt.

„Wenn er doch nur einen Vater hätte!"

Clara wollte den Vater ihres Kindes nicht nennen. Sie hatte ihn seit jenem Abend nicht mehr gesehen, und an eine Zukunft mit ihm dachte sie schon lange nicht mehr. Vielmehr war sie fest entschlossen, das Kind alleine zu erziehen, wäre nicht ihr Vater gewesen, der jetzt massiv forderte: „Du musst mit diesem Mann reden. Das bist Du Deinem Kind schuldig. Wenn er der Vater ist, dann wirst Du ihn heiraten. Das Kind muss in gesellschaftlicher Ordnung aufwachsen."

Auf den Druck ihrer Eltern hin, nannte Clara den Vater ihres Kindes. „Es ist der junge Schlosser Karl Schneider."

Völlig ahnungslos saß Karl Schneider Herrn Niemeyer am großen Eichentisch gegenüber. Der Mann, der fast die fünfzig erreicht hatte, legte die gefalteten Hände auf den Tisch. Er saß da, mit schütterem Haar, gerade und kantig, im dunklen Anzug mit einem weißen steifen Kragen. Er war ein Mann der alten preußischen Schule. Sein Blick war ernst, jedoch nicht böse.

„Ich habe Sie in einer äußerst heiklen Angelegenheit zu mir gebeten..." Herr Niemeyer sprach mit gedämpfter Stimme, aber seine Worte hatten Gewicht. So nannte er ohne Umschweife die Dinge beim Namen.

„Unsere Tochter hat einen Sohn, und nach ihrer Aussage sind Sie, Herr Schneider, der Vater dieses Kindes. Sie sind sich hoffentlich dieser Verantwortung bewusst." Er machte eine kurze Pause. „Das Kind braucht eine Familie. Als gewissenhafter Mensch haben Sie die Pflicht die

Mutter ihres Kindes zu heiraten. Nur so kann die Familienehre wiederhergestellt werden."

Karl saß da, als hätte ihn jemand an Händen und Füßen gefesselt. Er wollte etwas sagen, aber seine Kehle war wie zugeschnürt. Er spürte, wie ein unsichtbares Netz ihn umspannte, aus dem es kein Entrinnen gab. Sollte, oder konnte er die Vaterschaft abstreiten? Für Karl war es eine Episode gewesen, eine schöne Begegnung, nicht mehr. Sobald es möglich war, wollte er wieder auf einem Schiff anheuern. Sein Zuhause suchte er auf den Weltmeeren. An eine dauerhafte Bindung mit Clara hatte er niemals gedacht.

Insgeheim stellte er sich jedoch die Fragen: „Warum hat mir Clara ihren Zustand nicht mitgeteilt? Wieso stellt man mich erst jetzt vor vollendete Tatsachen?"

Auf das große „Warum" konnte ihm nur Clara antworten, die inzwischen ins Zimmer getreten war. Sie hielt ihren Sohn auf dem Arm. Wilhelm Niemeyer ging hinaus. Er hatte seine Mission erfüllt. Nun lag es an Clara und Karl sich mit der Tatsache auseinander zu setzten. Karl betrachtete den Jungen und blickte Clara lange an. Noch immer konnte er nicht glauben, dass dieses kleine Wesen, das Clara auf ihrem Arm hielt, auch sein Kind war.

„Aber Clara", er legte seine Hände auf ihre Schultern, „warum hast Du mir nie etwas davon gesagt?"

Clara senkte ihren Kopf. „Erinnerst Du Dich an jenen Abend? War es nicht nur ein Strohfeuer das schnell wieder erlosch? Wir hatten uns nach einer wunderbaren Begegnung getrennt. Was blieb, war Erinnerung. Und diese Erinnerung ist heute lebendige Tatsache. Das hatte damals keiner von uns gewollt. Sollte ich Dich zu einer Heirat zwingen?"

„Warum hast Du nicht mit Deiner Mutter gesprochen?"

„Mit meiner Mutter?" Clara wandte sich ab und lachte bitter. „Was meinst Du, warum mich meine Mutter zu einer Hebamme gebracht hatte, bei der unerwünschte Kinder als Totgeburt zur Welt kommen? Niemals hätte ich das mit meinem Gewissen vereinbaren können!"

„Wenn das so ist, dann heiraten wir", entschloss sich Karl spontan. Wenn er der Vater dieses Kindes war, musste er verantwortungsvoll handeln. Eine Unterschrift auf dem Standesamt, ein Jawort in der Kirchengemeinde. So wenig brauchte es, zwei Menschen für´s Leben zu binden, zwei Menschen, die im Grunde eine Heirat nie beabsichtigt hatten. Für Clara und Karl glich der Bund fürs Leben einem Sturzflug ins Unbekannte. Claras Eltern dagegen, konnten endlich wieder aufatmen. Ihre Scham und Bedrückung wich wie eine Gewitterwolke, die nun wieder die Sonne erstrahlen ließ. Als die Brautleute sich gegenseitig ihr Eheversprechen gaben, gestattete die Brautmutter sich ein paar Freudentränen.

Karl hatte auf dem Standesamt die Vaterschaft anerkannt. Die Moral war gerettet, und Friederike erzählte es allen: „Unsere Tochter ist verheiratet und wir haben ein Kind."

Bewährungsprobe

Für Karl Schneider glich die Heirat mit der Niemeyers-Tochter einem Griff in die Wundertüte. Was verband ihn mit Clara? Niemals war es seine Absicht gewesen, sie zu heiraten. Nun aber war er Ehemann und Familienvater. Immer häufiger quälten ihn Zweifel ob er richtig gehandelt hatte als er ungebremst in den Hafen der Ehe gefahren war, und das eines Kindes wegen, dessen Vater er sein sollte. Seine Zukunftspläne waren mit der ungewollten Vaterschaft vereitelt. Schon die Suche nach einer geeigneten Wohnung gestaltete sich schwierig. So wurde das Wohnungsproblem dadurch gelöst, dass Clara und Karl die Wohnung mit Claras Eltern teilten.

Friederike übernahm nun die Mutterrolle einer Großfamilie. Als gelernte Hauswirtschafterin war ihr diese wie auf den Leib geschneidert. Vor allem sorgte sie sich um den kleinen Heini. Dem, von Geburt an hagerem Kind, schenkte sie nun ihre ganze Liebe und Aufmerksamkeit. Sie war es, die nachts aufstand, wenn der Kleine, von Krämpfen geschüttelt, schrie und dabei blau anlief. Stets stand ein Kessel voll Windeln auf dem Herd, und wenn die dicken Tücher in Ermangelung von Brennmaterial nicht schnell genug am Ofen trockneten, lag immer ein Stapel Tageszeitungen bereit, in die Friederike den Kleinen wickelte. Oft stand sie für Milch und Grundnahrungsmittel an, damit ihr Enkel annähernd das bekam, was sein Wachstum förderte. „Der Krieg hat Dir ein schlimmes Erbe hinterlassen", seufzte sie, wenn sie dem Kleinen die

Flasche reichte, „aber Du weißt ja gar nicht, was das ist. Du sollst es niemals erfahren."

„Nie wieder Krieg!" Derartige Parolen renommierten in letzter Zeit überall auf Plakaten und Spruchbändern. Der kleine Heini spürte an wenigsten von der turbulenten Welt um ihn herum. Er wuchs in der Geborgenheit seiner Eltern und Großeltern auf.

Seinem Vater hingegen, wurde es im Zusammenleben mit Frau und Schwiegereltern zunehmend bewusst, auf welch spektakuläres Abenteuer er sich eingelassen hatte. Vor allem war es seine Schwiegermutter, die ihm Respekt einflößte. Sie führte das Zepter, und wenn es zwischen Clara und Karl Auseinandersetzungen gab, ließ sie auf ihre Tochter nichts kommen. Dabei war diese keineswegs das, was Karl sich unter einer Hausfrau vorstellte. In der Küche am Herd stehen hatte sie, als Absolventin einer höheren Töchterschule nicht nötig. Ihre Einstellung zur Hausfrau trieb ihrem Mann oft die Zornesröte ins Gesicht, besonders dann, wenn sie bei Auseinandersetzungen ihn, als Facharbeiter, auf ein niederes Niveau stellte. Was war er, der Sohn eines ehemaligen Gardeoffiziers, weniger als sie? Karl stammte aus Bayern und war neben drei Töchtern der einzige männliche Nachkomme.

Bei der Familie ihres Mannes kehrte Clara, wie so oft, die Dame heraus, die es galt, zu hofieren, was ihr Mann mit Unmut betrachtete. Doch er schwieg dazu, denn eine kritische Bemerkung seiner Frau gegenüber, hätte sofort einen handfesten Krach ausgelöst. Eben diesen wollte Karl seiner Familie ersparen. Es reichte, wenn zuhause ständig Streit war, wobei häufig das Geschirr Opfer heftiger

Auseinandersetzungen wurde. Derartige Konfrontationen folgten in letzter Zeit in kurzen Abständen. Es war die Enge und das Zusammenleben zweier Generationen, das alle Beteiligten psychisch aufs Äußerste belastete.

Bei jedem Krach der jungen Eheleute war Friderike einem Herzanfall nahe, ahnte sie jedoch nichts von dem, was ihr vor der Tür zum Schlafzimmer der jungen Leute verborgen blieb. So heftig sich Clara und Karl stritten, so leidenschaftlich war ihre Liebe und so sonnenklar ihr Bestreben, sich durch räumliche Trennung dem ständigen Einfluss der Eltern zu entziehen. Diese Chance blieb ihnen versagt. Ein besiegter Staat hatte andere Probleme, als ausreichenden Wohnraum für seine Bürger zu schaffen.

Ebenso sehnten sich Claras Eltern nach Ruhe und Familienfrieden. Das aber war im ständigen Zusammenleben zweier Generationen unmöglich. Wie sollte es nur weitergehen? Karl und Clara hatten sich gegenseitige Treue bis an ihr Lebensende versprochen. Ihre Ehe war besiegelt. Als aktives Mitglied seiner Kirche und von seiner Religion überzeugt, hätte sich Claras Vater einer Ehescheidung massiv entgegengestellt. So glaubte er an das Schicksal, welches ihnen irgendwann einen Ausweg aus der Krise zeigen sollte.

Durch seine frühere Arbeit in der Diakonie, und seine Mitarbeit in der Kirche als Posaunenmeister, kannte Wilhelm Niemeyer viele einflussreiche Leute. Zu diesem Kreis zählte ein Mitglied eines weltweit bekannten Familienunternehmens aus Bielefeld. Hier knüpften sich Verbindungen zu einer bekannten Hamburger Reederei. Die Beziehung seines Schwiegervaters sollte für Karl ein Sprungbrett zur späteren beruflichen Karriere werden.

Die Jungfernfahrt des Postdampfers WADAI im September 1922 brachte Karl die Wende. Er spürte wieder Schiffsplanken unter seinen Füßen und dankte dem Schicksal, das ihn von alten Zwängen befreit hatte: Fort

Die „Wadai" am Kai von Teneriffa
Foto aus dem Familienalbum

von dem Essener Stahlwerk, das unter dem wachsenden Druck der Kriegsentschädigung stand, raus aus dem goldenen Käfig der Familie. Karl war wieder ein freier Mensch. Wie in alten Zeiten kreuzte er die Weltmeere von Hamburg nach Kapstadt und in den Indischen Ozean.
Postschiffe waren monatelang unterwegs. Wann immer über Funkspruch ein Auftrag kam, beförderten sie Postgüter von Kontinent zu Kontinent. Schnelligkeit war geboten, denn Mitbewerber gab es mehr als genug. Für die Besatzung war kaum Zeit für Heimaturlaub.

Politische Unruhen an Rhein und Ruhr

Bei Niemeyers war der Familienfrieden wiederhergestellt. Dagegen spitzen sich die politischen Ereignisse im Ruhrgebiet wieder einmal dramatisch zu. Mit Schaudern erinnerte sich Friderike an den Kapp-Putsch vor zwei Jahren, der viele Tote und Verletzte gefordert hatte. Jetzt marschierte französisches und belgisches Militär in den Straßen. Deutschland sei laut Versailler Vertrag mit den Reparationszahlungen im Rückstand, hieß es. Die Narben des Krieges waren noch nicht verblasst. Nun standen wieder Soldaten in langen Mänteln mit Stahlhelm und geschultertem Gewehr auf den Kohlenwaggons. Sie beschlagnahmten Brennmaterial, Lebensmitteltransporte und Lohngelder. Die Reichsregierung Cuno hatte die Arbeiter zu passivem Widerstand aufgerufen. In den Hallen der Fabriken, wo sonst die Maschinen surrten, war es jetzt unheimlich still. Nur der Klang der eigenen Schritte hallte hundertfach wider.

Friederike machte sich an diesem morgen früh auf den Weg zum Einkaufen. Erst gestern hatte sie mit ihrem Mann den Monatslohn im Wäschekorb nach Hause getragen. Jetzt stopfte sie die Einkaufstasche voll Geldscheinc. Sie musste sich beeilen, denn mit jeder Stunde verteuerten sich die Lebensmittel. Wenn gestern noch ein Pfund Butter eine Million Reichsmark gekostet hatte, so zahlte man heute schon ein Vielfaches mehr dafür.

In der Essener Innenstadt traf Friderike auf eine Kolonne Soldaten. Der begleitende Offizier kommandierte etwas auf Französisch wobei er mit exakter Geste auf die Fahrbahn wies. Friederike dachte nicht daran, der Truppe auszuweichen. Ihren Kopf geradeaus gerichtet, ging sie auf die Truppe zu und mitten hindurch. „Was kümmert mich das Besatzungsrecht!" schoss es ihr durch den Kopf. Sie war im Grunde ihres Herzens noch immer eine Verehrerin des Kaisers. „Niemals werde ich mich Euren schmachvollen Forderungen beugen", dachte sie, als sie unerwartet einen heftigen Stoß im Rücken spürte. Einer der Soldaten hatte sie mit dem Säbelknauf verletzt. Die Verletzung war nicht lebensgefährlich, aber Friederike musste den Zwischenfall ernst nehmen. Die Mittfünfzigerin war noch nie zimperlich gewesen. Schwäche zeigen? Jetzt erst recht nicht! Sie ging weiter und tat so, als wäre nichts geschehen.

Am Morgen des 31. März 1923 heulten die Sirenen. In der Gussstahlfabrik waren Schüsse gefallen. Soldaten hatten in die Menge der Arbeiter geschossen, die aus Protest gegen die Beschlagnahme ihre Arbeit niedergelegt hatten. Auf dem Boden lag das Blut von dreizehn Toten und zahlreichen Verletzten. Das Massaker machte wieder einmal Schlagzeilen.

Bei Niemeyers läutete es derweil an der Haustür. Als Friederike öffnete, sah sie sich drei französischen Soldaten mit vorgehaltenem Gewehr gegenüber. Wortlos stießen sie die rundliche Frau zur Seite und drangen in ihre Wohnung ein. Sie durchstöberten jedes Zimmer, zogen die Vorhänge beiseite, warfen die Bettdecken herunter, öffneten die Kleiderschränke und warfen die Kleidungsstücke hinaus. Friederikes Gesicht verfinsterte sich. „Darf ich fragen was Sie suchen?"

„Wo ist Fritz, junger Mann - Student?"

„Ich kenne keinen Studenten."

Einer der Soldaten lud das Gewehr durch.

„Wo Du ihn versteckt?"

Friederike erinnerte sich an einen früheren Freund ihrer Tochter. „Hier ist niemand", konterte sie. „Und wenn Sie mich erschießen, bei mir finden Sie ihn nicht." Die Franzosen mussten wieder gehen. Ihre Schritte verhallten in einer Seitenstraße.

„Diese Unholde", schimpfte Friederike, und machte sich daran, wieder Ordnung zu schaffen, „erst geben sie uns die Schuld am Krieg, dann bringen sie hier alles durcheinander."

Während Clara ihrer Mutter beim Aufräumen half, tauchten alte Erinnerungen auf. Sie war im neunten Monat schwanger, und zum ersten Mal hörte sie wieder den Namen ihres Verflossenen. Während seiner Studentenzeit war er oft bei Niemeyers ein- und ausgegangen, und das war in der Nachbarschaft bekannt. Irgendjemand musste den Franzosen einen Tipp gegeben haben. Wie konnte es anders sein, dass sie ihn ausgerechnet hier suchten?

„Wenn Fritz in Essen ist, muss ich ihn finden. Ich muss ihn warnen, bevor die Franzosen ihn festnehmen. Warum nur, suchen sie ihn? Hatte er etwas mit der Widerstandsbewegung zu tun?" Die Französische Besatzung spürte nach Anhängern Albert Schlagethers, die Sabotage- und Sprengstoffanschläge gegen die Besatzungstruppen verübten. Solche Anschläge hatten in den letzten Wochen massiv zugenommen. Schlagether war mit anderen Saboteuren bereits zum Tode verurteilt. Seiner Bewegung gehörte auch Fritz an.

„Hilfst Du mir, Fritz zu suchen?"

Friederike horchte erschrocken auf. „Weißt Du wie gefährlich das ist?"

„Das ist mir egal. Vielleicht ist Fritz in Lebensgefahr."

„Warum willst Du Dein Leben für einen Mann aufs Spiel setzten, mit dem Dich nichts mehr verbindet? Du bist doch mit Karl verheiratet"

„Karl! Was habe ich von Karl? Er ist auf den Weltmeeren zu Hause, und ich erwarte in Kürze das zweite Kind von ihm."

„Nun gut, wenn es Dich beruhigt, dann suchen wir morgen Deinen Freund gemeinsam." Niemals hätte Friederike geduldet, dass ihre Tochter allein, und in hochschwangerem Zustand durch die Straßen von Essen irrte, noch dazu nach einem Revolutionär suchte. So fuhr sie am nächsten Morgen mit ihrer Tochter durch die ganze Stadt, aber besagter Fritz blieb verschwunden. Niemand wusste etwas von ihm.

„Vielleicht haben die Franzosen ihn erschossen. Dann finden wir ihn in einem der Leichenhäuser." Also ging Clara mit ihrer Mutter durch die weiß gekachelten Gänge der Leichenhäuser, aber auch hier war Fritz nicht aufgebahrt.

„Haben Sie in den letzten Tagen den Studenten Fritz Lange bestattet?" fragte Clara bei der Friedhofsverwaltung.

„Fritz Lange? Unter den Bestatteten ist er nicht." Also musste er noch am Leben sein. Wo aber, sollte sie ihn dann suchen?

Bei Clara setzten die Wehen ein. Vater Niemeyer ließ nach der Hebamme rufen. Es war am Morgen des 10. April 1923, der Tag, an dem die dreizehn Arbeiter der Gussstahlfabrik beigesetzt wurden. Die Öffentlichkeit verherrlichte sie als Märtyrer. Clara quälte ein schrecklicher Gedanke: „Sollte Fritz unter denen sein, die heute auf dem Friedhof ihre letzte Ruhe fanden, oder wartete er im Gefängnis auf seine Hinrichtung?" Was immer auch mit Fritz geschehen wird, Clara konnte es nicht verhindern. Jetzt bekam sie ein Kind, dessen Vater irgendwo zwischen Afrika und Südamerika unterwegs war. Ja, sie war mit Karl verheiratet. Nach all den Wirrnissen wurde es ihr wieder bewusst. Während die Hebamme den Jungen abnabelte, dachte Clara bei sich: „Wie schön, wenn Karl jetzt hier wäre." Sie legte den kleinen Walter in ihren Arm. „Du siehst deinem Vater sehr ähnlich", sagte sie mit leichtem Lächeln, und mit einem Seufzer fügte sie hinzu „vielleicht werden wir irgendwann doch noch eine richtige Familie sein."

Auch Walter wurde in eine Zeit hinein geboren, die von Hunger und Revolution zerrüttet, alles andere als hoffnungsvoll war. Wie sollte ein zweites Kind gedeihen, wo das ausgehungerte Volk vor Plünderungen der Lebensmittelgeschäfte und vor Ausschreitungen nicht zurückschreckte? Clara hatte nun zwei Kinder, und die sollten trotz aller Entbehrungen möglichst das bekommen, was sie zum Wachstum brauchten. Dafür machte sich wieder einmal Friederike stark. Die Zeiten der Not forderten ihr ganzes Improvisationstalent.

Das Ende des Ruhrkampfes
und eine Wende bei Familie Niemeyer

Der passive Widerstand gegen die Ruhrbesetzung hatte Deutschland ins wirtschaftliche Chaos und Reichskanzler Cuno zum Rücktritt gezwungen. Dessen Nachfolger, Gustav Stresemann, gelang im September 1923 die Beendigung der Ruhrkrise. Die Regierung Stresemanns brachte Hoffnung auf bessere Zeiten. Die Rentenmark besiegelte das Ende der Inflation und gab der Wirtschaft neuen Antrieb. Die Reparationszahlungen wurden neu geregelt, und die Aussöhnung mit den Alliierten befreite Deutschland aus der Isolation. Auch für Familie Niemeyer kehrten wieder normale Verhältnisse ein. Nach den Zeiten der Unruhen und Entbehrung genossen sie mit ihrer Tochter und den beiden Enkelkindern die sonntäglichen Spaziergänge im Park. Für einen Augenblick fühlte sich Clara in die Zeit ihrer Jugend zurückversetzt, als plötzlich ein junger Mann vor ihr erschien. Clara traute ihren Augen nicht.
„Fritz – Mensch Fritz! Wo hast Du die ganze Zeit gesteckt? Wenn Du gewusst hättest, wieviel Angst ich um Dich ausgestanden hatte als die Franzosen Dich damals..."
„Das ist vorbei", fiel Fritz ihr ins Wort. Er war nicht mehr derjenige, den Clara als junges Mädchen verehrt hatte. Über seinen Aufenthalt während des Ruhrkampfes wollte Fritz nicht reden. Clara konnte ihre gemeinsame Vergangenheit nicht mehr zurückholen. Die politischen Ereignisse hatten auch sein Leben verändert.

Günter feierte an diesem 23. Oktober 1923 seinen zweiten Geburtstag. Seine Augen leuchteten wie die zwei Kerzen auf dem Kuchen, den Oma gebacken hatte, als er zu seinem bunten Holzpferdchen griff. Friederike nahm ihren Enkel auf den Arm und sang ihm ein Geburtstagslied. Sie trat mit ihm ans Fenster. Draußen wirbelte der Herbstwind rote, braune und gelbe Blätter durch die Luft, die sich zu einem bunten Rasenteppich zusammenfügten. „Wenn die Blätter fallen ist Weihnachten nicht mehr weit, dann kommt das Christkind", sagte sie nachdenklich.

Doch schon im November versetzte ein neuer Putsch Deutschland in Angst und Schrecken. Hitler und seine Gefolgsleute wollten an die Macht. Der Aufstand endete blutig vor der Feldherrnhalle in München.

Wilhelm Niemeyer war an diesem Morgen in seine Zeitung vertieft, die er immer nach dem Frühstück las. „Sieh Dir das an, die bayerische Landespolizei hat den Hitler-Putsch in München vor der Feldherrnhalle zerschlagen. Hitler geht nach Landsberg ins Gefängnis. Er kann uns nicht gefährlich werden. Hier steht es schwarz auf weiß." Friederike schob ihre Kaffeetasse beiseite. „Lass mich mal sehen." Sie schlug die Zeitung auf und schüttelte den Kopf. „Kapp-Putsch, Hitler-Putsch – wann kehren wieder geordnete Verhältnisse in unser Land?"

„Beruhige Dich Riekchen, irgendwann werden bessere Zeiten kommen. Ein Revolutionär aber, wie Adolf Hitler, wird die Welt nicht zum besseren verändern. Er ist dort, wohin er gehört."

Friederike faltete die Zeitung zusammen. „Ach Wilhelm, wie schön wäre es, wenn Du Recht behieltest!"

Clara verlässt ihre Heimatstadt Essen

Mit der Zeit wurde es Clara mehr und mehr bewusst, dass das Leben mit Karl, der Monate lang in der Fremde lebte, gründlich ihren Vorstellungen von einem Familienleben widersprach. Diesen Zustand wollte sie nicht länger hinnehmen. Ein Brief von Karl veranlasste sie zu einer spontanen Entscheidung.

„Auf den Vorschlag meiner Vorgesetzten besuche ich zurzeit die Ingenieur-Schule für Schiffsingenieure in Hamburg." Diese Zeilen weckten in Clara den spontanen Entschluss, ihre Heimatstadt Essen endgültig zu verlassen. Wenn sie mit Karl verheiratet war, dann musste sie ihm folgen. Da half es nicht, wenn Friederike unter Tränen ihr den Vorwurf machte: „Alles habe ich für Euch getan. Jetzt gehst Du und nimmst auch die Kinder mit."

Für Friederike und ihren Mann war es ein bitterer Abschied, wenngleich sie den Anspruch ihrer Tochter auf ein eigenes Leben nicht verwehren konnten. Clara verließ ihre Eltern und ihre Heimatstadt Essen und nahm unvermittelt den Zug nach Hamburg. Es gehörte zu ihrem Wesen, spontane Ideen zügig in die Tat umzusetzen.

Karl wunderte sich, als plötzlich seine Frau mit Günter und Walter vor seiner Tür stand.

„Du hättest Eure Stippvisite vorher ankündigen sollen. Dass ich unter der Woche viel lernen muss, habe ich Dir im letzten Brief mitgeteilt. Es wäre besser, Ihr hättet Euren Besuch auf das Wochenende verschoben."

„Besuch? – Du sprichst von Besuch; ich bin Deine Frau und will hier in Hamburg mit Dir leben. Du selbst hast einmal gesagt: „Wir sind nun Mann und Frau". Und jetzt bin ich hier."

„Hast Du Dir überlegt, wie wir in dieser Mansarde mit zwei Kindern zurechtkommen sollen? Ich muss viel lernen und dazu brauche ich Zeit und Ruhe."

„Dann kümmere Dich um eine größere Wohnung. Zurück nach Essen gehe ich nicht mehr." Wenn Clara sich etwas in den Kopf gesetzt hatte, kannte sie keine Kompromisse. Es waren glückliche Umstände, die das Wohnungsproblem für Familie Schneider lösten. Sie bezog eine typische Hamburger Altbauwohnung in der Wendenstraße, die im vierten Stock lag.

Während Karl die Ingenieurakademie besuchte, bemühte sich Clara als gute Hausfrau. Es wäre doch gelacht, wenn sie nicht Schellfisch mit Salzkartoffeln auf den Tisch brächte! Als Karl nach Hause kam, war der Tisch gedeckt. Neugierig beugte er sich über den Fisch, rümpfte aber sogleich die Nase.

„Was hast Du gegen Schellfisch? Du hast ihn doch auch bei meinen Eltern gegessen." Karl nahm einen Bissen in den Mund und spie ihn gleich wieder aus.

„Zum Donnerwetter, das Zeug soll ich essen?"

„Ich habe den Fisch nach einem Rezept meiner Mutter gekocht", verteidigte sich Clara. Karl lachte laut. „Im Gegensatz zu Dir ist Deine Mutter eine Meisterin in der Küche." Die verbalen Pfeile trafen ins Schwarze und der handfeste Ehekrach war unausweichlich. Puterrot vor Zorn nahm Clara den Fisch und warf ihn in den Mülleimer.

„Dann gibt es heute Mittag eben nur Salzkartoffeln." Salzkartoffeln mit etwas Fischbrühe, ein karges Mahl, das

Karl mit Todesverachtung hinunter zwang. Clara beobachtete, wie auch Heini mürrisch mit der Gabel zwischen den Kartoffeln herumstocherte, und insgeheim musste sie sich eingestehen: „Mutters Schellfisch hatte besser geschmeckt. Was habe ich nur falsch gemacht", überlegte sie. „Ach ja, ich hätte den Fisch entschuppen, ausnehmen und säubern sollen, bevor ich ihn in den Kochtopf legte." Was das Kochen betraf, so blieb aufgrund des geringen Einkommens wenig Spielraum für Abwechslung. Also brachte Clara außer Fisch, Erbsensuppe mit Kleinfleisch (Ohren, Pfötchen und Schwänzchen vom Schwein) auf den Tisch. Irgendwann war dann Karl von der regelmäßigen Erbsensuppe gründlich gesättigt.

„Kannst Du nichts anderes kochen", fragte er wütend, griff nach dem Topf mit der Erbsensuppe, die dann mit vernehmlichem Knall auf dem Boden landete. Sogleich holte Clara die Zeichenmappe ihres Mannes.

„Wenn Dir meine Erbsensuppe nicht passt, dann gefallen auch mir Deine Zeichnungen für deine Examensarbeit nicht", schleuderte sie ihrem Mann entgegen, der fassungslos dastand und mit Tränen verschleierten Augen zusah, wie eine Zeichnung nach der anderen in der Erbsensuppe versank. Clara war unberechenbar, und Karl durfte alles noch einmal zeichnen, eine Arbeit, die bis tief in die Nacht hinein dauerte. Das war ein deftiger Denkzettel. Nie wieder sollte Karl an Claras Kochkünsten herummäkeln.

Das Studium und das Zusammenleben mit Frau und Kindern, dazu die ständigen Streitereien zerrten Karl an den Nerven. Er sehnte den Tag herbei, wo er nach dem Semester wieder für drei Monate auf einem Schiff fahren durfte. Trotz aller Querelen bestand er sein Examen, und als er danach als dritter Ingenieur wieder zur See fuhr, kam Tochter Hannelore zur Welt.

So sehr sich Clara ein normales Familienleben wünschte, teilte sie doch das Schicksal der Frauen, die mit einem Seemann verheiratet waren. Ihre Ehe war ein Zwischenspiel, und sie genoss mit ihren Kindern die Augenblicke, wenn ihr Mann auf Landurlaub nach Hause kam. Dann standen alle am Afrika-Dock und sahen erwartungsvoll dem Dampfer entgegen, der soeben eingeschleppt wurde. Heini, der mittlerweile zur Schule ging, las die großen schwarzen Buchstaben an der weißen Bug-Wand: U-BE-NA. „Das ist Vatis Schiff!" rief er aus und hüpfte dabei ein paar Mal auf der Stelle. Die Kinder konnten es kaum erwarten, bis ihr Vater von Bord kam. Karl hob seine drei Sprösslinge, Heini, Walter und die kleine Hannelore auf den Arm und rief erstaunt: „Kinder, seid Ihr groß geworden!" Dann schloss er seine Frau in die Arme. „Wie schön, wieder daheim zu sein, Clara." Es waren die schönsten Augenblicke in ihrer Ehe. Karl hatte kleine Geschenke aus Afrika im Gepäck. Meistens waren es Figuren aus Ebenholz, von Einheimischen geschnitzt. Einmal hatte er einen bunten Papagei mitgebracht, der immer wieder lautstark seinen Namen „Lora, Lora" rief. Warum dann Lora eines Tages starb, blieb ein Rätsel. „Sie ist an der Papageienkrankheit gestorben", erklärte Clara ihren beiden Ältesten. Was es mit dieser Krankheit auf sich hatte, war auch ihr schleierhaft.
Diesmal hatte Karl eine große Neuigkeit im Reisegepäck, die das Leben der ganzen Familie verändern sollte.

Im Wohnzimmer duftete es nach frischen Kaffee und Apfelkuchen. „Dein Lieblingskuchen, ich habe ihn heute Morgen gebacken. Er ist noch etwas warm." Clara legte ihrem Mann ein Stück auf den Teller. Sie hatte aus aktuellem Anlass das feine Porzellan mit dem Rosenmuster gedeckt.

„Das ist lieb von Dir. Dein Apfelkuchen ist eine Delikatesse", lobte Karl seine Frau.

„Nicht wahr? Ist ja auch Mutters Rezept."

Die Heimkehr musste gefeiert werden, denn viel zu schnell verging der Landurlaub und dann war Clara mit den Kindern wieder wochenlang allein.

„Wir werden auf Dauer nicht in Hamburg bleiben können", erklärte Karl seiner Familie. Clara, die gerade Kaffee einschenkten wollte, setzte die Kaffeekanne wieder ab.

„Wie meinst Du das?"

„Die Werftleitung bot mir einen Posten als Ingenieur in Douala an, und zwar zunächst für ein Jahr zur Probe. Wenn ich dieses Probejahr bestehe, ist eine Festeinstellung als leitender Ingenieur sicher. Dann hole ich Euch nach Afrika, und wir müssen nicht mehr wochenlang getrennt sein."

„Wir ziehen nach Afrika dort, wo die Löwen sind?" Heini blieb vor Verwunderung der Mund offenstehen, und Walters dunkle Augen wirkten auf einmal wie Wagenräder.

„Dann sind wir für immer zusammen?"

„Ja, Clara. Dann sind wir endlich eine Familie." Er schloss seine Frau in die Arme. „Das Jahr der Trennung müssen wir überbrücken. Das wird nicht leicht sein, aber wenn wir beide stark sind, werden wir es schaffen."

Clara erinnerte sich an den Moment, als sie und Karl sich zum ersten Mal geliebt hatten. „Diesem Mann folge ich bis ans Ende der Welt." Nun wurde dieser Traum Wirklichkeit. „Ja, ich gehe mit Dir nach Afrika." Es war Claras unerschütterlicher Entschluss. Dazwischen aber lag ein Jahr der Trennung - ein ganzes langes Jahr.

Eine lebensfrohe Strohwitwe

Clara hatte Kaffee aufgebrüht. Sie stellte ihr Kaffeegeschirr mit dem Rosenmuster auf das kleine Tablett und begab sich ins Wohnzimmer. Diese morgendliche Stunde gehörte ihr allein, während Heini und Walter die Schulbank drückten und die kleine Hannelore noch fest schlief. Clara liebte es, wenn morgens der Kaffeeduft durch die Wohnung strich. Während sie so vor sich hinträumend ihren Kaffee genoss, rappelte es am Briefschlitz.

Im Korridor lagen einige Briefe, darunter auch einer von Karl, der seit einigen Monaten in Kamerun lebte. Diesmal lagen einige Fotos dabei. Die Bilder zeigten den Hafen, als den modernsten Umschlagplatz des Landes. Auf dem Basar boten die Einheimischen ihre Waren an. Souvenirs afrikanischer Kunst, wie Karl sie früher von seinen Reisen mitgebracht hatte.

Auf einem anderen Foto postierten sich einige barbusige Frauen des Bantu-Stammes vor einer Lehmhütte. Eine von ihnen trug ein Baby auf dem Arm. Auch das ist Afrika. Die Bilder sollten Clara einen Einblick in ein Land vermittelten, das ihr noch unbekannt war. Doch weder Karl noch Clara ahnten zu diesem Zeitpunkt, welch fatale Bedeutung dieses Foto später für ihre Ehe haben sollte.

Clara las den Brief, indem Karl vorwiegend über seine Arbeit schrieb. Dabei geriet sie ins Grübeln. Interessierte ihn überhaupt noch seine Familie in Deutschland? Clara war fest entschlossen, sich die Zeit der Abwesenheit ihres Mannes so angenehm wie möglich zu gestalten. Was spräche dagegen, wenn sie nachmittags in ein Café ginge oder abends eine Tanzveranstaltung besuchte?

An diesem Nachmittag fuhr sie mit ihren Kindern zu Hagenbecks Tierpark. Heini und Walter liebten den Zoo. Sie konnten sich an den Löwen, Zebras, Flusspferden und Elefanten nicht satt sehen. Der kleinen Hannelore hatten es die lustigen Affen angetan. Jeder Zoobesuch beflügelte die kindliche Phantasie über das Leben im fernen Afrika, das demnächst ihre neue Heimat werden sollte. Besonders für Heini und Walter steckte dieses Land voller Geheimnisse und Abenteuer.

„In Afrika stehen die Löwen, Elefanten und Zebras nicht hinter Gittern", erklärte Clara ihren Kindern, „dort leben sie in freier Natur."

Heini und Walter vermissten die Augenblicke, wo sie mit ihrer Mutter im Hafen am Afrika-Dock standen und mit innerer Erregung und Wiedersehensfreude ihren Vater erwarteten. Stattdessen durften sie ihre Mutter zum großen Wöhrmann-Haus begleiten, wenn sie die Heuer abholte, und als Besonderheit der Kassierer ihnen ein Stückchen Schokolade schenkte.

Während Clara tagsüber mit ihrem Haushalt und den Kindern beschäftigt war, genoss sie ab und an in den Abendstunden das kulturelle Leben. Kino, Konzert, Theater, Tanz und Varieté, eine Stadt wie Hamburg bietet reichlich Abwechslung. Auch ihre Kinder sollten, was Kultur betraf, nicht zu kurz kommen. Gerne hätte sie ihre Kunst orientierte Lebensfreude mit Karl geteilt! Der aber zeigte dafür wenig Interesse, was sie immer bedauert hatte. Ihr Mann war ein Abenteurer, der eigentlich gar nicht so recht in ihre Welt passte. Vielleicht fuhr er jetzt irgendwo mit seinem Motorrad auf den staubigen Straßen Kameruns, vorbei an Eingeborenenhütten. Vielleicht führte er das Leben eines Kolonialisten, dessen farbige Bedienstete ihm die Schuhe putzten – wer weiß...

Wer sollte es Clara übel nehmen, wenn sie zuweilen ein Tanzlokal besuchte? Schließlich war sie in festen Händen, und das musste jeder Mann respektieren.
Der „Trichter" auf der Reeperbahn war die Adresse namhafter Künstler. Heute stand der Kuben-Kosaken-Chor mit „Mischa Rachmaninow" auf dem Programm. In früheren Zeiten waren Tanz und Musik Claras schönstes Hobby gewesen. Seit ihrer Heirat mit Karl war diese Leidenschaft in den Hintergrund geraten. Nun aber, war ihre Musik-Begeisterung wieder zum Leben erweckt.
Am gegenüberliegenden Tisch beobachtete sie zwei junge Männer, die in feucht-fröhlicher Laune sich unterhielten und vermutlich sich über den Dirigenten lustig machten.

Einer von ihnen war ziemlich beleibt, dem anderen fehlte der rechte Arm.

Ein zusammengeknülltes Stück Papier landete plötzlich auf ihrem Tisch. Der „Dicke" hatte es geworfen. Die beiden Männer sahen zu Clara hinüber, während der „Dicke" dem „Einarmigen" etwas zuflüsterte. Clara hielt es nicht gerade für einen Zufall, als der „Einarmige" daraufhin an ihren Tisch trat.

„Verzeihen Sie vielmals, meine Dame. Das, was mein Kollege geworfen hat, sollte eine Botschaft an den Dirigenten sein. Verzeihen Sie bitte!" Diskret nahm er das zerknüllte Papier vom Tisch und ließ es in der Jackentasche seines dunkelblauen Nadelstreifenanzugs verschwinden.

„Kennen Sie den Herrn Kapellmeister?" Clara stellte die Frage nicht ohne Grund.

„Er ist mein Freund sowie der Herr drüben am Tisch." Der junge Mann zeigte auf den „Dicken".

„Würden Sie mich dem Herrn vorstellen?"

„Dem Herrn an meinem Tisch?"

„Nein, dem Maestro. Wie war doch sein Name? Ach ja, Mischa Rachmaninow."

„Gerne, meine Dame. Darf ich Sie zuerst um den nächsten Tanz bitten? Aber verzeihen Sie, ich habe mich noch gar nicht vorgestellt. Mein Name ist - Löwenstern."

Erstaunt stellte Clara fest: „Dieser Mensch besitzt Charme." Sein brünetter Teint, und sein schwarzes, korrekt zur Seite gekämmtes Haar erweckten den Eindruck eines Südländers. Er besaß das, was einen Gentleman auszeichnete. Wieder einmal spürte Clara die berühmten Schmetterlinge im Bauch. Elegant schwebte der Einarmige mit ihr übers Parkett. Seine dunkelbraunen Augen glitten über ihr Gesicht und hafteten an dem großen Kreuz aus Elfenbein, das ihr tiefes Dekolleté schmückte.

Herr Löwenstern machte sie mit seinem Freund Mischa Rachmaninow bekannt. Mischa Rachmaninow - schon der Name klang großartig, fast so wie „Romanow". Clara fühlte sich in Künstlerkreise gehoben. Das war ihre Welt! Der Trichter wurde zu ihrem Stammlokal. Mit Siegfried Löwenstern verbrachte sie wunderbare Stunden. Er war einfühlsam und schmeichelhaft. Außerdem zeigte sich dieser Mann spendabel. Eine Tasse Kaffee, ein Stückchen Torte, ein Glas Champagner an der Bar. Es imponierte ihn, wenn eine Frau mit flüchtigem Blick seine gefüllte Brieftasche streifte. „Man(n) hat Geld". Clara erfüllte es mit Stolz, wenn ihr neuer Verehrer sie in seinem Adler Cabrio nach Hause fuhr. Sie genoss es, wenn er von außen die Beifahrertür öffnete, sanft ihren Arm umfasste und mit einem warmen Lächeln ihr beim Aussteigen half. Er hatte so etwas Bezauberndes, etwas Unwiderstehliches. Solche Augenblicke riefen ihr die Worte ihrer Mutter ins Gedächtnis:

„Du gehörst nicht in die Gesellschaft eines Arbeiters, mein Kind." Wieder musste Clara für sich erkennen: „Ich bin zu etwas „Besserem" geboren."

Was ihre neue Beziehung betraf, so hüllte sie sich ihren Eltern gegenüber ins Schweigen. Seit ihrer Abreise aus Essen pflegte sie zu ihnen spärlichen Kontakt.

Ein Leben in Bescheidenheit

Wilhelm Niemeyer war mit sechzig Jahren, fünf Jahre vor seiner beruflichen Altersgrenze, aus dem Arbeitsleben ausgeschieden. Seine Entlassung kam unerwartet. Kurz zuvor hatte er eine Flasche Wein geöffnet und mit Friederike auf seine bevorstehende Beförderung angestoßen, was den Aufstieg in eine höhere Gehaltsklasse bedeutete. Doch die unübersehbare wirtschaftliche Lage drängte seine Firma zu umfangreichen Rationalisierungsmaßnahmen. Ein Großteil der Mitarbeiter war bereits entlassen. Dass auch Wilhelm Niemeyer zu denjenigen gehörte, die gehen mussten, war für ihn und seine Frau ein harter Schlag. Wie sollten sie mit der geringeren Rente zurechtkommen? Dazu stand der Winter vor der Tür. Wilhelm Niemeyer schrieb einen Brief an seinen Personalchef, indem er ihm seine missliche Lage erklärte und um Aufschub seiner Pensionierung bat, bis er einen Nebenerwerb gefunden habe. Über seine Stellung aber, war entschieden. Er zählte zu den Älteren, die „zwangspensioniert" wurden. Es klang besser als „arbeitslos". Friederike ließ das Wort ungern über ihre Lippen kommen. Es war demütigend und beschämend, obwohl zurzeit über vier Millionen Arbeiter und Angestellte davon betroffen waren. Wer glaubte noch an die „goldenen Zwanziger", wenn er mit fünf Mark Stütze pro Woche nach Hause ging?

Bleiwalzwerk I, den, 24. Juli 1924

An
die Firma Friedrich. ….AG
durch Herrn Lewiki
und Herrn Spenlè

Wie mir durch den Betrieb mitgeteilt wurde, besteht die Absicht, mich ab dem 1. Oktober d.J. zu pensionieren. Durch eine schnelle Außerdienststellung würde ich bei dem recht dürftigen Pensionseinkommen in eine große Notlage geraten, da für den bevorstehenden Winter Kohlen, Kartoffeln usw. beschafft werden müssen.
Deshalb und in Anbetracht meines Alters und meiner 25jährigen Dienstzeit bitte ich ergebenst, unter Gewährung eines sonst üblichen längeren Urlaubs die beabsichtigte Pensionierung hinausschieben zu wollen, damit mir Zeit bleibt, einen Nebenerwerb, den ich in Essen wohl kaum finden werde, zu suchen.
In der Hoffnung auf Erfüllung anstehender Bitte zeichnet

Hochachtungsvoll
……..

Blechwalzwerk I, den 24. Juli 1924.

An
die Firma Fried. Krupp
A. G.
durch Herrn Lewicki
und Herrn Sprenle.

Wie mir durch das Filial
mitgeteilt wurde, besteht die Absicht,
mich ab 1. Oktober d. J. zu pensionieren.

Durch eine schnelle Außerdienststellung würde ich bei dem erst
dürftigen Pensionseinkommen in
eine große Notlage geraten, da
für den bevorstehenden Winter
Kohlen, Kartoffel u. s. w. beschafft
werden müssen.

Deshalb, und in anbetracht meines
Alters und meiner 26jährigen Dienstzeit, bitte ich ergebenst, mir die Gewährung eines fortlaufenden längeren
Urlaubs die beabsichtigte Pensionierung hinauszuschieben zu wollen, damit
mir Zeit bleibt, einen Nebenerwerb,
den ich in Essen wohl kaum finden
werde, zu suchen.

In der Hoffnung auf Erfüllung
anstehender Bitte zeichnet

Hochachtungsvoll

Die Wirtschaftskrise hatte viele Familien in die Armut gestürzt. Dazu lastete die Bürde der Kriegsentschädigung auf der deutschen Wirtschaft, die durch Krieg, Ruhrkampf und Inflation ohnehin labil geworden war. Firmenzusammenbrüche, Schließungen etlicher Banken und die Massen vor den Arbeitsämtern gehörten zum Alltagsbild. Die Regierung trieb mit ihren notverordneten Sparmaßnahmen die Arbeitslosenzahlen weiter in die Höhe.

Die fatale Situation zwang auch die Niemeyers, zu einschneidenden Maßnahmen. Sie mussten ihre Wohnung in Essen aufgeben, und zogen zunächst nach Eisbergen, einem Ort in Ost-Westfalen. Besonders Friederike empfand den sozialen Abstieg als schmerzhaft. Allerdings hatte die Sache auch einen positiven Aspekt. Hier, in Eisbergen, waren sie noch unbekannt. Niemand fragte sie, warum ihr Mann nicht mehr arbeite. Es dauerte geraume Zeit, bis sie sich an das dörfliche Leben gewöhnt hatten. Zu Bauer Meyer, wo Friederike Butter, Milch und Eier kaufte, pflegten sie mittlerweile gute Nachbarschaft. Als Wilhelm sein Ehrenamt als Posaunenmeister im Kirchenkreis aufnahm, gehörten sie allemal zur Dorfgemeinschaft, wo sie ihren Lebensabend beschließen wollten.

Ein tragisches Schicksal der Meyers veränderte erneut das Leben von Friederike und Wilhelm Niemeyer. Als deren jüngster Sohn vom eigenen Pferdefuhrwerk überrollt und getötet wurde, verkauften die Meyers ihren Hof in Eisbergen und zogen nach Ahrenfeld. Warum auch Niemeyers dorthin übersiedelten, blieb unbekannt.

Der große Klinkerbau bot beiden Familien reichlich Platz. Friederike und Wilhelm bewohnten die ganze obere

Etage. Dennoch gestaltete sich ihr Leben im Gegensatz zu dem, ihrer Tochter weiterhin bescheiden.

Claras großer Traum

Familie Löwenstern gehörte nicht zu denen, die von der augenblicklichen Wirtschaftskrise betroffen waren. Siegfried bekleidete eine verantwortungsvolle Stellung bei der DEROP, einer deutsch-russischen Mineralölgesellschaft, während seine Eltern eine Fleischerei betrieben. Mit ihrem neuen Verehrer hatte Clara sich eine beneidenswerte Position geschaffen. Die Beziehung zu Siegfried Löwenstern weckte in ihr wagemutige Pläne. Ihre Begegnungen beschränkten sich nicht mehr auf den „Trichter". Siegfried genoss bei seiner Geliebten Gastrecht.

Heini, Walter und Hannelore betrachteten mit Erstaunen den Mann, der nun morgens mit ihnen am Frühstückstisch saß. Sie hatten ihn bisher nur flüchtig gesehen, wenn er ihre Mutter abgeholt oder nach Hause begleitet hatte. Gehörte der Fremde plötzlich zur Familie?

„Legt Eure Hände auf den Tisch und wackelt nicht mit dem Stuhl. Lasst unserem Gast den Vortritt und tippt nicht mit den Fingern auf die Wurst!" Derartige Rügen waren neuerdings an der Tagesordnung. Clara tadelte jede Verfehlung ihrer Kinder. Hatte das mit dem Herrn zu tun, der neuerdings in ihr Leben eingedrungen war? Heini starrte ihn lange an. „Was für ein piekfeiner Mensch ist das, dem Mutti zwei gekochte Eier, gepellt in einem Weinglas servierte", dachte er insgeheim. Der neue Mann bildete in jeder Beziehung eine Ausnahme.

So sehr Clara in ihren neuen Verehrer verliebt war, so blieb dieser doch für ihre Kinder der Fremde, der feine Herr, bei dem sie sich um Anstand bemühen mussten. Niemals hätten sie „Vati" zu ihm sagen können. Und es war zweifelhaft, ob er es gewollt hätte.

„Mit der Zeit werden sie sich schon aneinander gewöhnen", dachte Clara. Sie machte sich kaum Gedanken darüber, wie ihre Kinder den Beginn ihres neuen Lebens bewältigten. Siegfried war jetzt die ganz große Liebe, und wie wunderbar könnte sie mit ihm ihre Zukunft planen. Er war jetzt bei ihr, jeden Abend und jede Nacht.

Von Karl redete sie kaum noch, auch nicht mehr von Afrika. Das war Vergangenheit. In ihrer Euphorie merkte sie nicht, wie unbarmherzig die Zeit gegen sie spielte. Sie war mit Karl verheiratet. Diese Realität hatte sie verdrängt als Siegfried in ihr Leben trat.

„In einem guten Vierteljahr wird Karl uns nach Douala holen." Der Gedanke bereitete ihr Kopfzerbrechen. Sie sollte zu ihrem Mann nach Afrika ziehen, und Siegfried, den sie liebte, musste sie in Hamburg zurücklassen. Wie fatal doch alles war!

„Am besten, ich schreibe Karl alles", dachte Clara und griff nach Papier und Federhalter.

„Lieber Karl, ich muss Dir etwas Wichtiges mitteilen..."
Nein, wie sollte sie ihm das alles glaubhaft erklären? Sie knüllte den Briefbogen zusammen und warf ihn in den Papierkorb. „Wäre Karl nie in ihr Leben getreten oder - bliebe er doch einfach in Afrika, dann löste sich alles von allein."

Die Angelegenheit mit Karl musste sie auf andere Weise lösen, und sie musste handeln - sofort. Es war nicht das erste Mal, dass sie die Brücken ihrer Vergangenheit abbrach und ein neues, fremdes Land betrat, welches sie „Zukunft" nannte - egal, wie weit diese im Nebel der Verwirrungen steckte.

Heini und Walter hatten längst bemerkt, dass ihre Mutter in letzter Zeit reichlich nervös war. Vielleicht lag es an dem neuen Mann, dem sie gutes Benehmen zollten. Sicher war ihnen das nicht immer gelungen, aber immerhin bemühten sie sich. Wie sollten sie ahnen, dass ihre Mutter in der Familie Löwenstern nicht gerade mit Begeisterung aufgenommen wurde? Dass ausgerechnet Siegfried an eine Frau geraten ist, die nicht ihrer Religionsgemeinschaft angehörte, noch dazu deren Vater überzeugter Protestant war, ließ die Wogen der Empörung hochschlagen. Bisher hatte sich jeder in der Familie Löwenstern an die traditionellen Regeln gehalten, und seinen Partner innerhalb ihrer Glaubensgemeinschaft gesucht. Nicht nur John, Siegfrieds Bruder, war als Küster im Gemeindezentrum ehrenamtlich tätig. Familie Löwenstern nahm aktiv am religiösen Leben teil. Aber diese Clara stellte nun alle Regeln auf den Kopf. Und dass sie außerdem ihre drei Kinder seiner Mischpoke aufbürden wollte, brachte das Fass zum Überlaufen. Zumindest waren Heini und Walter bei Familie Löwenstern nicht gerade erwünscht. Doch Clara hatte sich nun einmal für Siegfried entschieden, und da gab es kein Zurück. Überdies vertrat sie die Auffassung: „Kinder dürfen einem neuen Glück nicht im Weg stehen."

Was aber sollte sie tun? Sollte sie Heini, Walter und Hannelore bei ihren Eltern unterbringen? Sollte sie ihnen erklären: „Ich habe einen anderen Mann, dessen Familie meine Kinder ablehnt?" Der Skandal wäre perfekt. Für Heini und Walter musste sie eine andere Lösung finden.

Aus der Familie verbannt

Als Heini und Walter mittags aus der Schule kamen, war deren Koffer schon gepackt. „Verreisten wir zu den Großeltern?" fragte Heini. „Ja, Ihr verreist, aber nicht zu den Großeltern."

„Wohin dann?"

„Halt Deinen Mund und frag nicht so viel."

Heini sah seine Mutter an. „Warum hat sie unsere Kleider in den Koffer gepackt? Und warum sagt sie nicht wohin wir fahren?" Ihn beschlich ein seltsames Gefühl. Längst hatte er bemerkt, dass seine Mutter häufig gereizt reagierte, konnte aber keinen Grund dafür erkennen. Warum tat sie nun so geheimnisvoll?

Ohne weitere Erklärung fuhr Clara mit ihren Kindern in einen, ihnen unbekannten Stadtteil Hamburgs. „Wohin fahren wir?" fragte Walter ängstlich. Clara antwortete nicht. Sie sah gedankenverloren aus dem Fenster, als hätte sie Walters Frage nicht gehört. Walter fragte noch einmal, jetzt lauter und zog seiner Mutter am Ärmel. „Wohin fahren wir?"

„Das wirst Du gleich sehen."

An der Endhaltestelle lag das Kinderheim der evangelischen Fürsorge. Clara meldete sich im Empfangsbüro. Hinter dem Tresen empfing sie die Heimleiterin, eine hagere Frau mittleren Alters. Ihr streng, nach hinten gekämmtes Haar, ihre Falte auf der Stirn und ihr biederes langes Kleid flößten den Kindern Respekt ein.

„Ich muss meine Kinder für einige Zeit bei Ihnen unterbringen."

„Alle drei?"

„Nur die beiden Jungen. Das Mädchen bleibt bei mir."

„Aus welchen Grünen wollen Sie ihre Jungen hier unterbringen?"

„Familiäre Gründe." Eine weitere Auskunft wollte Clara in Gegenwart ihrer Kinder nicht geben. Die Heimleiterin schlug eine Kladde auf. Sie enthielt Namen und Adressen, von Kindern, die hier eine Notunterkunft gefunden hatten, unter der sie am Ende Günter-Heinrich-Wilhelm und Walter Schneider eintrug.

„Für wie lange wollen Sie ihre Kinder hier abgeben, Frau Schneider?"

„Das ist noch ungewiss. Ich muss sie Ihrer Obhut überlassen bis meine Familienangelegenheiten geklärt sind."

Walters finsterer Blick musterte die strenge Frau. Er ahnte Schlimmes.

Die Heimleiterin legte die Kladde wieder in die Schublade. Dann nahm sie den Koffer, trug ihn in den Schlafsaal und schloss einen Wandschrank auf. „Packt Eure Sachen dort hinein und dann kommt in den Speisesaal zum Essen." Clara half beim Auspacken. Danach verabschiedete sie sich von ihren beiden Söhnen und ging mit Hannelore wieder zur Haltestelle. An der Hand ihrer Mutter schaute das Mädchen sich noch einmal um und sah, wie ihre Brüder sich mit dem Handrücken die Augen wischten.

„Warum hatte Mutter uns hierher gebracht und nicht zu den Großeltern?" Eine Frage, worauf die beiden Jungen niemals eine Antwort bekamen. Sie fühlten sich jetzt zu denen gehörig, die niemand wollte. Man hatte sie abgeschoben, aus der Familie ausgestoßen und auch von ihrer kleinen Schwester getrennt.

Der Schlafsaal umfasste zwanzig Betten. Das Bett von Gerd stand einen Schritt weit von Heinis Schlafstelle entfernt. Gerd weinte jede Nacht.

„Gerd, warum weinst Du", fragte Heini.

„Ich habe mein Taschentuch verloren", schluchzte Gerd. Heini hob das Taschentuch vom Fußboden auf und reichte es Gerd. Nach einer Weile schluchzte er wieder „Ich habe mein Taschentuch verloren." Heini hob es ein zweites Mal auf.

„Warum bist Du hier, Gerd?"

Der Junge wandte sich zu Heini um und wischte mit seinem Taschentuch über die Augen.

„Mama und Papa sind im Himmel. Der Pastor hat es mir erzählt. Sie sehen mich jeden Tag, aber ich kann sie nicht mehr sehen."

„Armer Gerd!" dachte Heini, „seine Eltern werden Gerd niemals besuchen können." Im Grunde erging Heini und Walter ein ähnliches Schicksal mit dem Unterschied, dass ihre Eltern lebten, sie aber nicht wussten, ob sie jemals zu ihnen zurückkehren durften. Ihre Zukunft sollte von jetzt an das Waisenhaus sein. Auch die Schule, die in dessen Nähe lag, war jetzt eine andere. Morgens um halb acht traten Heini und Walter mit einigen Alters- und Heimgenossen den Schulweg an. In dem großen Schulgebäude trennten sich ihre Wege. Walter ging in die zweite und Heini in die dritte Klasse. Alles war fremd und neu, der Lehrer, die Mitschüler und überhaupt das ganze Drumherum. Heini war unwohl zumute, als ihn vierzig Augenpaare anstarrten.

„Wir haben einen neuen Mitschüler", rief Lehrer Böger durch die Klasse. Dann wandte er sich dem neuen Schüler zu. „Sag laut und deutlich Deinen Namen."

Heini spürte einen Kloß im Hals. Mit heiserer Stimme sagte er:

„Ich heiße Günter-Heinrich-Wilhelm Schneider."

„Kannst Du nicht lauter sprechen?" tönte es hinter seinem Rücken. Heini versuchte es noch zwei – drei - mal - vergeblich. Dann durfte er seinen Platz einnehmen. Walter erging es nicht anders. Befangen von den neuen Eindrücken folgte er nur halbwegs dem Unterricht. Mit schrillem Geläut ertönte die Schulglocke. Die letzte Stunde der zweiten Klasse war zu Ende. Die Schüler packten Tafel und Bücher ein und stürmten durch das große Tor auf die Straße. Weit hinter ihnen ging Walter, allein. Nach einigen Metern blieb er stehen und schaute sich nach allen Richtungen um. Die fremde Umgebung flößte ihm Furcht ein. Er rannte zur Schule zurück, lief die breite Eingangstreppe hinauf, eilte durch lange Flure, vorbei an grauen, zerkratzten Klassentüren. Es war beängstigend still. Hinter einer dieser Türen musste sein Bruder sitzen. Vorsichtig schaute Walter in ein offenes Klassenzimmer. Es war niemand drin. Die anderen Türen waren verschlossen. Mit gesenktem Kopf und in sich hinein schluchzend bummelte er zum Ausgang, setzte sich auf die breite Treppe vor der Eingangstür und weinte.

„Warum hat Mutter uns fortgegeben? Warum darf ich nicht mehr in die Schule gehen, in der auch meine Freunde sind? Niemals werde ich es Mutter verzeihen!"

„Was ist los? Warum weinst Du", hörte er eine Stimme neben sich. Ein Lehrer hatte den weinenden Jungen auf der Treppe gesehen und ihn angesprochen. Walter blickte zu dem Mann auf. Er war nicht sein Klassenlehrer, aber dieser Mensch schien der einzige zu sein, dem er sein Kinderherz ausschütten durfte. Er setzte sich zu dem Jungen und reichte ihm ein Taschentuch.

„Jetzt wisch Dir erst einmal die Tränen ab und dann erzähle mir was los ist."

„Ich finde nicht mehr zurück", sagte Walter, und fuhr dabei mit dem Taschentuch über die Augen.

„Du findest nicht mehr nach Hause? Wo wohnen denn Deine Eltern?"

„Mein Vater wohnt in Afrika."

„Und Deine Mutter?"

„Die hat mich ins Heim gebracht."

„Ins Heim gebracht?"

„Ja, ins Heim gebracht", wiederholte der Junge, „mich und meinen Bruder. Aber ich weiß nicht warum. Wir haben uns doch anständig benommen - ich meine, ihrem neuen Mann gegenüber."

Wieder begann der Junge zu schluchzen. Den Lehrer ließ das, was Walter erzählte, nicht unberührt. Wohin sollte er den Schüler bringen - zurück ins Heim, von dem dieser nicht einmal den Namen wusste. Aber sprach der Junge nicht von einem Bruder?

„Geht Dein Bruder auch in diese Schule?"

„Ja, in die dritte Klasse."

„Und wie heißt Dein Bruder?"

„Heinrich Schneider."

„Dann komm mal mit." Der Lehrer nahm Walter an die Hand und begleitete ihn die Treppe hinauf, wo die dritte Klasse Unterricht hatte. Leise öffnete er die Klassentür. In der dritten Reihe sah Walter seinen Bruder Heini, der einzige vertraute Mensch unter all den fremden Gesichtern. Walters verheultes Gesicht hellte sich ein wenig auf. Die beiden Lehrer sprachen ein paar Worte miteinander. Dann durfte sich Walter zu seinem Bruder setzen. Eine Stunde lang musste er sich gedulden, bis endlich wieder die Schulglocke läutete. Erst dann gingen sie gemeinsam zum Kinderheim zurück.

Für Heini und Walter stellte sich immer wieder die Frage: „Warum durften wir nicht bei Mutter und ihrem neuen Mann bleiben?" Eine klare Antwort haben sie niemals erhalten.

Unangenehme Überraschungen

Karl Schneider betrat das Ingenieurbüro. Die bunten Vorhänge boten wenig Schutz vor der Mittagssonne. Ebenso wenig konnte der Ventilator an der Decke die Hitze spürbar mildern. Die Quecksilbersäule am Außenthermometer kletterte über die Fünfunddreißig-Grad-Markierung, dabei hatte die Sonne noch nicht einmal ihren Höhepunkt erreicht. Das tropische Klima, hier am Golf von Guinea trieb dem jungen Ingenieur schon in den Morgenstunden den Schweiß in den Nacken.

Der leitende Direktor der Werft, hatte seinen Mitarbeiter bereits erwartet.

„Sie haben mich rufen lassen?"

„Bitte Herr Schneider, so nehmen Sie doch Platz." Der Direktor deutete auf einen mit braunem Leder bezogenen Stuhl. Spontan folgte Karl der Aufforderung seines Chefs.

„Ich will es kurz machen, wie Sie wissen, nähert sich Ihre Probezeit dem Ende zu."

Er musterte den jungen Ingenieur eine Weile, bevor er sein Gespräch fortsetzte.

„Sie haben gute Arbeit geleistet, und ich denke, Sie sind auch weiterhin an einer leitenden Stellung bei unseren Werften interessiert."

Karl nickte beipflichtend, aber ehe er etwas sagte, überließ er zunächst seinem Chef das Wort. Der Direktor drehte einen Bleistift zwischen seinen Fingern und sah Karl dabei unablässig an.

„Wir bauen auf den Kanarischen Inseln eine zweite Niederlassung. Ich möchte, dass Sie uns beim Aufbau helfen und in Zukunft die technische Leitung der Werft übernehmen."

Karl zog die Augenbrauen hoch. Der Vorschlag seines Vorgesetzten überraschte ihn. Immerhin hatte er sich auf Douala als seine neue Heimat eingestellt und wollte so schnell wie möglich seine Familie nachholen.

„Dann" - er zögerte einen Augenblick, – „bleibe ich nicht in Douala?"

„Das ist nicht mehr vorgesehen."

„Ihr Angebot klingt verlockend. Trotzdem kann ich eine solche Entscheidung nicht allein treffen. Ich werde die Angelegenheit mit meiner Frau und meinen Schwiegereltern besprechen. Schließlich muss ein solcher Umzug sorgfältig geplant werden."

„Sie nehmen also an?"

„Wie ich schon sagte, nach Rücksprache mit meiner Familie. Ich vermute jedoch, sie wird einverstanden sein."

Mit einem festen Händedruck verabschiedete sich der Direktor von seinem Ingenieur. Damit war die Sache so gut wie besiegelt.

Karl hatte die Karriereleiter vom Schlosser bis zum technischen Direktor erklommen, und das erfüllte ihn mit Stolz. Wie sehr würde sich seine Frau darüber freuen und wie beeindruckt müsste jetzt sein Schwiegervater von ihm sein!

Sogleich teilte Karl seiner Frau die veränderte Situation in einem Brief mit: „Liebe Clara, meine Arbeit ist hier vorzeitig beendet und ich werde noch vor Jahresfrist nach Deutschland zurück kehren…" Noch am gleichen Tag gab er den Brief bei der Poststelle auf.

„Da ist noch ein Einschreiben für Sie." Der Mann am Schalter reichte Karl einen Tintenstift womit er den Empfang bestätigte. Karl wunderte sich. Was hatte Clara so Wichtiges, dass sie es ihm in einem Einschreiben mitteilten musste? Der Absender aber, war nicht Clara Schneider, sondern eine Anwaltskanzlei in Hamburg. Hastig riss Karl das Kuvert auf. Mit zitternden Händen las er die Zeilen. Clara hatte die Scheidung eingereicht. Mit keinem Wort hatte sie das in einem früheren Brief erwähnt. Und nun dieses Schreiben vom Anwalt. Karl spürte, wie das Blut ihm unter der Schädeldecke pochte. Blitzartig traf er die Vorkehrungen für die Heimreise. Wenn er noch etwas retten wollte, musste er schnell nach Hamburg zurück.

Nach zehn Monaten Abwesenheit betrat Karl wieder den Boden seiner vertrauten Stadt. Er blickte über den Hafen wo die Kräne, die die Frachter entluden, sich in den Himmel reckten. Das Wasser glitzerte in der Herbstsonne, und die Barkassen trieben weiße Bugwellen vor sich her. Von ferne grüßte der Turm der Michaeliskirche. Ja, es ist seine Stadt, die ihm wieder Heimatgefühl gab, die er aber in Kürze für immer verlassen sollte. Das, was er demnächst als das neue Zuhause für sich und seine Familie bezeichnen durfte, lag ein paar Breitengrade südlicher, die Inseln des ewigen Frühlings.

Karl fixierte die vielen Gesichter am Kai die auf ihre Heimkehrenden warteten. Clara und die Kinder, die ihn bisher voller Freude am Kai erwartet hatten, befanden sich nicht unter ihnen. Ein beklemmendes Gefühl stieg in ihm auf. Was führte seine Frau im Schilde? Jetzt, wo die Dinge in geregelte Bahnen gelenkt waren, wo ihnen eine neue Zukunft bevorstand, da wollte seine Frau sich von ihm trennen? Sein Studium, seine beruflichen Bemühungen, das alles konnte doch nicht umsonst gewesen sein! Er musste Clara von der Sinnlosigkeit ihres Vorhabens überzeugen, und da war Eile geboten. Zweifellos hat ihre Ehe durch die lange Trennung gelitten. Das sollte nun anders werden. In dem alten Weinladen an der Ecke kaufte er eine gute Flasche Wein. Er wollte Clara gleich in die Arme schließen und ihr sagen: „Ich habe es geschafft. Jetzt bin ich Direktor einer Werft, und für uns beginnt ein neues Leben." In der Freude des Wiedersehens müsste sie die Scheidung zurückziehen, denn die nächsten Wochen sollten mit Plänen für den Umzug gefüllt sein. Da war keine Zeit, auch nur einen Gedanken an Trennung zu verschwenden. Eines nicht mehr fernen Tages würden ihre Möbel auf ein Schiff verladen, das in Richtung Las Palmas den Hamburger Hafen verlässt.

Karl eilte die vier Treppen zu seiner Wohnung hinauf. Die abgetretenen braunen Holzstufen und der Duft von Bohnerwachs als Zeichen europäischer Zivilisation, alles war noch so, wie er es vor einem knappen Jahr verlassen hatte. Er klopfte an die Wohnungstür, aber niemand öffnete ihm. „Merkwürdig", dachte er bei sich und stieg die vier Treppen wieder hinab. Er sah am Haus empor. Vor den Fenstern seiner Wohnung fehlten Gardinen. Die Wohnung schien leer geräumt. Seine Gedanken waren wie gelähmt. Um alles in der Welt, einen solchen Empfang hatte er nicht erwartet. Es gab keinen Zweifel. Clara meinte es ernst. Ihre skurrilen Überraschungen hasste er mittlerweile. Wieder einmal hatte seine Frau ihn vor vollendete Tatsachen gestellt, und er hatte nicht einmal etwas dagegen unternehmen können. Von Wut und Enttäuschung getrieben, machte er sich auf den Weg zur Reederei, wo er seine Rückkehr meldete. Als er die Tür zum Büro öffnete, erkannte ihn ein Mitarbeiter.

„Ich habe leider keine gute Nachricht für sie, Herr Schneider."

Mit finsterem Blick sah Karl den Mann an. Irgendetwas musste während seiner Abwesenheit mit seiner Frau und seinen Kindern geschehen sein. Und dieser Mann wusste das.

„Wo sind meine Frau und meine Kinder?"

Der Mitarbeiter sah den jungen Ingenieur erstaunt an.

„Ihre Frau hat die Scheidung eingereicht. Wussten Sie das noch nicht?"

„Oh ja, meine Frau ließ es mir durch einen Anwalt mitteilen." Karl spürte einen Kloß im Hals, der ihm die Luft abdrückte. In bekannten Kreisen hatte es sich also längst herumgesprochen. Nur er, Karl Schneider, wusste es erst jetzt. In sein farbloses Gesicht gruben sich ein paar tiefe Falten, die ihn spontan um etliche Jahre älter erscheinen ließen.

„Wo ist meine Frau? Ich muss sie dringend sprechen."

„In der Heinrich-Barth-Straße. Sie wohnt bei einem Herrn Löwenstern."

Karl stürzte zur Tür hinaus. Welcher Herr Löwenstern seiner Frau auch immer den Kopf verdreht haben mochte, er wollte nichts unversucht lassen, sie zurück zu holen.

In der Heinrich-Barth-Straße drückte er auf die Klingel. Ein brünetter Herr öffnete ihm. Gleich darauf kam Hannelore heraus. „Papa", rief sie außer sich vor Freude und lief ihrem Vater entgegen. Für einen kurzen Moment verflogen Zorn und Verbitterung. Seine kleine Tochter war die Einzige, die ihm Zuneigung entgegenbrachte.

„Sie sind Herr Schneider, wenn ich richtig taxiere. Mein Name ist Löwenstern. Entschuldigen Sie, wenn ich Ihnen die Linke gebe." Er drehte seine rechte Schulter nach vorn „Kriegsbeschädigung."

Karl konnte im Augenblick nicht einordnen, warum sein Nebenbuhler ihn auf seine Einarmigkeit aufmerksam machte. Wollte er Mitleid erregen, oder Wohlwollen erreichen?

Was interessierte ihn, Karl Schneider, die Kriegsverletzung eines Herrn Löwenstern?

„Wo ist meine Frau?" Nur mit Mühe konnte er seine Erregung zügeln. Mit einer knappen Handbewegung bat Herr Löwenstern den Besucher ins Wohnzimmer. Clara saß auf dem Sofa und zog nervös an einer Zigarette. Mit finsterem Blick fixierte Karl zuerst Clara, dann ihren Liebhaber.

„Wie kannst Du es wagen, mir so etwas an zu tun, Clara! Hast Du dafür eine Erklärung?"

„Was Du kannst, das kann auch ich. Monate lang habe ich hier die brave Ehefrau gespielt, während Du Dich in Afrika mit schwarzen Weibern" - Clara warf das Foto mit den Bantu-Frauen auf den Tisch – „amüsiert hast."

„Das ist doch die infamste Unterstellung, die ich je von Dir gehört habe."

„Und wer sind die Frauen auf dem Bild?"

„Was weiß ich, ich kenne sie nicht. Sie standen da, und ich habe sie fotografiert. Ich wollte Dir einen Eindruck von Afrika vermitteln. Im Gegensatz zu Dir hatte ich für

Seitensprünge keine Zeit. Ich habe hart gearbeitet, für Dich und unsere Kinder.

Clara drückte ein paar Mal ihre Zigarette im Aschenbecher aus und zündete sich gleich darauf eine neue an. Ihre Hand zitterte.

„Wie willst Du das vor dem Scheidungsrichter beweisen?"

„Du willst Beweise? Das ist doch lächerlich! Uns stehen große Ereignisse bevor. Ich bin in absehbarer Zeit Direktor einer Werft in Las Palmas, und ich will mit Dir den Umzug dorthin planen."

Clara öffnete den Mund, konnte aber in diesem Augenblick nichts sagen. Ihr Mann wollte sie also zurückgewinnen. Daran hatte sie bisher noch keinen Gedanken verschwendet. Sie hatte ihre Ehe mit Karl unter „es war einmal" abgehakt. Clara schwieg einen Moment, und Karl sah, wie es in ihrem Kopf arbeitete. Würde sie die Scheidung zurückziehen?

„Zu spät. Ich kann die Scheidung nicht mehr rückgängig machen", sagte sie kurz entschlossen. Es war zweifelhaft, ob Clara einen Neuanfang mit Karl gewollt hätte.

Karl musste es akzeptieren. Er wandte sich an seinen Nebenbuhler: „Wussten Sie nicht, dass diese Frau seit fast zehn Jahren mit mir verheiratet ist?"

Herr Löwenstern lächelte: „Was heißt schon verheiratet sein? Ich war es auch einmal."

Für ihn war eine Ehescheidung nichts Weltbewegendes. Und wenn seinetwegen eine Frau ihren Mann verließ, nun ja, dann war das für den Betroffenen eben Schicksal. Karl musste einsehen, dass er seine Ehe nicht mehr retten konnte. Die monatelangen Trennungen mochten dazu beigetragen haben. Aber eine Sache bewegte ihn doch. „Wo sind Heini und Walter?" Er sah Clara und ihren Verehrer dabei an, als leite er ein Verhör ein.

„Die beiden Jungen sind gut untergebracht."

„Wo sind sie untergebracht? Sind sie bei den Großeltern?" Clara zog hastig an ihrer Zigarette. „Heini und Walter sind in einem Kinderheim."

Karl traute seinen Ohren nicht. „Du hast die Kinder ins Heim gebracht? Hast Du jemals daran gedacht was Du ihnen damit angetan hast? Warum sind sie nicht hier?"

Jetzt ergriff Herr Löwenstern das Wort: „Heini und Walter sind nicht meine Kinder. Sie, Herr Schneider, sind der Vater. Was mit den beiden Jungen geschehen ist, war nicht meine Angelegenheit."

„Und Hannelore", fragte Karl sichtlich erbost.

„Sie ist noch zu klein für das Kinderheim", begründete Herr Löwenstern seine Haltung. Karl musste einsehen, dass er gegen das, was während seiner langen Abwesenheit geschehen war, nichts tun konnte. Wenn er seine Frau schon nicht mehr zurück gewann, so wollte er doch seine Kinder aus dem Heim holen.

Karl fand vorübergehend eine Unterkunft bei den Hansens, wo er während seiner Studienzeit zur Untermiete gewohnt hatte. Von dort schrieb er einen Brief an seine Schwiegereltern.

Ein neues Zuhause

1929 – 1938

Friederike kam mit einem Korb voll Kartoffeln aus dem Garten, als der Postbote auf den Hof fuhr. Er stieg vom Fahrrad und überreichte ihr einen Brief.

„Ein Brief von Karl. Er ist aus Afrika zurückgekehrt!"

Über Friederikes Gesicht huschte ein Lächeln. Sogleich eilte sie ins Wohnzimmer und öffnete das Kuvert. Doch mit jedem Satz, den sie las, verschwand ihr Lächeln und machte tiefen Sorgenfalten Platz. Langsam, fast ohnmächtig sank sie auf einen Stuhl nieder. Ihre Augenränder röteten sich und Tränen rannen über ihre Wangen.

„Die armen Kinder", schluchzte sie, „Clara hat sie in ein Heim gebracht."

Auf Friederikes Verzweiflung folgten Wut und Empörung.

„Ich will meine Tochter nicht mehr sehen. Wie oft hat sie uns enttäuscht. Haben wir nicht alles für unsere Tochter getan? Haben wir sie nicht zur kaiserlichen Treue und im christlichen Glauben erzogen? Wie kann sie ihren Kindern so etwas antun!"

Claras Verhalten stürzte auch ihren Vater in tiefe Empörung. Die Lebensweise seiner Tochter empfand er als einen Tiefschlag gegen sein Verständnis für Treue und Aufrichtigkeit. Er zeigte es nicht nach außen. Aber an seinen verhärmten Zügen erkannte Friederike den Gram, den er tief in seinem Innern trug. Friederike und Wilhelm brachen den Kontakt zu ihrer Tochter ab, jedoch ließen sie keinen Zweifel dran, ihren Enkelkindern ein Zuhause zu geben.

Der Zug fuhr in den Hamburger Hauptbahnhof ein. Auf dem Bahnsteig erwartete Karl seinen Schwiegervater. Jahre waren vergangen, als er ihm zum letzten Mal begegnet war. Und doch war er derselbe, der nun, ein wenig gebeugt, ihm entgegen schritt. Wilhelm Niemeyer begrüßte seinen Schwiegersohn freundlich, so, wie er ihm immer begegnet war. Er machte ihm bezüglich der zerrütteten Ehe mit Clara keine Vorwürfe. Es war müßig, über Vergangenes zu diskutieren. Jetzt galt es wichtigere Dinge zu erledigen. Karl zog einen Zettel mit der Adresse des Kinderheimes aus seiner Manteltasche. Er hatte die Heimleitung bereits darüber informiert, seine Kinder fortan in der Obhut der Familie unterzubringen.

Die Heimleiterin rief nach Heini und Walter. „Ihr werdet abgeholt." Mit ungläubigem Blick sahen die beiden Jungen die Heimleiterin an. Wer sollte sie abholen? Hatte sich noch jemand aus ihrer Familie an sie erinnert? Auf einer Bank, ängstlich aneinandergerückt, warteten die Jungen in der Eingangshalle. Als sie ihren Vater und Großvater hereinkommen sahen, überkam sie ein Gefühl der Erleichterung. Dennoch, eine kindliche Freude kam nicht auf. Die Erlebnisse im Heim hatten in den Kinderseelen Spuren hinterlassen.

Vater Karl und Opa Wilhelm schlossen beide Jungen in ihre Arme. Wie viele Jahre hatten sie ihren Großvater nicht gesehen! Heini konnte sich soeben an ihn erinnern. Die Anwesenheit seines Vaters vermittelte ihm die Hoffnung auf ein gemeinsames Leben in Douala. War er gekommen, um ihn und Walter dorthin mitzunehmen? In die Wiedersehensfreude mischten sich Ungewissheit. Wo werden Heini und Walter in Zukunft leben?

„Ich nehme Euch mit nach Ahrenfeld", versicherte Großvater, „dort wird Euer neues Zuhause sein."

Karl verabschiedete sich von seinen beiden Söhnen. Er dankte seinem Schwiegervater für die Unterstützung, und für die Bereitschaft, seinen Kindern ein neues Zuhause zu geben. Zum Abschied machte er ein Foto von den dreien. Heini und Walter, bekleidet mit Matrosenanzügen, und Großvater in der Mitte. Er wusste, dass er seine beiden Söhne, und seine Tochter für lange Zeit nicht wieder sehen sollte, denn einen Umzug mit der Familie auf die Kanarischen Inseln wird es nicht mehr geben. Schlagartig war alles anders geworden. Karl hatte seine Familie verloren. Wie es weitergehen sollte, wusste er nicht. Das Schiff seiner Ehe war gestrandet. War es menschliches Versagen, oder war ihre Ehe von vorn herein zum Scheitern verurteilt gewesen? Es war müßig darüber nachzugrübeln. Am Ende stand die Scheidung, wobei der Scheidungsrichter beide Ehepartner für schuldig erklärte. Für Karl war es eine bittere Erfahrung und ein bedrückender Abschied von Deutschland. Seine Zukunft lag nunmehr auf dem schwarzen Kontinent. Nach der Scheidung ging er wieder nach Douala.

Ahrenfeld

Der Zug hielt in Osterwald. Vor dem Bahnhof stand eine Pferdekutsche. Großvater winkte den Kutscher heran. Heini und Walter kletterten auf die hintere Sitzbank, während Großvater neben dem Kutscher Platz nahm. Bauer Meyer trieb die Pferde an, und die Droschke schaukelte und rumpelte über das Kopfsteinpflaster. Eine gute halbe Stunde lang ging es auf unbefestigten Straßen, umsäumt von buntem Herbstwald, braunen Äckern und Weiden, nach Ahrenfeld.

Das Dorf schien von der Außenwelt abgeschnitten. Es hatte weder eine eigene Bahnstation, noch lag es an einer der großen Fernstraßen. Großvater deutete auf ein Fachwerkhaus mit vielen kleinen Fenstern. „Dort werdet ihr demnächst zur Schule gehen." Die Schule bestand aus einem einzigen Klassenraum, der für alle Kinder, von der ersten bis zur letzten Klasse, ausreichte. Gegenüber lag die Gaststätte. Auch sie war konkurrenzlos. Schule und Gaststätte bildeten das Zentrum, um das sich die Bauernhöfe aneinander reihten. Noch ein paar Meter, dann hatten sie den Meyer`schen Hof erreicht. Es roch nach Stall und Mist. Auf dem Hof liefen ihnen Sabine, genannt Biene, Lina, Erna und Christine, kurzerhand Stine genannt - die vier Mädchen der Meyers entgegen.

„Habt Ihr euch schon bekannt gemacht?" rief Großmutter, die gerade aus der Haustür kam als das Pferdegespann auf den Hof fuhr.

„Oma!" riefen Heini und Walter und liefen ihrer Großmutter in die Arme, während Bauer Meyer die Pferde ausspannte. Oma bewirtete die Ankömmlinge erst einmal mit einer großen Tasse Milch und selbstgebackenem Stuten mit Landbutter und Zucker.

Auf dem Mayer´schen Hof in Ahrenfeld

Wenngleich durch die derzeitige Wirtschaftskatastrophe das Geld äußerst knapp war, so lieferte der Hof die Grundnahrungsmittel.

Für Heini und Walter war das Leben auf dem Land ein beneidenswertes Stück Kindheitsgeschichte. Die Meyers hatten ein großes Herz für die Kinder, und ihr Hof bot viel Platz zum Spielen. Im Heuschober konnten sie wunderbar verstecken spielen, und im Obstgarten mit Lina, Erna und

Stine in den Bäumen herum turnten. Biene war mit zwölf Jahren die älteste und ging ihren Eltern auf dem Hof und in der Küche zur Hand, wobei Heini und Walter ihr halfen. Sie schleppten die leeren Milchkannen in den Kuhstall und sahen gespannt zu, wie sie sich langsam mit schnee-weißer schäumender Milch füllten. Sie hielten sich die Ohren zu, wenn laut quiekende Schweine ihre rosa Nasen durch die Futterritze steckten, während Frau Meyer ihnen das Futter in den Trog schüttete. Und wenn sich die Klappe schloss, ahmten sie das Schmatzen und Grunzen der Borstentiere nach. Mit Bauer Meyer fuhren sie oben auf dem Erntewagen.

In den Herbstferien krochen sie mit Erd-verkrusteten Knien in der Reihe der Feldarbeiter hinter dem, von zwei Pferdestärken angetriebenen Kartoffelroder her. Frau Meyer brachte ihnen zur Vesperzeit Kaffee, Milch und Pflaumenkuchen aufs Feld. Abends brannten die Kartof-felfeuer. Die Kinder hatten sich die Hosentaschen mit Kartoffeln vollgestopft und warfen sie in die Glut. Kartoffeln aus dem Feuer schmeckten besser, als aus Großmutters Bratpfanne.

Großmutter hielt abends einen Kessel mit heißem Wasser bereit und steckte zwei todmüde Schmutzfinken erst ein-mal in die große Zinkbadewanne.

An langen Winterabenden las Großmutter Geschichten vor. Zum ersten Advent stellte sie den Adventskranz mit vier dicken roten Kerzen auf den Tisch.

Heini und Walter durften dann das erste Fenster ihrer Adventshäuschen öffnen, und jeden Tag ein neues. Hinter jedem Fenster verbarg sich ein Spruch aus der Kinderbibel. Großvater war aktiv beschäftigt, wenn in den umliegenden Kirchen Adventsgottesdienste und -Konzerte stattfanden.

Das schönste Fest war Weihnachten, wenn die Lichter am großen Tannenbaum brannten, der wie eh und je mit dicken bunten Kugeln und Engelhaar geschmückt war. Wenn das Glöckchen ertönte, spielte Großvater auf dem Harmonium: „Ihr Kinderlein kommet..." Dann öffnete Großmutter die Wohnzimmertür und vier strahlende Augen bewunderten den großen Weihnachtsbaum, der vom Fußboden bis an die Decke reichte. In Begleitung des Harmoniums sangen alle die altbekannten Weihnachtslieder: „Oh, du fröhliche…" und „Kommet ihr Hirten…" Danach durften Heini und Walter ihre Geschenke auspacken. Großmutter hatte sie hübsch verpackt unter den Tannenbaum gelegt. Auch Vater hatte ein großes Paket aus Afrika geschickt. Es war noch fest verschnürt. Die beiden Jungen fieberten vor Begeisterung, und konnten es nicht schnell genug öffnen.

Großmutter hatte, wie jedes Jahr, das Geschirr mit dem Veilchenmuster gedeckt. Und es war ein erhebender Augenblick, wenn sie die goldgelbe Gans, gefüllt mit Äpfeln und Rosinen, aus der Bratröhre zog.

An langen Winterabenden saß Großvater am Schreibtisch, schrieb Verse und komponierte für heimatliche Konzerte. Er hüllte sich dann in eine Wolke von Zigarrenrauch, und niemand durfte sein Arbeitszimmer betreten. An einem dieser Abende schrieb er das Ahrenfeld-Lied.

Das Ahrenfeld-Lied

Wo Kahnsteinfelsen grüßen
Vom Berg ins Tal hinein,
und muntre Bäche fließen,
dort ist die Heimat mein.

Die Kahnsteinfelsen schauen
Ein Dörflein still und klein
Die Väter taten`s bauen,
drum nenn` ich`s gern auch mein.

Die Kahnsteinfelsen mahnen,
stets wahr und treu zu sein
was so geübt die Ahnen,
bleibt auch die Losung mein.

Refrain Strophe 1-3
Heimat, Heimat, du bist meine Welt.
Ich grüße dich, ich grüße dich, mein Ahrenfeld.

Wenn die ersten Sonnenstrahlen das Frühjahr ankündigten, zog es Großvater Niemeyer in den Garten. „Wo sind meine Knechte", rief er, wenn seine beiden Enkel sich in seiner Nähe aufhielten. Heini und Walter halfen bei der Gartenarbeit, und Großvater freute sich, wenn die Radieschen und der Salat ihre ersten zarten Blätter aus der Erde streckten.

Gerade kam er von einer Beerdigung, die er mit seinem Bläserchor begleitet hatte, nach Hause. Sein Weg führte sofort in den Garten. Es machte ihm nichts aus, seine Posaune gegen Spaten und Harke zu tauschen, um die Beete für die nächste Saat vorzubereiten.

„Wie kannst Du in diesem Aufzug Gartenarbeit machen? Zieh Dich bitte sofort um!" Friederike regte sich furchtbar auf, wenn sie ihren Mann in Frack und Zylinder bei der Gartenarbeit erwischte.

Sogleich machte sie sich an die Arbeit und bürstet die Lehmspuren an der Hose mit Malzkaffee aus.

Die ersten warmen Juni-Tage kündigten den Sommer an. In wenigen Wochen begannen die Sommerferien. Großvater hatte an diesem Morgen Pferd und Wagen ausgeliehen und war vom Hof gefahren. Das war ungewöhnlich, denn er machte seine Besorgungen immer zu Fuß oder mit dem Fahrrad. Heini und Walter hatten von der Aktion keine Ahnung. Nur Bauer Meyer und Großmutter waren in Großvaters Vorhaben eingeweiht. Für die Kinder flossen die Schulstunden zäh dahin. Sie zählten die Tage bis zu den Ferien. Und wenn die Schulglocke Eins schlug, dann konnten sie endlich das tun, was ihnen Spaß machte.

Auf dem Nachhauseweg trafen Heini und Walter auf eine große Anzahl Kinder. Es schien so, als hätten sich alle Kinder des Dorfes auf dem Schulweg versammelt. Welch ein Aufsehen in dem sonst so verträumten Ahrenfeld! Heini und Walter staunten umso mehr, als sie inmitten der Kindergesellschaft ihren Großvater erblickten.

Nanu, Großvater umringt von einer derart großen Kinderschar? Das hatte Seltenheitswert! Die beiden Jungen stießen durch die Menge zu ihrem Großvater vor. Und dann sahen sie die Sensation: An einer Leine führte er einen Affen. Mit ihm wollte er die beiden Jungen von der Schule abholen. Ein Affe auf dem Schulhof, was für eine Attraktion, wäre Großvater nicht schon unterwegs von einer Kinderschar aufgehalten worden! Karl hatte das Tier aus Afrika mitgebracht und von Hamburg aus in einer Tiertransportkiste nach Osterwald geschickt. Von dort hatte es Großvater mit dem Pferdewagen abgeholt. Eine größere Freude hätte Karl seinen beiden Söhnen nicht machen können.

„Wie heißt denn der Affe", fragte ein Mitschüler. Richtig, er musste einen Namen haben. Nun rauchten ein paar Kinderköpfe wie bei einer Klassenarbeit. „Ist er ein männliches oder ein weibliches Tier?" Diese entscheidende Frage musste erst einmal geklärt werden. Der Affe wurde nun gründlich betrachtet. „Es ist ein Mädchen", fand Heini heraus. „Wie wäre es mit Fips", schlug Großmutter vor. Fips war ein lustiger Name, der recht gut zu einem Affen passte. Wenngleich Großmutter von dem exotischen Tier nicht sehr begeistert war, so mochte sie doch ihren Enkelkindern die Freude nicht versagen. Großvater baute für Fips im Garten eine Hütte und einen

Kletterbaum. „Manege frei!" hieß es jetzt bei Niemeyers. Von nun an war der Meyer'sche Hof der Treffpunkt aller Kinder im Dorf. Sie hatten einen Heidenspaß, wenn Fips ihnen die Köpfe lauste – ein herrliches Vergnügen – einen ganzen Sommer lang.

Als der Herbst nahte, und die Nächte kühl wurden, stellte sich die Frage: „Was machen wir mit Fips?" Auf keinen Fall durfte sie draußen überwintern. „Wir nehmen sie mit in die Wohnung", schlug Heini vor. Diesen Vorschlag lehnte Großmutter entschieden ab. „Ein Affe, der auf den guten Möbeln herum turnt - unmöglich!"

„Dann könne Fips im Heuschober oder im Kuhstall überwintern. Dort ist es doch auch warm", meinte Walter. Die Möglichkeit wäre nicht übel, aber Bauer Meyer äußerte erhebliche Bedenken. Ein Affe im Heuschober oder im Stall bei seinen Kühen, das gehe wohl nicht gut. Die einzige Möglichkeit sah Großvater darin, dass Karl bei seiner nächsten Reise das Tier mit nach Afrika nähme. Die Tatsache stimmte die beiden Jungen sehr traurig. Großvater setzte Fips wieder in die Transportkiste. Er stellte ihr Futter und Wasser als Reiseproviant hinein, damit sie die Bahnfahrt unbeschadet überstand. So ging's mit dem Pferdewagen zum Bahnhof nach Osterwald, von wo aus Fips die Reise zum Hamburger Hafen antrat. Die Kinder kämpften mit den Tränen, als sie sich ein letztes Mal von Fips verabschiedeten.

Karl nahm den Affen nicht mit nach Afrika. Er gab ihn in einer Hamburger Zoohandlung in Pflege. Dort wolle man das Tier über Winter versorgen, teilte er seinen Schwiegereltern mit. Und im nächsten Frühjahr könne es dann wieder nach Ahrenfeld geholt werden. Für die beiden Jungen war es ein schwacher Trost, doch immerhin gab er ihnen die Hoffnung, dass Fips im nächsten Frühjahr wieder kommt.

Ein neues Frühjahr nahte. Heini und Walter bedrängten ihren Großvater: „Wann holen wir Fips?" Aber Fips kam nicht wieder. Was wirklich mit ihr geschehen war, wusste niemand. Vielleicht wurde sie an einen Zirkus oder an den Zoo verkauft. „Sicher wird Fips jetzt mit vielen anderen Affen in einem großen Gehege fröhlich herum turnen", tröstete Großvater seine beiden Enkel. Wenn auch Fips nicht mehr dabei war, so verlebten Heini und Walter bei ihren Großeltern weiterhin eine unbeschwerte Kindheit.

Eine neue Ära

1933 – 1938

Der 11. Juni 1933, der Sonntag nach Pfingsten, glich einem Volksfest. Ein monumentaler Gedenkstein fand auf dem Dorfplatz in Ahrenfeld am Kahnstein seinen Ehrenplatz. Die Parteigenossen hatten den Findling mit großem Aufwand herbeigeschafft und mit Hilfe eines Flaschenzuges aufgestellt. Die Inschrift war gewiss nicht zufällig aus „Wilhelm Tell" von Schiller gewählt:

Wir wollen sein ein einig′ Volk von Brüdern,
in keiner Not uns trennen und Gefahr.
Wir wollen frei sein, wie die Väter waren,
eher den Tod, als in der Knechtschaft leben.
Wir wollen trauen auf den höchsten Gott
und uns nicht fürchten vor der Macht der Menschen.

Schiller, Wilhelm Tell II,
Heil dem Führer, die NSDAP Zelle Ahrenfeld

Sie sollte an das bedeutungsvollste Datum, den 30. Januar 1933 erinnern.
Eine neue Epoche hatte begonnen. Die National-Sozialistische Deutsche Arbeiter-Partei – NSDAP – mit ihrem Führer Adolf Hitler, hatte die Weimarer Regierung und ihre Parteien abgelöst. Der Aufbruch in die neue Zeit wurde mit einem Volksspektakel gefeiert, wie es Ahrenfeld bisher noch nicht erlebt hatte. Unter dem Emblem des Hakenkreuzes versammelten sich alle Bewohner auf dem Dorfplatz. Bekennende Reden zu Führer und Vaterland,

Volks- und Marschmusik bestimmten den Festablauf. Für Jung und Alt war es Ehrensache, dabei zu sein. So hatte sich auch Lehrer Lemke mit seinen acht Schulklassen gebührend auf diesen Tag vorbereitet. Heini und Walter rollten ihre Fahne aus. Großmutter hatte dafür ein weißes Tischtuch gespendet, auf das die Jungen mit schwarzer Schuhcreme ein Hakenkreuz malen durften. Für das große Ereignis paukte Heini die neun Strophen des Gedichtes von Ernst Moritz Arndt, welches er feierlich im Rahmen des Festaktes vortrug.

Des Deutschen Vaterland
Erst Moritz Arndt 1813
Was ist des Deutschen Vaterland?
Ist's Preußenland, ist's Schwabenlandland?
 Ist's wo am Rhein die Rebe blüht?
 Ist's wo am Belt die Möwe zieht?
Oh nein, oh nein, oh nein,
sein Vaterland muss größer sein...

Wie die meisten Menschen, so setzten auch Friederike und Wilhelm Niemeyer ihr Vertrauen in die neue Regierung. War ihnen die Demokratie mit ihren politischen Auswüchsen von Anbeginn ein ungeliebtes Kind gewesen, so sollte von jetzt an alles besser werden. Die neue Regierung wird dem Land eine neue Form geben. Die „Fesseln von Versailles" sollen ihre Macht verlieren. Die These: „Arbeit und Brot" traf auf tiefe Sehnsucht nach regelmäßiger Beschäftigung, denn die Talsohle der Verarmung durch Massenarbeitslosigkeit war erreicht.
Uniformierte Aufmärsche präsentierten das Bild einer neu geordneten Gesellschaft. Schien den Niemeyers der neue deutsche Gruß: „Heil Hitler oder „Sieg Heil!" noch

befremdend, so passten sie sich dem Trend an. Sie waren loyale Bürger, die der Obrigkeit Respekt zollten. Wer wollte schon als Außenseiter gelten?

Wilhelm Niemeyer, noch immer verärgert über seine Zwangspensionierung, hatte der Weimarer Zeit, der er die Schuld an seinem Schicksal zuschrieb, keine Träne nachgeweint. Zufrieden über dessen Ende pflegte er weiterhin seine Chorarbeit, indem er Wochenlang in der Gegend umherreiste und Posaunenchöre ausbildete. Während seiner Abwesenheit machte sich Friederike große Sorgen, die nicht selten von Herzanfällen begleitet, meistens jedoch unbegründet waren.

Ausgerechnet in dieser Zeit geschah etwas, dass das Leben der Niemeyers, und ihrer beiden Enkelkinder effektiv verändern sollte. Unerwartet traf eines Tages ein Brief aus Hamburg mit dem Absender: „Clara Löwenstern" ein. Kurz und knapp forderte sie ein Treffen mit Günter und Walter im Dorfkrug. Das Haus ihrer Eltern wolle sie nicht betreten, da sie den persönlichen Kontakt mit ihnen nach wie vor ablehne.

Ein seltsames Gefühl beschlich Friederike. Noch vor ein paar Jahren hatte Clara Heini und Walter einem Heim überlassen. Warum pochte sie plötzlich auf ihr Sorgerecht? So sehr Friederike dieses Treffen ablehnte, durfte sie ihrer Tochter die Kinder nicht vorenthalten. Schließlich war dieser bei der Ehescheidung das Sorgerecht zugesprochen worden. Also schickte sie Heini und Walter, leicht bekleidet und mit Hausschuhen, zum vereinbarten Treffpunkt in die Gaststätte. So wäre gesichert, so glaubte sie, dass Clara die Kinder nicht ohne Wissen und Einverständnis der Großeltern nach Hamburg mitnähme.

Clara, Siegfried und Hannelore warteten schon auf die beiden Jungen.

„Da seid Ihr ja endlich. Wollt Ihr eine Brause trinken?"

Heini und Walter schüttelten den Kopf. Befangen setzten sie sich zu ihren Eltern an den Tisch. Auch Hannelore blickte stumm von einem zu andern. Die Jahre der Trennung hatten sie entfremdet.

„Wie geht es Euch?" Clara versuchte betont nett zu sein.

Ein verhaltenes „gut" gab Heini zur Antwort. Siegfried schwieg. Ein heiteres Gespräch kam nicht zustande, Befremden und Befangenheit auf beiden Seiten. Das Treffen war ein Reinfall. So fuhren Clara, Siegfried und Hannelore wieder ab. Heini und Walter sahen dem „Cabrio" nach. „Sollen sie doch in Hamburg bleiben", dachte Walter. Heinis Gedanken gingen in die gleiche Richtung. Die beiden Jungen hatten die Verbindung zu ihrer Mutter verloren. Und Siegfried, ihr neuer Mann, war für Heini und Walter ein Fremder geblieben. Wenngleich dieses Treffen misslungen war, so blieb Clara der Weg über ihre Eltern nicht erspart.

Es geschah an einem sonnigen Herbsttag. Die Wohnungstür der Niemeyers stand sperrangelweit offen. Friederike hatte sich dies zur Gewohnheit gemacht, denn welcher Fremdling sollte schon ihre Privatsphäre betreten? Plötzlich hörte sie eine Stimme hinter sich: „Jetzt trifft Dich der Schlag, und Du liegst im Grab." Friederike wandte sich erschrocken um. In der Tür stand Clara mit Tochter Hannelore. Auf ihrem Arm trug sie ein kleines Mädchen.

„Du wagst es hier her zu kommen?"

„Ich muss mit dir reden, Mutter." Clara setzte sich an den Tisch und nahm das Kleinkind auf ihren Schoß.

„Eins ist zwischen uns klar. Heini und Walter bleiben bei mir."

„Ich bin nicht hierhergekommen, um die Kinder mitzunehmen."

„Was willst Du dann? Du weißt, dass zwischen uns alles gesagt ist."

Clara ergriff die Hand ihrer Mutter. „Das muss doch nicht für immer so sein. Ich möchte Dich um etwas bitten, Mutter. Lass uns vergessen, was gewesen ist."

Friederike sah ihre Tochter an und schwieg eine Weile. So nachtragend und verbittert sie war, brachte sie es in diesem Augenblick nicht übers Herz ihre Tochter abzuweisen. Es war der erste vage Schritt über die schwankende Brücke der Versöhnung.

„Du hast noch eine kleine Tochter?" Über Friederikes Gesicht huschte ein Lächeln.

"Ja, das ist unsere Eva - Eva Löwenstern. Siegfried und ich haben geheiratet. Er wartet in der Gaststätte, und ich möchte ihn Dir vorstellen."

Mit einem neuen Schwiegersohn unfreiwillig konfrontiert, wiederholte Friederike nachdenklich:

„Löwenstern?" - „Der Name klingt jüdisch, nicht wahr."

„Siegfried ist jüdischen Glaubens."

„Dein Mann ist ein Jude?" platzte es aus Friederike heraus. Sie hatte erfahren, wie gnadenlos die Regierung gegen Juden vorging und dass sie jetzt öffentlich als Volksverderber und Rassenschänder gescholten wurden. Sogleich überzog sich ihr Gesicht mit einem bleichen Schleier. Ihr Blick verriet Entsetzen.

„Bist Du Dir darüber klar, in welche Konflikte Du Deine Eltern, Deine Kinder und vor allem Dich selbst bringst?

Ich will Deinen Mann nicht sehen. Ich kenne ihn nicht, und ich weiß von nichts von ihm. Wie Du damit fertig wirst, ist Deine Sache. Zieh um Himmels Willen Deine Eltern nicht damit hinein."

„Aber Mutter, Siegfried ist nicht gegen die neue Regierung. Er ist ein Deutscher, so wie Du und ich. Im Krieg hatte er für Kaiser und Vaterland gekämpft und dabei seinen rechten Arm verloren. Als Kriegsbeschädigter genießt er Vorzüge. Hindenburg hatte Hitler in einem Brief gebeten, die kriegsbeschädigten Juden vor der Rassenverfolgung zu schonen. Im Kaiserreich gab es jüdische Offiziere, und im Krieg wurden jüdische Feldgottesdienste abgehalten. Also was bitte, unterscheidet die Juden von uns Ariern?"

Friederike starrte vor sich hin. Nach einer Weile sagte sie leise:

„Wenn das so ist, dann hole Deinen Mann herein."

Friederike begrüßte ihren neuen Schwiegersohn mit der gebührend höflichen Distanz.

„Freut mich Sie kennen zu lernen, Frau Niemeyer." Siegfried Löwenstern hielt es für besser, seine Schwiegermutter nicht zu duzen. Auch Friederike wollte ihrem Schwiegersohn in der augenblicklichen Situation nicht mit dem vertrauten „Du" begegnen. Es war besser, gegenseitig Zurückhaltung zu wahren.

Heini und Walter konnten kaum begreifen, dass der neue Mann jetzt auch die Rolle ihres Vaters übernehmen wollte. Ebenso wenig waren sie von dem plötzlichen Auftritt ihrer Mutter begeistert. Vielmehr beschäftigte sie die Frage: „Warum tritt Mutter wieder in unser Leben?" Immerhin sollte ihr Zuhause fortan bei den Großeltern sein.

Erst im Laufe des Gespräches ließ Clara den Grund ihres unerwarteten Besuches erkennen.

„Wir haben in Ellerbek bei Hamburg eine alte Villa gepachtet. Das Haus hat viele Zimmer, und drum herum ist ein großes Gelände. Da ist Raum für uns alle."

„Heini und Walter haben dort viel Platz zum Spielen", warf Siegfried ein, „schließlich gehören sie zur Familie." Die Haltung ihres Stiefvaters überraschte die beiden Jungen. Plötzlich sollten sie zur Familie gehören?

„Was meinst du mit Platz für uns alle?" Aus Friederikes Blick sprach Misstrauen.

„Zieht zu uns nach Ellerbek. Die Pacht für das Anwesen übernehmen wir und Ihr spart hier die Miete. Ist das ein Angebot? Allerdings verlangt der Verpächter einen Bürgen, und da denke ich an Vater."

„Nur eine Formsache", warf Siegfried hastig ein. Den wahren Grund ihres Besuches verschwieg Clara. Friederike, die noch immer nicht begriff, warum sie nach Ellerbek ziehen sollte, war von dem Vorschlag nicht begeistert. Abgesehen davon, dass es sie völlig unvorbereitet traf, wollte sie sich nicht sofort entscheiden.

„Die Angelegenheit muss ich mit Vater besprechen. Er wird in ein paar Wochen nach Hause kommen."

Die Abwesenheit ihres Mannes gab Friederikes Entscheidung geräumigen Aufschub. Nach etlichen Umzügen wollte sie in Ahrenfeld endlich sesshaft werden. Andererseits bangte sie um Heini und Walter. „Eines Tages wird Clara die Kinder nach Ellerbek holen", dachte sie, „und ich kann sie nicht einmal daran hindern."

Friederike wusste, wie impulsiv ihre Tochter handeln konnte. Das, was sie ihren Söhnen angetan hatte, durfte nicht noch einmal geschehen. In Zeiten der sich verstärkt aktivierenden Judenverfolgung war es riskant einer christlich-jüdischen Familie anzugehören. Doch Friederike und Wilhelm wagten den Schritt, ihrer Tochter und ihren Enkelkindern Heini und Walter zuliebe.

Das blaue Haus

Die Villa in Ellerbek mit dem ausgedehnten Grundstück gehörte einem Hamburger Juwelier. Wegen seines hellblauen Anstrichs nannten sie das Anwesen „das blaue Haus." Gegenüber stand ein Holzhaus, das einst vom Gesinde bewohnt wurde. Es bestand kein Zweifel, dass dieses Herrenhaus einmal bessere Zeiten erlebt hatte. Danach musste es längere Zeit unbewohnt gewesen sein. An dem alten Gemäuer rankte wilder Wein. Der Zahn der Zeit hatte Fenstern und Türen nicht verschont. Aber das Haus bot viel Platz und zu alledem war ein Saal angebaut – Zeugen einer früheren Herrschaftlichkeit.

Friederike und Wilhelm Niemeyer zogen mit gemischten Gefühlen nach Ellerbek. Wäre es gut mit Tochter und Schwiegersohn unter einem Dach zu wohnen? Andererseits wurde Friederike das dumme Gefühl nicht los, dass Clara und ihr Mann einen bestimmten Zweck verfolgten, worüber sie noch immer beharrlich schwiegen. Nun aber hielt der Möbelwagen vor dem blauen Haus. Heini und Walter, die vor ihren Großeltern nach Ellerbek umgezogen waren, hatten diese bereits sehnsüchtig erwartet. Für die beiden Jungen waren ja sie an die Stelle ihrer Eltern getreten.

Die Ankunft in Ellerbek war für die Eheleute Niemeyer von gedämpfter Freude. Schon der Anblick des verwilderten Grundstücks missfiel ihnen. Wie sehr hätten sie sich an einigen Blumenbeeten und gepflegtem Rasen erfreut! Wie gerne hätte Wilhelm ein paar Gemüsebeete angebaut! Mit dem Meyer'schen Hof in Ahrenfeld war das nicht vergleichbar. Das Grundstück, das für die Niemeyers als eher heruntergekommen galt, bedeutete für die Kinder ein Hauch von Freiheit und Abenteuer. Eine alte Badewanne fungierte als Schiff auf dem großen Karpfenteich, wo Heini und Walter mit Hannelore Kapitän und Steuermann spielten. Auf dem von Gestrüpp und Brenn-Nesseln überwucherten Gelände konnten sie mit den beiden Mischlingshunden, Prinz und Erlo herrlich herumtoben.

Der gute Geist im Haus war die neunzehnjährige Marta aus Hamburg. Marta verrichtete selbständig fast alle Arbeiten im Haushalt. Ihr gepflegtes Aussehen passte perfekt zu einer wohlhabenden jüdischen Familie. Sie vertrat die Empfangsdame ebenso vorbildlich wie die Küchenmamsell.

Das Leben im „blauen Haus" schien ungetrübt. Trotz aller Freiheiten vermissten die Jungen, besonders Walter, das unbeschwerte Leben in Ahrenfeld. Sofort nach ihrer Ankunft in Ellerbek traten Heini und Walter in die Jugendorganisation „Jungvolk" ein, obwohl Walter, im Gegensatz zu seinem Bruder davon nicht sehr begeistert war.

„In Ahrenfeld mussten wir nicht zu solchen Veranstaltungen", murrte er.

Ausgerechnet zum Osterfest musste er, gerade elf Jahre alt, mit dem „Jungvolk" ins Freizeitlager fahren, noch dazu in einer Scheune auf Stroh übernachten. Familien verbunden, wie Walter war, hätte er lieber zu Hause mit seinen beiden Schwestern Ostereier gesucht.

Clara schritt gegen Walters Unlust energisch ein: „Wir müssen uns der neuen Entwicklung anpassen." Clara und Siegfried legten entscheidenden Wert darauf, dass ihre beiden Ältesten Flagge zeigten, so wie auch sie es taten.

Auf Heini hingegen, sowie auf die meisten jungen Menschen, übten die Einrichtungen eine große Anziehungskraft aus. Das Zelten in freier Natur, die Klampfe am Lagerfeuer, Abkochen im Freien, Übernachten in der Jugendherberge oder Bauernscheune, all das vermittelte ihnen ein Stück Freiheit und Kameradschaftlichkeit. Mit Fahnen geschmückte Aufmärsche, von Fanfaren begleitet, gab gerade jungen Menschen das Gefühl, Teil eines großartigen Imperiums zu sein. Die Villa der Löwensterns war häufig Treffpunkt für Geländespiele oder Heimatabende, wo an lauen Sommerabenden alte Fahrtenliedcr gesungen wurden, die Clara auf der Laute begleitete: „Aus grauer Städte Mauern..." oder „Wann wir schreiten Seit` an Seit´" oder sie erzählten Geschichten aus der Heimat. Friederike verlor sich dann gerne in Erinnerungen an die gute alte Kaiserzeit.

Familie Löwenstern bekundete Volksgemeinschaft denn es war opportun sich im Nationalsozialismus zu organisieren. Auch Hannelore wollte in den Bund Deutscher Mädchen (BDM), der weiblichen Organisation der Hitler-Jugend eintreten. Siegfried hätte es ihr erlaubt, wenn Clara nicht dagegen gewesen wäre. Hannelore war erst acht Jahr alt. Also musste sie noch zwei Jahre warten, denn im BDM waren die Mädchen vom zehnten bis zum achtzehnten Lebensjahr organisiert. Ähnlich wie die Hitler-Jugend bot der Bund Deutscher Mädel verschiedene Freizeitaktivitäten, wie Wandern, Sport, oder Theateraufführungen an. Deren Kostenaufwand war gering und somit von den meisten Eltern bezahlbar. Darüber hinaus vermittelte solche Aktivitäten jungen Mädchen ein Stück Selbstwertgefühl. Welches Mädchen war davon nicht begeistert? „Frau" musste dabei sein.

Walters häufige Unlust an nationalen Aktivitäten missfiel vor allem seinem Stiefvater. Den inneren Kontakt zu seiner Mutter hatte der Junge seit der Einweisung ins Heim nicht mehr zurück gewonnen. Dass nun wieder seine Eltern an Stelle der Großeltern erzieherische Maßnahmen ergriffen, erschien Walter unverständlich. Für den Elfjährigen war Siegfried Löwenstern nicht der Vater. So gab es wegen Walters Verhalten zwischen seinen Eltern oft Konflikte, die zu guter Letzt in handfestem Ehekrach endeten. Eines Tages besuchte John, ein Neffe Siegfrieds, das blaue Haus. John studierte zurzeit in Hamburg. So nutzte er die Gelegenheit für einen „Sprung" nach Ellerbek. War es doch ein willkommener Anlass seinen Onkel und dessen Familie nach längerer Abwesenheit wiederzusehen. Da gab es viel zu erzählen. Anregungen aber auch Kritisches wurden ausgetauscht: „Wie gerne träte ich in den NS-Studentenbund ein, aber als Jude habe ich kaum eine Chance. Findest Du das nicht unfair, Onkel Siegfried?"

„Ja, allerdings", bekräftigte Siegfried die Aussage seines Neffen. „Trotz unseres jüdischen Glaubens sind wir doch vaterlandstreue Staatsbürger. Was also unterscheidet uns von den Ariern?" Siegfried räusperte sich.

„Kannst Du Dir vorstellen, dass unser Walter nur widerwillig an den Veranstaltungen im Jungvolk teilnimmt?" John sah Walter eine Weile prüfend an. Dann sagte er mit erhobener Stimme: „Ein deutscher Junge gehört in die *DJ und später in die *HJ."

Walter wäre am liebsten aufgestanden und fortgelaufen. Er konnte die ständigen Kritiken seiner Eltern nicht mehr ertragen. Der ermahnende Blick seiner Mutter aber, hielt ihn auf seinem Stuhl fest. „Höre Dir ruhig an, was Onkel John zu sagen hat." Ihre spitze Stimme ließ in Walter eine fürchterliche Wut aufsteigen.

* Deutsches Jungvolk
* Hitler-Jugend

Er presste seine Lippen zusammen und sah seine Mutter und diesen Onkel John mit durchdringendem Blick an. Dass sein Stiefvater den Neffen gegen ihn aufstachelte, ließ sein Blut in Wallung bringen.

„Wir haben unseren eigenen Versammlungsraum", erklärte Walter, stand auf und ging in den Keller, wo Heini, Hannelore und die Freunde aus der Nachbarschaft auf ihn warteten. Mit dicken Decken war dieser in einem der Kellerräume abgeteilt. Hier traf sich das Jungvolk ganz privat. Jeder, der den Raum betreten wollte, musste seine Mitgliedskarte vorzeigen, die er entworfen und angefertigt hatte, und man hielt sich an die Vorschrift.

Walter wollte gerade seine Wut über seinen Stiefvater loswerden, als er sah, wie sein Bruder sich mit dem Nachbarsjungen Dieter prügelte. Dieter hatte Heini einen „Juden" genannt und wollte ihn aus der Gemeinschaft ausstoßen.

„Ich bin kein Jude", wehrte sich Heini.

„Doch, Du bist ein Jude. Juden gehören nicht in unsere Gemeinschaft. Das haben wir heute in der Schule gelernt." Heini geriet leicht in Wut, wenn man ihn provozierte. Er packte seinen Gegner am Kragen und warf ihn zu Boden.

„Das sag` ich meinem Vater", schrie Dieter empört, „Du bist Jude und hast einen Arier verletzt!" Dieter betrachtete seine Schramme am Ellbogen.

„Dann hau` doch ab und sag's ihm aber lass Dich hier nicht mehr blicken!"

Am Abend erzählte Heini seinen Eltern von dieser Begebenheit.

„Ich werde mit Dieters Vater reden", beruhigte ihn Siegfried. Er sah die Dinge gelassen und begegnete solchen Unstimmigkeiten auf seine Art:

„Konnten Sie sich Ihre Eltern aussuchen? Sehen Sie, Sie haben arische Eltern und ich eine arische Frau, arische Kinder und Schwiegereltern. Und wegen meiner jüdischen Religion müssen sich die Kinder nicht prügeln, nicht wahr?"

Dieters Vater konnte den Argumenten seines Nachbarn nichts entgegensetzen. Siegfried Löwenstern tat alles, um gute Nachbarschaft zu halten und ließ sich in keiner Weise provozieren. Niemand konnte ihm mangelndes Nationalbewusstsein nachsagen. Auf jeder öffentlichen Veranstaltung zeigte er sich in vollem Schmuck seiner Kriegsorden, wobei er sich stolz in die Brust warf. Dennoch wurden die Löwensterns „wegen des Juden" häufig angepöbelt. Da half auch die Alibi-Funktion der arischen Familienmitglieder nicht.

Zu Claras morgendlicher Beschäftigung gehörte das Sortieren der Post. Sie rief Marta zu sich, die gerade im Wohnzimmer den Staubwedel schwang. „Für Dich ist ein Brief angekommen." Marta klemmte ihren Staubwedel unter den Arm. „Oh, ein Brief von meinen Eltern – Danke",

Mit einem leichten Knicks nahm sie das Kuvert entgegen. Clara reichte ihr jenen schwarzen Brieföffner, den ihr Exmann einst von seinen Reisen mitgebracht hatte – afrikanische Kunst. Er sah ziemlich abgegriffen aus. Marta konnte es kaum erwarten, nach etlichen Wochen wieder etwas von Zuhause zu hören oder, besser gesagt, zu lesen.

Während sie die Zeilen las, grub sich eine tiefe Falte auf in ihre Stirn. Clara blickte in Martas besorgtes Gesicht.

„Ist zu Hause etwas nicht in Ordnung?"

„Mein Vater hat geschrieben. Ich soll sofort nach Hause kommen."

„Was ist mit Deinem Vater? Ist er krank? Oder ist etwas mit Deiner Mutter."

„Ach nein, es ist nur wegen... Wie soll ich es Ihnen nur erklären Frau Löwenstern?"

„Warum musst Du plötzlich nach Hause", drängte Clara. Martha sah beschämt zu Boden. „Ich darf bei Ihnen nicht mehr arbeiten. Mein Vater ist in der *SA, und Sie wissen doch... Ich habe sehr gerne bei Ihnen gearbeitet und würde es auch weiterhin tun, aber Vater verbietet es mir."

Längst war es bekannt, dass deutsche Mädchen bei jüdischen Familien nicht arbeiten durften. Nun ging überraschend ihr Dienstmädchen. Das stimmte Clara missgelaunt. „Verflixt und zugenäht!" Sie schlug mit der Faust auf den Schreibtisch. Was aber konnte Martha dafür? Sie musste sich den Anordnungen ihres Vaters beugen. Martha packte noch am selben Tag ihren Koffer.

Sie hatte Tränen in den Augen, als sie sich am anderen Morgen von Familie Löwenstern verabschiedete und den Zug nach Hamburg nahm.

* Die in den 20er Jahren entstandene Sportgruppe Sturm-Abteilung formierte sich im Zuge der Machtergreifung zur paramilitärischen Truppe der NSDAP. Ihre Führer, sowie ihre stetig wachsende Anhängerzahl wurden zu Verfechtern des aggressiven Antisemitismus und politischen Radikalismus.

Das neue Mädchen hieß Marie. Sie war vierzehn Jahre alt und Vollwaise. Doch Marie kam nicht allein. Seit dem Tod ihrer Eltern lebte sie in unzertrennlicher Gemeinschaft mit ihren älteren Brüdern, Horst und Wilfried.

„Erlauben Sie, dass auch meine Brüder bei Ihnen wohnen? Sie haben doch viel Platz im Haus. Horst und Wilfried könnten Ihnen bei der Gartenarbeit helfen."

Die beiden Brüder waren große, kräftige Burschen - achtzehn und zwanzig Jahre alt. Marie dagegen war zierlich. Mit ihren langen blonden Zöpfen erweckte sie den Eindruck eines Kindes. Clara war nicht gerade begeistert, dass die neue *Arbeitsmaid bei ihrer Ankunft den Rest ihrer Familie mitbrachte. In der Familie Löwenstern wurde darüber heftig diskutiert, bis eines Tages Vater Niemeyer auf eine brillante Idee kam. „Warum sollte das Mädchen ihre Brüder nicht mitbringen? Auf dem großen Gelände wartet schließlich genug Arbeit auf zwei junge kräftige Burschen." Friederike stimmte ihrem Mann zu. „Es ist sinnvoll, wenn jemand da ist, der rund um das Haus ein wenig Ordnung macht." So zog Marie in die große Villa, und ihre beiden Brüder richteten sich im Gartenhaus ein. Für Marie war die Arbeit in dem Acht-Personen-Haushalt überwältigend. Schließlich war es ihre erste Arbeitsstelle nach dem Schulabschluss. Clara rechnete es der Unerfahrenheit ihrer Arbeitsmaid zu, wenn sie ihr die Arbeiten im Haushalt anweisen musste.

*Frauen unter 25J. absolvierten ein Pflichtjahr. Es wurde 1938 eingeführt. Man nannte diese Frauen Arbeitsmaid.

Als Marie, anstatt auf ihrer Arbeitsstelle, sich öfter bei ihren Brüdern im Gartenhaus aufhielt, forderte Clara mit ihr eine Aussprache. Das gleiche erwog Siegfried mit ihren Brüdern, die sich nicht an die Abmachung hielten, denn das Grundstück sah nach wie vor verwildert aus.

Die Gelegenheit bot sich am nächsten Morgen. Siegfried sah auffallend auf die große Wanduhr als Marie ins Zimmer trat. „Deine Arbeit hatte schon vor einer Stunde begonnen. Wenn Du in Zukunft nicht pünktlich erscheinst, müssen wir uns nach einer anderen Haushaltshilfe umsehen. Und sage Deinen Brüdern, wenn sie sich nicht um den Garten kümmern, müssen sie aus dem Gartenhaus ausziehen. Für Faulpelze haben wir keinen Platz."

Mit einem Ruck öffnete Marie ihre Schürze und warf sie auf einen Stuhl. „Ich werde nicht länger hier bleiben. Sie haben uns verschwiegen, dass Sie Juden sind. Meine Brüder und ich sind arischer Abstammung, so wie unsere Eltern es waren, und darauf sind wir stolz. Mit Juden haben wir nichts im Sinn." Demonstrativ verließ Marie die Küche. An der Schwelle drehte sie sich um. „Sagen Sie nichts gegen meine Brüder, die sind in der SA." Danach verließ Marie das Haus. Am späten Nachmittag klopfte es an der Haustür. Als Siegfried öffnete stürzten Horst und Wilfried herein. Wilfried fasste den Einarmigen sogleich an der Krawatte. „Wenn Sie auch nur einen Tag länger unsere Schwester beschäftigen, bekommen sie Prügel von uns, verstanden?" Er stieß den überraschten und behinderten Mann gegen die Wand. Danach verschwanden Marie und ihre Brüder für immer.

Was Friederike befürchtet hatte, trat früher als erwartet ein.

Das Zusammenleben mit Tochter und Schwiegersohn, dazu die ständige Bedrohung wegen dessen jüdischer Religionszugehörigkeit, bescherten Claras Eltern schlaflose Nächte. Clara warf ihrer Mutter Einmischung in ihre Ehe vor. Vater Niemeyer vermisste seine Arbeit in der Kirche. Hier im Norden konnte er als Posaunenmeister nicht Fuß fassen. Das machte ihn unzufrieden. Ihre Funktion als Schutzschild der christlich-jüdischen Mischehe war mit der Zeit und ihren Ereignissen nutzlos geworden. Die Regierung legte den Juden immer mehr Beschränkungen auf, und Familie Löwenstern war davon nicht ausgeschlossen.

Friederike und Wilhelm verließen das blaue Haus, noch bevor der Pachtvertrag abgelaufen war. Heini und Walter hatten Tränen in den Augen, als sich ihre Großeltern verabschiedeten. Auch Großmutter machte sich über die Zukunft ihrer Enkel ihre Gedanken: „War es gut, sie jetzt ihrer Mutter und dem Stiefvater zu überlassen? Werden sie auch weiterhin mit Liebe und Fürsorge aufwachsen?" Sie drehte sich noch einmal um, und sah, wie Heini und Walter ihr nachschauten. Und sie ahnte im Vorfeld, dass sie sich von ihren Enkelkindern für lange Zeit verabschieden sollte.

Unverdiente Armut

Die letzten Spätsommertage waren vorüber. Das nasskalte Wetter kündigte einen frühen Herbst an. Grau und verlassen wirkte das blaue Haus im Regen. In den Pfützen auf dem Hof spiegelten sich dunkle Wolken als Siegfried an diesem Abend nach Hause kam. Seine Stimmung war auf dem Nullpunkt. Clara saß schon eine Zeit lang am Nähtisch. Um sie herum lagen etliche Paar Strümpfe. „Dass die Kinder immer wieder Löcher in den Socken haben müssen", seufzte sie. Noch vor einigen Monaten hatte dies die Arbeitsmaid erledigt. Doch seit Marie gegangen war, fand sich kein Mädchen, das bei Familie Löwenstern arbeiten wollte. Als Juden waren sie zu Außenseitern geworden.

Siegfried reagierte nicht auf die Bemerkung seiner Frau. Wortlos stellte er seine Tasche in die Ecke.

„Was ist passiert?" Clara sah besorgt zu ihrem Mann auf. Siegfried ließ sich nebenan in den Sessel fallen und stützte seinen Kopf auf die linke Hand.

„Man hat mich entlassen - rausgeschmissen, verstehst Du? Juden sind in unserer Firma nicht mehr geduldet."

Clara schwieg betroffen. Nach einer Weile sagte sie: „Ich habe heute gehört, dass man Deinen Eltern die Fleischerei enteignet hat. Sie wird jetzt von einem Verwalter geführt."

„Du sagst es, auch die DEROP darf keine Juden mehr beschäftigen. Für uns gilt ab sofort das Berufsverbot."

„Dann kann Deine Kriegsverletzung und unser patriotisches Verhalten uns nicht mehr vor der Judenverfolgung schützen?"

„Nichts und niemand kann uns schützen."

Siegfried und seine Familie traf es hart. Als Arbeitsloser stand er ohne Geld da. Die finanzielle Existenz sicherte allein Claras Exmann, der zum Unterhalt seiner Kinder verpflichtet worden war. Das aber reichte für eine sechsköpfige Familie bei weitem nicht aus.

„Wir müssen noch für zwei Wochen Lebensmittel kaufen, und ich habe kein Geld mehr", klagte Clara.

„Dann lass beim Kaufmann anschreiben und bezahle alles, wenn du die nächste Unterhaltszahlung bekommen hast."

Das Anschreiben beim Kaufmann wurde zur Regel. Dennoch war es Clara peinlich, wenn sie den Laden des Krämers betrat und ihn bitten musste: „Können Sie noch mal für weitere vierzehn Tage anschreiben? Ich bezahle dann ganz bestimmt. Aber ich brauche Mehl, Milch und Zucker. Sie wissen doch, vier Kinder müssen satt werden."

Die Krämers-Frau runzelte die Stirn. Sie holte das „schwarze Buch" unter dem Tresen hervor und schlug es auf. „Sehen Sie Frau Löwenstern, da stehen noch die Schulden von den letzten drei Wochen."

„Ich weiß, aber ich brauche doch unbedingt..."

Die Frau hinter dem Ladentisch sah in Claras verzweifeltes Gesicht. Wortlos nahm sie Buch und Bleistift und schrieb noch einmal an. Sie schüttelte den Kopf als Clara den Laden verließ. „Schlimm, dass man die Juden jetzt in die Armut stürzt! Das haben sie nicht verdient."

Familie Löwenstern konnte die Pacht für das blaue Haus nicht mehr aufbringen. Den „Adler Cabrio" hatten sie unter Wert verkauft und unbemerkt Ellerbek verlassen. Niemand hatte dort ihren Abschied wahrgenommen. „Die

Juden sind weg", hieß es, und wen hätte es interessiert, wohin sie gezogen waren. Familie Löwenstern bezog eine kleine Wohnung in Hamburg. Hier fände Siegfried vielleicht eine neue Arbeit! Aber so sehr er sich bemühte, die Firmen wiesen ihn ab. Oft verdrängte Clara ihren Hunger und teilte das Wenige an ihren Mann und die Kinder auf. So blieb auch das Anschreiben beim Kaufmann weiterhin die Regel, aber die Bezahlung kam den davonlaufenden Schulden nicht mehr nach.

Zu Claras Erstaunen klingelte eines Tages das Mädchen aus dem Krämerladen in Ellerbek an ihrer Haustür.

„Endlich habe ich Sie gefunden, Frau Löwenstern. Das war nicht so einfach, glauben Sie mir." Zögernd zog sie ein schwarzes Buch aus ihrem Segeltuchbeutel.

„Frau Löwenstern, Sie haben noch..."

„Ja, ja, ich weiß", erwiderte Clara hastig. Sie hatte ihre Schulden vor dem Umzug nach Hamburg nicht mehr bezahlen können.

„Sagen Sie Ihrer Chefin, dass ich in den nächsten Tagen nach Ellerbek fahre und meine Schulden bezahle."

„Das geht leider nicht, ich muss die Hundertachtzig Mark noch heute im Laden abliefern, sonst bekomme ich fürchterlich Ärger."

„Ich will ja alles bezahlen, aber mein Mann ist noch immer arbeitslos."

Clara griff nach ihrem Portemonnaie. „Da sehen Sie! Ganze fünf Mark habe ich noch. Damit muss ich die nächsten zwei Wochen auskommen."

„Würden Ihre Eltern Ihnen das Geld borgen?"

„Nein, sie sind ebenfalls aus Ellerbek weggezogen und ich weiß nicht wohin. Bitten Sie ihre Chefin um etwas

Geduld. Wenn mein Mann wieder Arbeit hat, dann zahle ich meine Schulden."

Das Mädchen fuhr unverrichteter Dinge nach Ellerbek zurück.

Bürgschaft

Friederike und Wilhelm Niemeyer waren in einen kleinen Ort an der Weser gezogen. Ihre Dreizimmerwohnung befand sich in der ersten Etage über einem Zeitungs- und Zigarrenladen. Hier bezog Wilhelm jeden Morgen seine Zigarren und informierte sich über die neuesten Pressemeldungen. Von ihrem Fenster aus konnten sie die vier bis fünf Züge beobachten, die tagsüber zwischen Hameln und Löhne pendelten. Von der Kiesgrube her drang das Quietschen der E-Lok herüber, wenn sie die voll beladenen Kieswaggons rangierte. Der Bäckerladen lag wenige Schritte entfernt, und die kleine Fleischerei befand sich nebenan. Für Friederike gehörte zu einem ordentlichen Mittagessen ein kräftiges Stück Fleisch, während Wilhelm ein eingefleischter Vegetarier war.

Wilhelm hatte wieder einen Posaunenchor gegründet, und probte für die bevorstehende Adventszeit. Hier, im Zentrum des Dorfes, verlief das Leben der Niemeyers nach den turbulenten Monaten in Ellerbek wieder in ruhigeren Bahnen.

Ein unerwarteter Brief aus Hamburg sorgte eines Tages wieder einmal für Aufregung. Wilhelm saß am Schreibtisch, starrte auf das Schreiben und blies pausenlos Rauchwolken in die Luft. Der Verwalter des blauen Hauses hatte ihnen eine äußerst unangenehme Überraschung beschert. Siegfried Löwenstern habe die Pacht für die letzten sechs Monate nicht mehr bezahlt und da er, Herr Wilhelm Niemeyer, für seinen Schwiegersohn gebürgt habe, wäre er nun auch zur Zahlung verpflichtet.

„Ich ahnte es schon damals. Die Sache mit Ellerbek nimmt kein gutes Ende", seufzte Friederike, „wie sollen wir in nächster Zeit sechshundert Mark aufbringen? Von unserer kleinen Rente können wir das nicht."

Wilhelm sah fassungslos seine Frau an. „War es ein Fehler, dass wir unserem Schwiegersohn vertrauten?"

„Du bist zu gutgläubig", warf Friederike ihrem Mann vor, „Du hättest die Bürgschaft für die Pacht nicht annehmen dürfen. Ach, wären wir in Ahrenfeld geblieben, dann hätten wir uns eine Menge Kummer erspart."

„Aber wir haben es doch für unsere Tochter getan", rechtfertigte sich Wilhelm, „hättest Du anders gehandelt?"

Friederike schwieg.

Aus dem Schreiben des Verwalters ging hervor, dass Familie Löwenstern Ellerbek mit unbekannter Adresse verlassen hatte. Clara hatte ihren Eltern den Umzug nicht mitgeteilt. Nach dem letzten Ärger stand zwischen beiden Familien wieder einmal eisiges Schweigen. Wie sollte er sich nun mit Tochter und Schwiegersohn in Verbindung setzten, da er nicht einmal wusste, wo sie jetzt wohnten? Außerdem blieb nicht viel Zeit. Der Weg über den Rechtsbeistand war unausweichlich.

Wilhelm Niemeyer saß seinem Anwalt gegenüber, auf dessen Schreibtisch sich die Akten stapelten. Nachdem der Anwalt den Brief des Verwalters gelesen hatte, konnte er seinem Mandanten nur wenig Hoffnung machen.

„Wenn Sie für Ihren Schwiegersohn eine Bürgschaft übernommen haben, werden Sie um Ihre Verpflichtung nicht herumkommen. Da kann ich nichts für Sie tun."

Mit einem großen Problem beladen, verließ Wilhelm Niemeyer die Anwaltskanzlei. Er hatte, wie immer, in gutem

Glauben und menschlichem Vertrauen gehandelt. Nun waren er und seine Frau um eine bittere Erfahrung reicher geworden. Sie mussten die gesamte restliche Pacht zahlen, dazu die Anwaltskosten, wobei sie nicht einmal wussten, woher sie das Geld nehmen sollten. Die folgenden Tage waren für Friederike wieder einmal sorgenvoll und tränenreich, bis eines Tages ein Brief aus Minden kam, der sie ein wenig aufmunterte. Der Absender war eine gewisse Klara Glitsch. Sie hatte erfahren, dass ihre ältere Schwester in ihre Nähe gezogen war und wollte sie für ein paar Tage besuchen. Welch ein Lichtblick für Friederike! Etliche Jahre hatte sie ihre jüngste Schwester nicht mehr gesehen.

Klara Glitsch war unverheiratet. In jungen Jahren hatte sie als Chefeinkäuferin in einem großen Bekleidungshaus gearbeitet. So war es verständlich, dass die inzwischen weißhaarige Dame entscheidenden Wert auf Eleganz legte. Ihre Favoriten waren schwarze Röcke und weiße Blusen, mal sportlich, elegant, mal feminin verspielt. Dazu trug sie den passenden Hut in schwarz oder weiß, mit Spange, großer Feder oder Schleier. Was das Essen betraf, so legte sie sich strenge Maßstäbe an. Daher erlaubte es ihre Figur mit der Mode zu spielen. Den Mann ihrer Träume hatte sie nicht gefunden. Also ist sie ledig geblieben, und konnte sich im Laufe der Jahre ein finanzielles Polster schaffen.

Die beiden Schwestern fielen sich vor Freude in die Arme. „Du siehst so bedrückt aus, Dickes, hattest Du Ärger?" Trotz aller Freude hatte Friederike den Kummer der vergangenen Tage nicht verbergen können. Sie erzählte ihrer Schwester von dem Brief des Verwalters, und welch furchtbare Sorgen sie mit ihrer Tochter und ihrem Schwiegersohn hatte.

Klara Glitsch sah an die Decke und faltete die Hände.

„Gott sei Dank bin ich ledig geblieben. Wie viel Kummer blieb mir doch erspart!"

Mitleidig sah sie ihre Schwester an. „Ich gebe Euch die sechshundert Mark", sagte sie großzügig, wobei sie ihren Blick durch das Wohnzimmer schweifen ließ.

„Überlasst mir dafür das Vertiko, das Schränkchen mit dem großen Spiegel und die Chaiselongue."

Friederike spürte, wie eine Gänsehaut sie überzog.

„Du willst Möbel dafür?"

„Findest Du das nicht gerecht? Ich gebe Euch das Geld und Ihr gebt mir dafür die genannten Möbelstücke.

Gib mir einen Bogen Papier", wandte sie sich an ihren Schwager, „wir wollen die Regelung gleich schriftlich niederlegen."

Klara Glitsch setzte sich an den Schreibtisch und schrieb einen Vertrag. Friederike und Wilhelm unterschrieben schweren Herzens. Es blieb ihnen keine Wahl. Dennoch bekam Klara Glitsch die vereinbarten Möbelstücke nicht. Friederike zahlte ihrer Schwester monatlich in kleinen Raten und unter harten Entbehrungen das gelichene Geld zurück, und es dauerte einige Jahre bis ihre Schuld getilgt war.

Revolutionäre Entscheidung

Der unaufhaltsame soziale Abstieg zwang Familie Löwenstern erneut zu einem Umzug innerhalb Hamburgs. Siegfried arbeitete gelegentlich als Vertreter für Modernisierungseinrichtungen an Kraftfahrzeugen, was den Lebensunterhalt der Familie unzureichend deckte. Die Geschäfte gingen schlecht. Viele Juden waren zurzeit arbeits- sogar mittellos. Da machte Familie Löwenstern keine Ausnahme.

Clara war an diesem Nachmittag allein zuhause, als unerwartet jemand an ihre Tür klopfte.

„Frau Löwenstern?"

Schockiert darüber, dass der Fremde sie mit Namen ansprach, reagierte Clara nicht.

„Sie sind doch Frau Löwenstern, nicht wahr?"

„Wer sind Sie? Was wollen Sie?"

„Mein Name ist unwichtig. Es ist bekannt, dass Sie mit einem Juden verheiratet sind."

„Mein Mann ist jüdischer Abstammung. Unsere Ehe wurde 1930 geschlossen."

„Sie wissen, dass die Eheschließung mit einem Juden nach dem neuen Gesetz unter Strafe gestellt ist."

„Ich habe Ihnen doch gesagt, dass wir bereits 1930 geheiratet haben. Da existierte dieses Gesetz noch nicht.".

„Aber jetzt ist das Gesetz zum Schutz des deutschen Blutes existent, Frau Löwenstern. Sie werden mit der *GESTAPO Schwierigkeiten bekommen."

„Was soll ich tun?"

„Trennen sie sich von ihrem Mann. Sie wissen, dass auch der eheliche Verkehr zwischen Juden und Ariern strafbar ist."

Clara spürte, wie das Blut in ihren Schläfen pulsierte.

„Mein Mann ist kriegsbeschädigt. Er hat für Kaiser und Vaterland gekämpft. Die kriegsverletzten Juden sind doch von der Verfolgung ausgeschlossen, oder?"

„Davon ist mir nichts bekannt. Hören Sie auf meinen Rat. Trennen Sie sich von ihrem Mann, andernfalls wird sich die *GESTAPO um ihre Familie kümmern müssen."

„Ich habe vier Kinder."

„Die Kinder sollen in Ihrer Obhut bleiben, aber trennen Sie sich freiwillig von ihrem Mann! Nur so können Sie eine Zwangsscheidung abwenden." Damit verschwand der Fremde aus ihrer Wohnung.

„Trennen Sie sich von Ihrem Mann." Diese Aufforderung rüttelte Clara auf. Ihre euphorische Haltung gegenüber dem Nationalsozialismus war mit dieser Begegnung erloschen. Erst jetzt wurde ihr klar, dass die geheime Staatspolizei sie schon länger beobachtet haben musste. Die GESTAPO war überall, heimlich und unauffällig. Sie wusste über jeden Bürger Bescheid, denn im ganzen Land hatte sie verlässliche Zuträger. Was Clara heute erfuhr, war der Anlass für tiefgreifende Veränderungen, die auch das Schicksal ihrer Kinder prägen sollten.

Siegfried kam an diesem Abend früher nach Hause als erwartet.

*geheime Staatspolizei

„Ich habe einige Kunden verloren. Nachbarn erzählten mir, dass die GESTAPO sie gestern Nacht abgeholt hat. Die ganze Familie haben sie mitgenommen."

Erschrocken sah Clara zu ihrem Mann auf. Ihr Gesicht verfärbte sich.

„Immer häufiger hört man, dass die GESTAPO Juden aus ihren Wohnungen holt. Auch wir sollen uns trennen."

„Wer bestimmt das?"

„Die GESTAPO verfolgt uns. Deine Kriegsverletzung kann uns nicht mehr vor ihrem Zugriff schützen."

Siegfried starrte seine Frau an, dabei wich auch ihm die Farbe aus dem Gesicht.

„Willst Du, dass wir uns trennen?"

„Nein, niemals werde ich Dich einem ungewissen Schicksal überlassen!"

Er dachte einen Augenblick nach. „Das Beste wäre, wenn wir Deutschland verlassen. Über eine frühere Firma bestehen noch Beziehungen zu Buenos Aires. Das könnte unsere einzige Chance sein."

„Gehst Du mit mir nach Süd Amerika?"

„Wenn Deutschland uns keine Lebensgrundlage mehr bietet, wenn die Regierung gegen uns ist, dann werde ich in diesem Land keinen Tag länger leben wollen." Wütend über die derzeitige Situation, über die Art, wie die Gesellschaft mit den Juden umging und über die Zwangsmaßnahmen, die diese über sie verhängte, war Clara fest entschlossen mit ihrem Mann Deutschland zu verlassen. Sie dachte an Fred, Siegfrieds Bruder, der schon vor einigen Monaten mit seiner Familie nach Süd Amerika ausgewandert war.

„Stell Dir das nicht so einfach vor. Die Ausreisebedingungen sind hart. Wir müssen alles zurück lassen. Außerdem können wir die Überfahrt mit der ganzen Familie nicht finanzieren."

„Soll das heißen, Du willst die Kinder nicht mitnehmen?"

„Nicht alle, Heini und Walter werden in Deutschland bleiben müssen."

„Wie willst Du ihnen das erklären?"

„Wir werden den beiden Jungen noch nichts davon erzählen. Sie werden es schon rechtzeitig erfahren."

„Wie Du meinst." Clara konnte in diesem Moment nicht einordnen, wie ihr Mann ein solches Vorhaben geheim halten wollte, tolerierte aber seine Maßnahmen. Vielleicht war es besser so. Clara und Siegfried hatten jetzt ein großes Ziel, auf das sie von langer Hand hinarbeiteten. Dazu gehörte die weitere Lebensplanung ihrer beiden Söhne, Heini und Walter.

Heini – mit fortschreitendem Alter wurde er Günter genannt - war vor ein paar Tagen vierzehn geworden. „Du siehst aus wie ein junger Mann", lobte ihn Siegfried. Nach seiner Größe und Erscheinung hätte ihn jeder für einen Sechzehnjährigen gehalten. Seine musische Begabung lag in der Familie. Schon während seiner Zeit in Ahrenfeld hatte Günter immer wieder zum Flügelhorn seines Großvaters gegriffen und ihm sogar etliche brauchbare Töne entlockt, die sich zu einfachen Liedern zusammenfügten. So plante Clara gezielt den Berufsweg ihres Ältesten und meldete ihn auf einer Musikschule mit Internat, im mecklenburgischen Hagenow an.

Das Frühjahr 1936 bescherte Günter einen neuen Lebensabschnitt. Auf die feierliche Schulentlassung folgte seine

Konfirmation, die er im Kreise seiner Familie beging. Für den Vierzehnjährigen war es ein großer und gleichsam bedeutsamer Tag in seinem Leben. Es war der Abschied von seiner Kindheit und aus seinem Elternhaus. Günter begann am 1.April 1936 seine Lehre an der Musikschule Paul Klüver in Hagenow. Warum gerade Hagenow? Gewiss gab es auch in Hamburg Ausbildungsplätze für Musiker, aber seine Mutter hatte einen besonderen Grund, den Ausbildungsort weit außerhalb des Heimatortes zu wählen. Günter verließ als erster das Elternhaus. Bei Familie Löwenstern hatte sich wieder Nachwuchs angekündigt. Clara war im dritten Monat schwanger.

Letztes Foto vor der Abreise nach Argentinien
Hamburg 1938

Musikschüler

Die Musikschule befand sich im Zentrum Hagenows an der Bahnhofstraße. Acht Musiker in Spe trafen sich bei Musikdirektor Klüver: Walter, Siegfried, Günter, Heini und etliche andere. Der Maestro nannte die Jungen bei ihren Vornamen. Siegfried und Walter gab es im Doppelpack. Klüver löste das Problem auf seine Art. Er taufte den neuen Walter kurzerhand in „Willi" um, und den neuen Siegfried in „Klaus".

Den Tag ihrer Ankunft überließ Klüver den Jungen zum Einleben. Mehrere Schüler teilten sich jeweils ein Zimmer, wo erst einmal die Kleider untergebracht wurden. Damit diese nicht in verschnürten Bündeln und Papp-Kartons umher standen, gab es eine Schrankordnung.

Danach ging es zum Stamm-Schreibwarengeschäft, bei dem sich die angehenden Musiker Notenhefte, Schreibpapier, Tinte, Notenfedern usw. besorgten. Einer der älteren Lehrlinge begleitete die Neulinge und half ihnen das richtige Lehrmaterial auszusuchen, damit am darauf folgenden Tag der Unterricht reibungslos beginnen konnte.

Morgens um sechs hieß es: „Raus aus allen Betten." Dreißig Jungen begaben sich über den Hof in die Waschküche zur Morgentoilette. Kaltes Wasser und Seife machen munter, denn pünktlich um sieben Uhr musste das Frühstück hergerichtet sein. Dazu stellten die Lehrlinge Tischtafeln auf Böcke, deckten den Tisch, kochten Kaffee und holten beim Bäcker Semmeln. Jeder der Jungen erfüllte im Wechsel seine Aufgabe.

Der Unterricht für die Neulinge, zu denen Günter gehörte, begann auf dem Hof mit dem Trommeln. Der Kreismusikdirektor hatte eine besondere Lehrmethode entwickelt. Nach Anordnung der Trommeln waren Holzböcke zusammengenagelt und mit Brettern versehen. Für die „Erstklässler" war Übungsleiter Behrens zuständig. Das Überkreuzschlagen war das Schwierigste. Der Eine lernte es schnell, der Andere hatte seine liebe Not, mit Schlagstock und Takt klar zu kommen. Bei Behrens saß die Hand locker wenn`s nicht klappte, und seine „Handschrift" war nicht ohne.

Ab neun Uhr schwiegen für zwei Stunden die Instrumente. Der theoretische Unterricht im Notenlesen und -schreiben begann. War die Theorie beendet, durfte sich jeder noch einmal der Praxis widmen, diesmal auf den Zimmern. Wenn vier angehende Tonkünstler gemeinsam ihre Einzelstücke probten, war die Disharmonie perfekt. Die Älteren hatten derweil Chorproben oder Einzelunterricht an Blasinstrumenten.

Um zwölf Uhr wurden die Instrumente gegen das Kartoffelschälmesser getauscht - Kartoffeln schälten für dreißig Mann nach Fließbandarbeit. Auch hier erfüllte jeder seine Aufgabe.

Nach der Mittagspause begann für die Schüler des zweiten und dritten Lehrjahres die kleine Chorprobe, während die Erstlinge je ein Instrument, Trompete, Tenorhorn, Posaune oder Tuba zum Kennen lernen testen durften. Volker musste sich mit der Klarinette anfreunden, was ihm gewiss nicht leicht fiel. Das Anblasen war wohl das Schwierigste. Und so spürte er des Öfteren die Hand von Behrens, dessen „Handschrift" ihm Respekt einflößte.

Günter lernte Trommel, Pauke, Glockenspiel, Xylophon, Trompete und Geige. Zu den Übungsstunden vergas der angehende Musiker niemals seine Romanhefte „Tom Shag" und „Rolf Torring" die er sorgfältig unter das Notenblatt legte und sich bei gelegentlichen Toilettenpausen darin vertiefte. Eine solche Unterbrechung, fand meistens nach den ersten zwei Unterrichtsstunden statt - Zeit für Günter, die Toilette aufzusuchen. Währenddessen entdeckte sein Mitschüler unter Günters Notenblatt das Krimiheft Tom Shag und zog es hervor. Gejohle erfüllte daraufhin den Raum, während Behrens finsterer Blick fragend die Gesichter seiner Schüler streifte. Gewöhnlich wurden solche Entgleisungen mit Ohrfeigen honoriert, wenn der Besitzer des Krimiheftes zur Stelle gewesen wäre. Doch als Günter nach der Pause von seinem Toilettenbesuch zurückkehrte, war Behrends Zorn verraucht. Der ahnungslose Toilettenbesucher wunderte sich allerdings, dass seine Kollegen ihn von nun an „Tom Shag" nannten.

Die nächste Chorprobe war mit einigen Misstönen behaftet.

„Vielleicht liegt es an Eurem Instrument. Volker, gib mir doch mal Deine Klarinette. Ich werde Dir mal das Stück vorspielen." Behrens spielte dann das Notenblatt herunter und gab anschließend seinem Schüler das Instrument zurück.

"…geht doch tadellos", bemerkte er mit einem Lächeln. Als Volker dann erneut die Klarinette an die Lippen setzte, würgte ihn der Geschmack von Kautabak in der Kehle. Unter den Schülern sprach es sich herum, dass der „Dicke" priemte. Bis zur nächsten Unterrichtsstunde bemühte sich jeder um saubere Töne. Behrens musste nicht noch einmal die Blasinstrumente mit Kautabak aromatisieren.

Wenn Unterricht und Übungsstunden beendet waren, wurde das Notenblatt mit dem Schmöker getauscht. „Tom Shag" oder „Rolf Torring" beherrschte die Freizeit. Während die meisten Schüler schmökerten, hielt sich der Musikdirektor an Teichen oder Flussläufen auf. Umringt von hohem Schilfgras hielt er für die nächsten Stunden seine Angel ins Wasser. Oft brachte er einen Eimer voll Süßwasserfische nach Hause. Dann wusste jeder, was am nächsten Tag auf dem Speisezettel stand.

Nach sechs Monaten Ausbildung setzte Klüver die Namen der neuen Schüler auf die Liste der Spieler. Damit begann der aktive, aber auch interessantere Teil ihrer Ausbildung. Zu Schützenfesten, Parteiveranstaltungen oder Aufmärschen, wurden sie reihum eingeteilt. Wie ihre älteren Kollegen trugen sie jetzt eine Uniform: weiße Hose, schwarzes Jackett und Schirmmütze mit weißem Bezug. Fast jede Gaststätte bot am Wochenende Tanzveranstaltungen an. Als Transportmittel diente das Fahrrad. Die große Trommel auf den Buckel geschnallt, das Zubehör in einer Tasche, die an der Mittelstange hing und die kleine Trommel mit Becken auf dem Gepäckträger, so fuhren die Jungen im Umkreis von zwanzig Kilometern nach Lauenburg, Boizenburg Vellahn usw. zu den jeweiligen Veranstaltungen. An solchen Tagen drückten der Chef und Behrens schon mal ein Auge zu, wenn die Jungs Zigarre rauchten oder mal 'nen „Lütten" zu sich nahmen.

Ein verpatztes Weihnachtsfest

Seit Beginn seiner Lehre war Günter nicht mehr zu Hause gewesen, und das lag nun ein halbes Jahr zurück. Heute kam ein Brief von seiner Mutter. „Wenn Du uns einmal besuchst, dann wirst Du deinen Bruder Adolf kennen lernen. Er ist jetzt acht Wochen alt", schrieb sie unter anderem. Wie gerne hätte Günter während dieser Zeit seine Eltern besucht, und wenn es nur für einen Tag gewesen wäre. Doch dazu bot sich keine Gelegenheit. An den Wochenenden war er zu Konzerten eingeteilt. Außerdem reichte sein Verdienst für häufige Heimfahrten nicht. Erst am 23. Dezember trat er voller Freude die Heimreise an, worauf er seit Monaten gespart hatte.

Endlich ein Wiedersehen mit seinen Eltern und Geschwistern und ein gemeinsames Weihnachtsfest. Der nächste Tag war mit Weihnachtsvorbereitungen angefüllt. Vater schmückte den Tannenbaum, und Mutter beschäftigte sich schon den ganzen Vormittag in der Küche mit dem Weihnachtsessen. Wie jedes Jahr, gab es Gänsebraten, den Mutter mit Äpfeln und Rosinen füllte. Während die Familie mit innerer Erwartung dem Heiligen Abend entgegen sah, kam für Günter die Überraschung schon am späten Vormittag.
Der Telegrammbote klingelte an der Wohnungstür. „Ein Telegramm für Herrn Günter Schneider." Er reichte ihm einen braunen Umschlag.
„Vielen Dank und fröhliche Weihnachten!" rief Günter dem Telegrammboten nach.

„Wer hat mir so Wichtiges mitzuteilen?" wunderte sich Günter und öffnete das Kuvert. „Brauche Dich unbedingt noch heute", las er auf weißem Papier – Unterschrift: Musikdirektor Klüver.

Eine wahrhafte Überraschung und eine schöne Bescherung dazu. Günter biss sich auf die Lippen und unterdrückte die Tränen. Weihnachten war dahin. Dazu der bevorstehende Ärger mit Klüver. „Hätte ich doch nur auf den Spielplan gesehen, dann wäre der Verdruss nicht ganz so schlimm geworden", dachte Günter verärgert. In seiner Vorfreude auf ein Weihnachtsfest zu Hause, hatte er den Spielplan, worauf er zu den Festtagen eingeteilt war, total vergessen. Günter nahm den nächsten Zug nach Hagenow. „Fröhliche Weihnachten ade!" Die Familie feierte ohne ihn.

Das Jahr 1937 brachte für Familie Löwenstern keine wesentlichen Veränderungen. Hagenow war für Günter zur Heimstätte geworden, und für Walter begann das letzte Schuljahr. Auch über seine berufliche Zukunft machten sich Clara und Siegfried ihre Gedanken. „Am besten ist es, wenn der Junge das Bäckerhandwerk erlernt", schlug Clara vor. Sie sah darin für ihren Sohn einen sicheren Arbeitsplatz. Lehrstellen des Bäckerhandwerks gab es viele in Hamburg. Aber Clara suchte nicht in Hamburg. Auch Walters Ausbildungsstelle musste, wie die seines Bruders, weit außerhalb des Heimatortes liegen.

Humor und Budenzauber

Die Jahreswende 1937/38 durfte Günter im Kreis seiner Familie verbringen. An den Wänden im Wohnzimmer prangten bunte Girlanden. Von der Lampe und von der Decke schlängelten sich farbenfrohe Papierstreifen. Lustig sollte der letzte Tag im alten Jahr werden. Vielleicht feierte Familie Löwenstern das letzte Mal gemeinsam Sylvester. – Wer weiß! Solch düstere Gedanken übertünchte Clara mit Witz, Humor und Budenzauber. Familie Löwenstern feierte diesmal im engsten Familienkreis. Jeder hatte sich für diesen besonderen Abend in Schale geworfen. Clara hatte Glühwein und Kirschpunsch angesetzt. Er wärmte bei der Kälte und lockerte die Stimmung auf. Während die Kleineren sich den Kirschpunsch schmecken ließen, trank Günter mit den Erwachsenen Glühwein.

„Wollen wir doch mal sehen, was uns das neue Jahr bringen wird", sagte Mutter und stellte die Utensilien zum Bleigießen auf den Tisch. Vater schwang als erster die Kelle mit dem Blei über der Flamme. Zischend glitt die heiße Flüssigkeit in die, mit Wasser gefüllte Keramikschale. Wie gebannt schauten alle auf das Gebilde, das sich im selben Augenblick entwickelte.

„Ich werde der reichste Mann der Welt sein", ulkte Siegfried. Ein langes „Oh" klang durch den Raum.

So kam jeder einmal dran, Günter, Walter, Hannelore, Eva und zuletzt Clara. Wie gebannt starrte sie auf das Gebilde im Wasser. „Eure Mutter macht es mal wieder spannend", gab Siegfried zum Besten. Clara hob die Schale vom Tisch auf, als müsste sie ein Ritual vollziehen. „Und mir", sagte sie dann, „mir steht eine große Reise bevor."

Niemand antwortete darauf. „Euch hat es wohl die Sprache verschlagen." Siegfried lächelte, äußerte sich jedoch nicht weiter dazu. Jeder wusste, dass Clara ab und an eine Bombenüberraschung aus dem Hut zog. Aber heute war Sylvester, und die Phantasie bekam Flügel.

Unerwarteter Abschied

Ein gutes halbes Jahr arbeitete Walter bei Bäcker Tiedemann in Kiel. Mit zwei Gesellen stand er in der Backstube und wurde mit allen Arbeiten des Bäckerhandwerks vertraut gemacht.

Walters einzige Verbindung zu seinen Eltern war der Briefkontakt. Für wöchentliche Heimfahrten reichte sein Verdienst nicht. Fünf Monate nach Beginn seiner Lehre besuchte Walter an einem Sonntagnachmittag zum ersten Mal seine Eltern in Hamburg. Sicher würden Monate vergehen, bis wieder ein Besuch im Elternhaus möglich war.

An diesem Sonntagvormittag stand Walter allein in der Backstube. Er war für die Vorbereitungsarbeiten der kommenden Woche eingeteilt: Den Backofen vorheizen, den Sauerteig auffrischen usw. Diese Sonntagsarbeit fand im wöchentlichen Wechsel mit seinen Kollegen statt.

Plötzlich öffnete sich die Tür und seine Mutter trat ein.

Walter traute seinen Augen nicht.

„Du hier? Warum bist Du hergekommen?"

„Ich bin hier, um mich von Dir zu verabschieden. Wir müssen Deutschland verlassen. Du weißt, dass die Juden massiv verfolgt werden. Vaters Schicksal ist ungewiss. Irgendwann wird die GESTAPO ihn abholen. Es ist nur eine Frage der Zeit."

Es war Claras Art, ohne Umschweife ihren Sohn mit den gegebenen Tatsachen zu konfrontieren.

Walter stockte der Atem.

„Ihr wollt auswandern? Wann und wohin?"

„In ein paar Tagen. Nach Südamerika."

„Warum habt Ihr mir nichts davon erzählt? Das wusstet Ihr doch schon viel früher!"

„Wir konnten nicht darüber reden – mit niemandem. Es ist gefährlich, wenn man redet. Deine Schwester Hannelore wird von ihren Lehrern und Mitschülern ausgehorcht und überwacht. Wir sind hier nicht mehr sicher. Das musst Du doch verstehen, Walter."

Walter schüttelte den Kopf und schrie seine Mutter durch tränenverschleierte Augen an.

„Ihr haut ab und lasst mich hier allein! Ihr seid gemein. Nehmt mich doch mit. Ich bleibe nicht alleine hier. Ich gehe mit Euch nach Südamerika."

„Das geht nicht. Du musst Deine Lehre hier beenden und danach Deinen Wehrdienst leisten. Wenn Du Geld verdienst, kannst Du uns nachreisen."

„Nachreisen?" Walter schluckte. „Wie soll ich jemals das Geld für eine so weite Überfahrt zusammen bringen?

„Du könntest Dich zum Beispiel auf einem Schiff als Bäcker oder Koch anstellen lassen. Aber zuerst beende hier Deine Lehre und absolviere Deinen Wehrdienst. Wie ich sehe, bist Du hier gut versorgt."

Clara benötigte nur einen Augenblick, um ihrem Sohn die für sein Leben so gravierende Entscheidung mitzuteilen und sich auf unbestimmte Zeit von ihm zu verabschieden. Er war mit seinen fünfzehn Jahren gerade den Kinderschuhen entwachsen. Was Verlassenheit bedeutete, hatte er schon in seiner Kindheit erfahren, und dieses Trauma verfolgte ihn noch immer.

Am frühen Nachmittag begleitete Walter seine Mutter zum Omnibus.

„Bitte nimm mich mit - so nimm mich doch mit - bitte!"
Seine Mutter reagierte nicht. Der Bus hielt an der Haltestelle. Clara stieg ein, die Türen schlossen sich, der Bus
fuhr ab. Walter lief noch einige Meter hinter ihm her.
Dann blieb er stehen und schaute dem Omnibus nach, der
sich mehr und mehr entfernte. Seine Mutter fuhr weg - für
immer. „Es ist sinnlos ihr nach zu laufen", stellte Walter
fest.
Schritt für Schritt ging er zurück. Ein Gefühl unendlicher
Verlassenheit überkam ihn. Allein unter fremden Menschen und ohne eine familiäre Bindung, das war ab jetzt
seine Zukunft. Er dachte an jenen Silvesterabend, wo
Mutter beim Bleigießen von einer großen Reise sprach,
die ihr bevorstünde. Sollte sie damals schon den Entschluss gefasst, und besagte Reise von langer Hand vorbereitet haben? Warum nur hat sie es bis zuletzt geheim
gehalten? Zum Grübeln blieb keine Zeit. Bei Bäcker Thiedemann wartete die Sonntagsarbeit auf ihn.

Das Orakel von der großen Reise an jenem Silvesterabend
war nüchterne Realität. Clara nahm auch von Günter in
Hagenow Abschied.
„Unsere Möbel haben wir zu einem Teil verkauft. Bis zur
Abreise sind es nur noch ein paar Tage."
Günter war als einziger in das Vorhaben seiner Eltern ein-
geweiht, wenn auch nur vage.
„Ihr wollt tatsächlich auswandern?"
"Wir müssen es, mein Junge. Vaters Zukunft ist gefähr-
det."
„Wann reist Ihr ab, und mit welchem Schiff?" Günter sah
zu Boden. Das Sprechen fiel ihm schwer.

„Der Name des Schiffes ist nicht wichtig. Es genügt, wenn Du weißt, dass es ein französischer Dampfer ist."
Sie fürchtete sich vor der GESTAPO, die ihr im letzten Moment noch Schwierigkeiten bereiten könnte.
„Du kannst uns nach Buenos-Aires folgen, wenn Du Deine Ausbildung beendet und deinen Wehrdienst geleistet hast." Clara sagte es, als sei dies eine Fahrt von Hagenow nach Hamburg. „Ich habe in der Nähe eine Reinigung beauftragt. Dorthin kannst Du deine Wäsche bringen." Günter presste seine Lippen zusammen. Er brachte keinen Ton heraus. „Nachkommen, nach Buenos-Aires", dachte er bei sich, „ob sie das wirklich ernst meint? Und woher soll ich das Geld für eine solche Überfahrt nehmen? Ich kann nicht einmal die Reinigung für meine Kleidung bezahlen."
Claras absurde Idee konnte ihren Sohn über die Tatsache nicht hinweg täuschen, dass auch er von nun an, noch keine siebzehn Jahre alt, auf sich gestellt war.
„Ich werde Dir einen Brief schreiben bevor das Schiff ablegt. Mach's gut, mein Junge." Günter sah auf den Boden und nickte. Tränen des Abschieds wollte er nicht zeigen. Es hätte die Situation nicht verändert. Er musste das Problem für sich bewältigen und wollte mit niemandem darüber reden. Er ging auf sein Zimmer. Sein Gesicht war ernst, um Jahre älter geworden. Von einem Augenblick auf den andern war er wie umgewandelt, still und verschlossen.

Aufbruch und Neubeginn

Nachdem aus Claras Sicht Günter und Walter fortan versorgt waren, liefen bei Familie Löwenstern die Vorbereitungen für die Auswanderung auf Hochtouren. Etliche Kilometer Behördengänge und ein Wust von Formalitäten waren bewältigt. Am 24. Oktober erhielt Familie Löwenstern von der Hamburger Polizeibehörde die Dringlichkeitsbescheinigung für die Ausreise. Die inländischen Zahlungsmittel in Höhe von hundertsiebzig Reichs-Mark waren bereits bei der Dresdner Bank in Hamburg abgegeben. Auswanderern war es nicht gestattet, Devisen in die neue Heimat mitzunehmen.

Wie oft hatte Clara für den Tag X aussortiert, was sie mitnehmen, und was sie zurücklassen musste. Nun fanden die notwendigen Habseligkeiten in vier braunen Segeltuchkoffern Platz. Clara wartete mit ihren Kindern Hannelore, Eva und Adolf im Hauseingang, während Siegfried ein letztes Mal durch die Wohnung ging. Hatte er alles ordentlich verlassen, das Licht gelöscht, die Fenster geschlossen? Eine Rückkehr wird es nicht geben. Siegfried sah sich noch einmal um. Konnte er noch irgendetwas mitnehmen? Ach ja, Omas Nähtisch mit den gedrechselten Beinen. Er war das einzige Möbelstück was die Löwensterns nach Argentinien mitnahmen, als Andenken an Oma Friederike.

Hannelore war jetzt mit zwölf Jahren die Älteste. Sie erinnerte sich an glückliche Tage in Ellerbek. Früher hatten Günter und Walter sie beschützt. Wie oft sind ihre Brüder mit ihr Huckepack durch den alten Garten gerannt – Vergangenheit...

„Warum kommen Günter und Walter nicht mit uns? Werde ich sie jemals wieder sehen?" Der Gedanke an sie schmerzte. Sie hatte sich nicht von ihnen verabschieden dürfen, ihnen ein letztes Mal „Auf Wiedersehen" sagen oder: „Kommt doch mit, ihr fehlt mir." Mutter hatte es nicht erlaubt.

Eva war sechs Jahre alt. Sie konnte die Situation noch nicht so ganz erfassen. Ob auch sie ihre Brüder vermisste? Der zweijährige Adolf wird sich später nicht mehr an diesen Moment erinnern können.

Clara zeigte keine Regung. Trotzdem beschlich sie ein Unbehagen, das sie nicht so recht beschreiben konnte. Sie holte aus ihrer schwarzen Handtasche Zigaretten und Streichhölzer. Ihre Hände zitterten, als sie das Streichholz anriss. Das Streichholz brach ab. Auch der zweite Versuch misslang. Vorsichtig blickte Clara um sich.

„Nimm dich zusammen, Clara", rief sie sich in Gedanken zur Ordnung. Dann steckte sie Zigaretten und Streichhölzer wieder in ihre Handtasche.

Seit Monaten war die Ausreise ihr Hauptthema gewesen. Jetzt, wo alle Formalitäten geregelt, wo die Vorbereitungen planmäßig abgelaufen waren, kamen ihr die letzten zehn Minuten wie eine Ewigkeit vor. Mehr und mehr wurde ihr bewusst, dass sie ihre Heimat verlassen musste - für immer. Im Trubel der Vorkehrungen hatte sie es verdrängt. Nun fegte die Realität ihre Illusionen hinweg.

„Gab es keine Möglichkeit die beiden Jungen mitzunehmen?" Blitzartig durchzuckten sie Gewissensbisse. Siegfried hatte immer behauptet, dafür reiche das Geld nicht.

In ihrem Innern aber hegte Clara den Verdacht, dass er es war, der ihre Söhne aus erster Ehe nicht mitnehmen wollte, wenngleich er dies nie offen kundtat. Im Gegensatz zu Clara griff Siegfried niemals frontal an. Taktvoll wob er ein Netz von Argumenten, die er geschickt in verbale Pomaden verpackte. Auf diese Weise erreichte er immer sein Ziel. Es war nicht das erste Mal, dass sie sich in seinen diplomatischen Maschen verfing, und sich dann seinen Entscheidungen gegenüber machtlos fühlte.

Siegfried kam die Treppe herunter.
„Wir können gehen", sagte er leise, nahm zwei Koffer und ging voran zur Ausgangstür. Für einen Augenblick entwich Claras Anspannung als sie mit ihrem Gepäck das Haus verließ. Inzwischen war eine schwarze Limousine vorgefahren.
„Zu den Landungsbrücken bitte!" Der Taxifahrer startete den Motor und der Wagen rollte in Richtung Hafen. Der schwarze Asphalt glänzte im Scheinwerferlicht. Der gleichmäßige Takt der Scheibenwischer, welche die Windschutzscheibe vom Nieselregen frei hielten, durchdrang die Stille. Clara wischte mit der Hand über die beschlagene Fensterscheibe. Ihr Blick wanderte zu den hell erleuchteten Schaufenstern der Altstadt. Es war derselbe starre, stahlharte Blick, der Empfindungen in ihrer Seele verschlossen hielt. Adolf saß auf ihrem Schoß und schlief. Eva und Hannelore drängten sich in die andere Ecke auf dem Rücksitz.
„Nicht gerade das beste Wetter zum Verreisen." Der Taxifahrer blickte zu Siegfried hinüber, der auf dem Beifahrersitz Platz genommen hatte. Siegfried reagierte nicht.

Auch Clara war nicht sehr gesprächig. Einerseits war sie erleichtert: „Die GESTPO wird uns nicht mehr verfolgen!" Im Gegenzug hatte sie ihre beiden ältesten Söhne einem ungewissen Schicksal zum Pfand gegeben. Ihre Empfindungen darüber wird sie niemals offenbaren.

Der Chauffeur ahnte, um welche Leute, und um was für eine Reise es sich handelte. Er hatte in den letzten Wochen des Öfteren jüdische Fahrgäste zu den Landungsbrücken gebracht. So verzichtete er auf ein weiteres Gespräch. Er hielt den Wagen an der Brücke „drei" und händigte seinen Fahrgästen das Gepäck aus. Siegfried zahlte, zog höflich seinen Hut: „Vielen Dank und gute Fahrt."
Familie Löwenstern reihte sich in die Menschenmenge am Landungssteg. Dass es sich nicht eine Vergnügungsreise handelte, verrieten die ernsthaften Gesichter der wartenden Passagiere. Ihre Koffer waren zum Teil mit Riemen gesichert und standen neben grauen, mit Bindfaden verschnürten Bündeln. Jeder hatte so viel Gepäck dabei, wie er soeben noch tragen konnte. Einige Leute trugen Bilder unter ihrem Arm, Fotografien von Angehörigen, dem Elternhaus, oder einer vertrauten Landschaft die sie als Erinnerung in die neue Heimat mitnehmen wollten.
Das Land, indem sie aufgewachsen waren, und wo ihre Eltern und Großeltern gelebt hatten, garantierte ihnen keine Existenz mehr. Hier mussten sie sogar um Leib und Leben fürchten.
Die Passagiere checkten ein. Es war schon riskant bei Dunkelheit mit Gepäck über eine Außentreppe an Bord zu gelangen. Clara nahm ihren Sohn auf den Arm. „Familie Löwenstern? Siegfried, Clara, Hannelore Eva und Adolf."

Die Stewardess strich ihre Namen auf einer Liste ab. „Kabine fünf, bitte."

„Wie bitte? Eine Kabine der dritten Klasse?"

„Wir haben ein Billett zweiter Klasse bezahlt", wandte Siegfried ein. „Also steht uns auch eine Kabine zweiter Klasse zu."

„Das können wir leider nicht mehr ändern. Irgendetwas ist beim Verteilen der Kabinen verwechselt worden. Ich mache Ihnen einen Vorschlag. Benutzen Sie ersatzweise das Speiserestaurants der zweiten Klasse."

„Dann müssen wir also zu den Mahlzeiten mit den Kindern auf ein anderes Deck wechseln? Danke, wenn wir schon eine Kabine der dritten Klasse belegen müssen, so benutzen wir auch den Speisesaal dieser Kategorie", entgegnete Siegfried.

„Dann müssen wir uns eben für die nächsten siebzehn Tage hier einrichten", sagte Clara mürrisch und machte sich daran, die Koffer auszupacken. Siegfried setzte sich auf die Bettkante. „Wir haben es geschafft Deutschland endgültig zu verlassen. Da ist es doch egal, in welcher Kabine wir reisen." Über sein Gesicht huschte ein Lächeln, als Ausdruck der Erleichterung.

„Freue Dich nicht zu früh, noch liegen wir im Hafen."

„Was soll denn noch passieren? Unsere Anträge waren ordnungsgemäß gestellt. Sogar die Überfahrt konnten wir bezahlen."

„Vergiss nicht, dass Du auch die hundert Mark Unterhaltsgeld, die Karl jeden Monat für uns zahlte, mit verwendet hast. Überhaupt musst Du es ihm danken, dass wir in den letzten Jahren überlebten."

Siegfried winkte seine Frau heran. „Aber Clara, deswegen müssen wir uns nicht streiten, nicht hier und nicht jetzt. Hast Du vergessen, was für uns auf dem Spiel steht? Spielt es noch eine Rolle, woher das Geld kommt, wenn die Umstände uns zwingen, Deutschland zu verlassen."

Clara schwieg. Sie konnte dem Argument ihres Mannes nichts entgegen setzen. Durch die Ereignisse der Vergangenheit hatte sich das Schicksal gegen die Juden gewandt. Und es sah nicht so aus, als würde sich ihre Lage in naher Zukunft verbessern.

Einen Moment lang dachte sie an ihre beiden Ältesten. Walter war ihr nachgelaufen. Seine Worte und seine weinende Stimme klangen ihr nach: „Nimm mich doch mit. Bitte nimm mich mit!"

„Du meine Güte! Hatte der Junge nicht begriffen...? Er ist doch in guter Obhut. Aber Günter hatte doch Verständnis gezeigt - oder? - Nein, nicht darüber nachdenken - nicht jetzt. Nimm dich zusammen, Clara. Günter und Walter sind versorgt. Sie sind doch keine Kinder mehr..."

Dumpfe Schritte über ihren Köpfen, als liefe jemand mit Nagelschuhen über das Deck, rissen Clara plötzlich aus ihren Gedanken.

Siegfried verließ die Kabine. „Ich sehe mal nach, was da oben los ist."

Nach einer Weile kam er zurück. Sein Gesicht war bleich. Er zeigte nach oben. „Die GESTAPO durchsucht das Schiff. Lasst uns raus gehen, ehe sie in unsere Kabine kommen."

„Verflixt und zugenäht, ich habe es geahnt. Irgendetwas kommt uns noch dazwischen!" Clara schlug den Kofferdeckel zu und folgte Siegfried an Deck.

„Ihre Papiere!" hörte er neben sich einen scharfen Ton. Bereitwillig holte Siegfried seine Brieftasche mit den Dokumenten hervor. Der Mann von der GESTAPO nahm sich Zeit. „Sie sind...?" Er kniff die Augen zusammen, die in diesem Augenblick wie schwarze Halbmonde wirkten und blätterte etliche Male die Seiten im Familienpass vor und zurück.

„...Siegfried Löwenstern, meine Frau Clara. Unsere Kinder Hannelore, Eva und Adolf sind hier auf den Fotos abgebildet." Er machte eine typische Handbewegung. „Unsere Einreisepapiere nach Argentinien wurden in Bremen ausgestellt." Er spürte einen Kloß im Hals, als der Kontrolleur ihn mit prüfendem Blick ansah. Nach welchem Haken suchte die GESTAPO? Welchen Anlass fände sie, ihn und seine Familie gefesselt von Bord zu führen? Nach endlos bangen Minuten gab der Prüfer die Pässe zurück. Wortlos steckte Siegfried sie wieder in seine Manteltasche. Er hatte sich noch nicht von dem Schrecken erholt, als ihm jemand auf die Schulter tippte. Siegfried wandte sich erschrocken um.

„Nein, nein, ich wollte Sie nur darauf aufmerksam machen", sagte eine Frauenstimme, „in Ihrer Kabine schreien Kinder."

Clara ging hinunter und kam mit ihren drei Kindern an Deck. Eva und Adolf weinten. Sie hatten das Getrampel und die lauten Stimmen gehört und Angst bekommen. Siegfried nahm die beiden Kleinen in den Arm. Seine Stimme zitterte. „Ihr braucht keine Angst haben, wir sind legal an Bord. Uns können sie nicht festnehmen."

Die GESTAPO suchte nach jüdischen Auswanderern mit gefälschten Pässen. Jemand musste ihr einen Tipp gegeben haben. Der Kapitän bekam Anweisung, den Hafen bis auf weiteres nicht zu verlassen. Die geheime Staatspolizei setzte an den folgenden Tagen ihre Kontrollen fort. Unter den Passagieren herrschte Angst und Ungewissheit. Sollte die Polizei doch noch einige Leute festnehmen und abtransportieren oder gar das Schiff räumen lassen? Clara fürchtete das Schlimmste. Was wäre, wenn sie mit ihrer Familie von Bord gehen müsste? Nicht nur alle Anstrengungen wären umsonst gewesen. Die GESTAPO könnte jetzt auch Siegfried abholen, und was geschähe dann mit ihm?"

Endlich - am 28.Oktober 1938 - es war Nacht. Aus dem Maschinenraum drang leise das Tuckern der Motoren. Es klang wie eine Melodie - die Melodie der Freiheit. Die Passagiere standen an Deck, unter ihnen Clara, Siegfried und Hannelore. Sie hatte ihren Mantel übergezogen. Mit ihren schulterlangen Locken spielte der Herbstwind. Eva und Adolf schliefen derweil schon fest.

„Deine Tochter ist schon eine junge Dame", bemerkte Siegfried lächelnd, „sie könnte drüben bald eine Arbeit finden." Er hatte sicher nicht den richtigen Augenblick für eine solche Bemerkung gewählt. Aber er musste etwas sagen, irgendetwas, das ihn von den spannungsgeladenen Ereignissen der vergangenen Tage ablenkte.

Clara reagierte nicht. Sie blickte zu den Schiffen am Kai hinüber, die langsam an ihr vorüber glitten. Um sie herum hörte sie leises Schluchzen, sah, wie Leute sich mit weißen Taschentüchern die Augen wischten. Clara blieb regungslos. Was sich hinter ihrem stahlharten Blick verbarg, ließ sie nicht erkennen. Sie sah, wie die Lichter des Hafens mehr und mehr in der Dunkelheit verschwanden, und sich die Ufer der Elbe ins Nichts auflösten. Regungslos stand sie noch immer an der Reling. Ihr Blick durchbohrte die Dunkelheit, als suchte sie etwas, das nun unerreichbar fern war. Gedanken schossen ihr wie zuckende Blitze durch den Kopf. „Warum hat Siegfried sich nicht von Günter und Walter verabschiedet? Hatte er ihnen überhaupt einen Gruß hinterlassen? Nun ja, die beiden Ältesten sind nicht seine Kinder…" Clara erinnerte sich an die Worte ihres Mannes: „Es ist nicht gut, wenn die beiden Großen Dir am Rockzipfel hängen."

Wie oft hatte er diesen Satz ausgesprochen! „Und aus Liebe zu diesem Mann habe ich mich von Günter und Walter getrennt. Werden die beiden Jungen mir das jemals verzeihen?"

Siegfried hatte eine besondere Taktik seine Ideen durchzusetzen. Er überlegte immer genau, was er sagte und was er tat. Er war seiner Frau in vielen Dingen überlegen – und, gutgläubig wie Clara war, hatte sie zugestimmt.

Zum ersten Mal spürte sie eine innere Distanz zu ihrem Mann. Ihre Gedanken kamen nicht zur Ruhe. Zuviel Verworrenheit musste sie zurücklassen. „Was wird Mutter sagen, wenn sie erfährt, dass wir nicht mehr in Deutschland sind? Wie wird die arme, herzkranke Frau die Nachricht verkraften? Ich werde ihr einen Brief schreiben, indem ich alles erkläre und sie um Verständnis bitte. Günter war vor ein paar Tagen siebzehn geworden. Wird er mit Walter uns nachreisen…?"

Siegfried saß im Schein der Bordlaterne. Er fühlte sich so leicht, dass er hätte schweben können.

„Jetzt bin ich ein freier Mann. Die GESTAPO kann auf unsere Ehe nicht mehr einwirken. Alle Juden sollten auswandern. Das wäre das Beste."

Er hatte es geschafft, wie ein Großteil seiner Verwandten, die schon vor ihm „rüber gegangen" waren. Und drüben wird jemand am Kai stehen und seine Familie freudig erwarten...

Nach etwa drei Wochen erreichte das Schiff den Hafen von Buenos Aires. Die Schiffsschraube wühlte sich durch das schwappende Hafenwasser, vorbei an weißen Passagierdampfern, Fischkuttern und Frachtschiffen.

Der Dampfer legte an der Stelle an, von der aus schon viele Emigranten den Boden der Neuen Welt zum ersten Mal betreten hatten. Eine Menschenmenge stand am Kai. Weiße Taschentücher flatterten im Wind. Ein kleiner brünetter Typ mit schwarzem Oberlippenbart schwang in weitem Bogen seinen Strohhut. Es war Fred, ein Cousin Siegfrieds. Hier, in Argentinien nannten sie ihn Fredo.

"Hallo Siggi! Hallo Clara! Herzlich Willkommen, in der neuen Heimat." Dann umarmte er sie lange.

„Ich bin euer Onkel Fredo", sagte er zu den beiden Kleinen indem er auch sie in seine Arme schloss.

„Und du bist schon ein kleines Fräulein", begrüßte er Hannelore. „Argentinien wird euch gefallen. In der Sierra de Cordoba gibt es fruchtbare Felder soweit das Auge reicht. Und in der Pampa leben Rinder, Hunderte, Tausende." Er breitete dabei seine Arme aus. „Sie liefern die weltbekannten Steaks. „Asado" nennt man sie bei uns."

Ja, Fredo geriet ins Schwärmen, denn er war ein leiden-schaftlicher Genießer. Und für ein kräftiges Stück Rind-fleisch hätte er ein Himmelreich gegeben.

„Ihr werdet euch hier ganz bestimmt wohl fühlen." Fredo sagte es schon zum dritten Mal.

Durch die Hilfsorganisation ASOSIACION MUTUAL ISRAELITA ARGENTINA (AMIA) fand Familie Lö-wenstern eine Unterkunft in einem Migrantenhotel.

Das jüdisches Gemeindezentrum fördert die Entwicklung der Jüdischen Gemeinde und hält seine Tradition, Kultur und Bildung lebendig. Nicht nur für Migranten ist sie da-mals wie heute eine unentbehrliche Unterstützung, zumal es Beihilfen vom Staat nicht gibt.

Nach einen Monat Quarantäne bezog Familie Löwenstern eine Wohnung in der Ajacucho, einer Straße in der Nähe ihres Hotels. Das neue Heim war mit ihrer Wohnung in Hamburg nicht vergleichbar, aber es war nach all den Pro-visorien der vergangenen Wochen eine feste Bleibe.

Sofort begann Siegfried nach Arbeit zu suchen. Wenn das so einfach wäre! Hier fragt zwar niemand nach Religion oder Herkunft. Sucht aber ein körperlich Behinderter mit zerschlissener Kleidung Arbeit, wird er in der Regel mit Ablehnung fortgeschickt. So musste es auch Siegfried Lö-wenstern wegen seiner Einarmigkeit erfahren. Für die Einheimischen war es ungewohnt mit behinderten Men-schen umzugehen. Man geht ihnen besser aus dem Weg. Der Beginn in der neuen Welt forderte den Löwensterns harte Entbehrungen und Claras ganzes Improvisationsta-lent ab. So manches Abfallprodukt leistete nützliche Dienste. Dennoch, mit zerschlissenen, geflickten Kleidern umherzulaufen vermittelt einen heruntergekommenen Eindruck.

Siegfried starrte vor sich hin. „Wenn ich nur so schnell Arbeit fände... Aber wer stellt hier schon einen deutschen Buchhalter ein?"

„Vergiss nicht, dass Du hier nicht der einzige Buchhalter bist. Viele Immigranten sind vor uns hergekommen und suchen noch Arbeit."

Clara sah ein, wenn ihr Mann kein Geld verdiente, dann musste sie arbeiten, um irgendwie zu überleben.

Buenos Aires ist eine Stadt der Migranten. Viele von ihnen lebten schon einige Jahre hier. Auch sie hatten einmal, wie die Löwensterns, mit einem Bündel Habseligkeiten angefangen, es aber mit der Zeit zu etwas gebracht. Die Einwanderer halfen einander. Jeder, der in dem neuen Land Fuß gefasst hatte, half den Neuankömmlingen, indem er ihm Arbeit im Haushalt, Garten und in der Kinderpflege anbot. Clara fühlte sich nun für keine Arbeit zu schade, wenn es galt, die Not ihrer Familie zu lindern. So ging sie jeden Tag Wäsche waschen, von Haus zu Haus. Für ihre Arbeit bekam sie ein paar Pesos, wovon sie die notwendigen Lebensmittel kaufen konnte. Mittags ging sie über den Markt. Das Obst und Gemüse, das den ganzen Vormittag in der prallen Sonne gelegen hatte, war zwar nicht mehr frisch, jedoch billig.

"Ich hätte gerne ein Kilo Kirschen. Ach nein. - Kirschen? Wie sagt man es auf Spanisch?"

Die Frau hinter dem Marktstand, wo sich Kisten mit Kirschen, Aprikosen und Tomaten aneinanderreihten, bemerkte Claras Unsicherheit.

„Ah, Immigrant", sagte sie. Sie musste eine vom Stamme der Indianer oder Indios gewesen sein. Clara konnte es nicht so genau definieren. Sie tippte mit dem Finger auf eine Kiste Kirschen, worauf die Marktfrau eine Handvoll herausnahm, eine Tüte damit füllte und etwas fragte, das Clara nicht verstand.

Spontan wurde ihr bewusst, dass sie die Landessprache lernen musste, wenn sie sich nicht nur mit Zeichen verständigen wollte. Also besuchte sie eine Abendschule. Eva ging in die erste Klasse der Grundschule und Hannelore in die Siebente. Die Überwindung der Sprachschwierigkeit war für die beiden Mädchen die größte Hürde. Der zweijährige Adolf hingegen, „lernte" spanisch durch seine Spielkameraden und brachte viele neue Ausdrücke und Redewendungen mit nach Hause.

Hannelore kam an diesem Nachmittag später heim als erwartet. Siegfried saß im Zimmer auf einem Hocker und drehte demonstrativ an seiner Taschenuhr.

„Warum kommst du so spät nach Hause? Seit zwei Stunden ist der Unterricht beendet."

„Ich habe dort ein paar Freundinnen kennen gelernt, dessen Eltern ebenfalls deutscher Abstammung sind." Siegfried machte ein finsteres Gesicht. „Freundinnen kennen gelernt", wiederholte er, „und Deine Mutter schuftet von früh bis spät in der Waschküche. Ab morgen gehst Du nicht mehr in die Schule. Es gibt hier genug Leute, bei denen Du arbeiten kannst. Auch Du solltest zum Familienunterhalt beitragen. Immerhin bist Du schon Zwölf, und spanisch lernst Du nebenbei." Siegfried konnte gut reden. Für ihn gab es keine Sprachschwierigkeiten, da er schon früher in diesem Land gearbeitet hatte. Hannelore widersprach nicht, ging ins Schlafzimmer und legte sich auf ihre Pritsche. Sie starrte an die Decke. Dass sie nicht mehr zur Schule gehen durfte, traf sie hart. Wie sollte sie richtig spanisch lesen und schreiben lernen? Und in welchem Beruf sollte sie dann später arbeiten? Warum also jetzt schon schaffen? War sie nicht noch ein Kind oder zählte sie schon zu den Erwachsenen? Eines war ihr klar geworden. Sie musste arbeiten wie die Erwachsenen, mal mit Eimer und Putzlappen, mal als Babysitter. Das Geld, das sie verdiente, wurde zum Lebensunterhalt gebraucht.

Zum ersten Mal erlebte Familie Löwenstern das Weihnachtsfest anders, wie sie es in Deutschland gewohnt waren. Es war ein heißer Sommertag, und es gab weder einen Tannenbaum noch Mutters berühmten Gänsebraten, nicht einmal ein Stück Asado, von dem Onkel Fredo geschwärmt hatte. Das Geld war knapp, da wurden auf Fleisch und Geschenke verzichtet.

Die Talsohle der Armut war erreicht. „Wenn du denkst, es geht nicht mehr, dann kommt von irgendwo ein Lichtlein her." So war es auch bei Familie Löwenstern.

Siegfried nahm eine Arbeit als Buchhalter bei einer Hühnerfarm an. Wieder war ein Umzug fällig, da die Arbeitsstelle in Avellaneda, einem Vorort, hundert Kilometer von Buenos Aires entfernt lag.

Da Siegfried in der Buchhaltung nach deutscher Gründlichkeit peinliche Genauigkeit walten ließ, war seine Arbeitsweise für den Betrieb eine Errungenschaft. Nach Jahren finanzieller Notlagen, saß er nun wieder im Sattel. Clara braucht nicht mehr als Waschfrau arbeiten, und bald konnten sie neue Kleidung und Möbel kaufen, die sie dringend brauchten.

Jetzt, wo das Schlimmste überstanden war, fragten Eva und Hannelore häufig: „Wann kommen Günter und Walter zu uns?" Besonders Hannelore vermisste ihre Brüder, verband sie doch mit ihnen glückliche Kindheitserinnerungen.

„Das wird noch ein paar Jahre dauern." Clara hatte ihre beiden Mädchen immer wieder vertröstet. „Irgendwann werden sie kommen."

Hatte sie wirklich noch daran geglaubt oder war es Selbsttäuschung? So, wie sie sich immer in Visionen wiegte, wenn sie Dinge nicht ändern konnte. Die Jahre vergingen. An die Ankunft von Günter und Walter glaubte niemand mehr. Siegfried erwähnte ihre Namen kaum noch. In der neuen Heimat forderte der Alltag sein Attribut. Hannelore, Eva und Adolf gründeten ihrerseits Familien. Waren darüber die beiden Jungen in Deutschland in Vergessenheit geraten?

Hartes Brot

1939 – 1945

Seit der Auswanderung seiner Eltern war Walter nun völlig auf sich gestellt. Seine Großeltern wohnten im dreihundert Kilometer entfernten Veltheim. So war sein Zuhause, wenn man überhaupt von einem solchen sprechen konnte, die Bäckerei Thiedemann in der Koldingstraße in Kiel. Hier stand er in der Backstube, Sonntag wie Alltag, wovon seine Kollegen profitierten, die von jetzt an jeden freien Sonntag genossen.

Heute war Zahltag, für Walter einer der positiven Ereignisse zwischen Rügen, und Ohrfeigen, wie sie im Handwerk üblich waren. Karl-Hermann Thiedemann verteilte die Lohntüten an seine Bäckergesellen. Es gehörte zu den wenigen Aufgaben, die er nicht seinem Sohn Klaus überließ, der die Bäckerei nachfolgend übernehmen sollte. Walter verdiente im ersten Lehrjahr eine Mark pro Woche, im zweiten, eine-Mark-fünfzig und im dritten Lehrjahr zwei Mark. Sogleich schaute er in die Lohntüte, wobei er enttäuscht feststellte, dass der versprochene Extralohn für die Sonntagsarbeit fehlte.

„Es ist nicht gerecht, dass nur ich die Sonntagsarbeit machen muss, dafür aber nicht den versprochenen Extralohn bekomme", beschwerte sich der Lehrling bei seinem Chef.

„Extralohn?" Meister Thiedemann reckte sich in seiner ganzen Größe vor Walter auf.

„Du willst für die Sonntagsarbeit einen Extralohn? Sei froh, dass Du hier arbeiten darfst, dazu Essen und Trinken bekommst, und ein Dach über dem Kopf hast."

Walter errötete vor Wut. „Ich werde mich bei der Deutschen Arbeitsfront beschweren", rief er seinem Meister hinterher. Der aber hatte Walters Protest nicht mehr wahrgenommen.

Ohne jegliche Lobby wollte nun Walter selber für seine Rechte kämpfen.

Die Deutsche Arbeitsfront regelte als zuständige Behörde gelegentliche Unstimmigkeiten zwischen Arbeitgebern und Arbeitnehmern. So erhoffte sich Walter beim Kreisjugendwart der *DAF einen Mitstreiter. Siegessicher öffnete er die Tür zum Dienstzimmer. Er war noch nicht ganz eingetreten, als er überrascht stehen blieb. Am liebsten hätte er die Tür wieder von außen geschlossen.

„Komm nur herein." Die Stimme von Klaus Thiedemann ließ Walter den Atem stocken. Dass ausgerechnet der Sohn seines Chefs Kreisjugendwart und hoher HJ-Führer war, überraschte ihn. Sollte er wieder hinausgehen? Nein, jetzt musste er Rückgrat zeigen. Walter nahm all seinen Mut zusammen, trat vor den Schreibtisch und streckte den rechten Arm zum deutschen Gruß aus.

„Die Einteilung der Sonntagsarbeit ist ungerecht. Auch mir steht einmal im Monat ein freier Sonntag, oder eine Extrabezahlung zu."

*Deutsche Arbeitsfront

„Die Sache hattest Du schon mit meinem Vater geregelt. Und jetzt willst Du Dich bei mir über ihn beschweren? Bist Du überhaupt in einer Organisation?"

„Ich bin in der Hitler-Jugend."

„Hitler-Jugend", wiederholte Klaus Thiedemann „und das auch nur sehr ungern, wie? Deine Mutter hat meinem Vater einiges über Dich erzählt. Was glaubst du, warum sie Dich gerade zu uns in die Lehre geschickt hat? Bei uns wirst Du lernen, was ein echter Nationalsozialist und ein treuer Gefolgsmann des Führers ist."

Mit deutschem Gruß wurde Walter aus dem Dienstzimmer des Kreisjugendwarts entlassen.

Was bedeuten schon die Worte eines Fünfzehnjährigen? Er war seinem Meister auf Gedeih und Verderb ausgeliefert. Missmutig schlenderte er die Straße entlang, zurück zu seiner Arbeitsstelle, wo der Sonntag sich nicht vom Alltag unterschied.

Walter blieb auch weiterhin in der Hitlerjugend, von der er von Anfang an nie begeistert war, und ihr kaum eine positive Seite abtrotzte. Man besaß eben nationalsozialistisches Interesse, und war es nur rein äußerlich.

Überraschender Besuch

Die Diakonisse Friederike Niemeyer war die Schwester von Wilhelm Niemeyer. Damit sie niemand mit dessen Gemahlin verwechselte, wurde sie in der ganzen Verwandtschaft Schwester Riekchen oder Tante Riekchen genannt. Im Krieg (14/18) hatte sie in verschiedenen Lazaretten gearbeitet. Durch ihre diakonische Tätigkeit war sie nicht nur in Deutschland herumgekommen. In den letzten Jahren arbeitete sie als Erzieherin in einem Heim für junge Mädchen in den Bodelschwingh'schen Einrichtungen in Ummeln am Teutoburger Wald.

An diesem Vormittag saß Tante Riekchen im Zug nach Kiel. Dort wohnte Wilhelmine, ihre alte Freundin, die sie schon längst einmal besuchen wollte. Den Aufenthalt im Hamburg nutzte sie für einen Abstecher nach Hagenow. Wusste sie doch, dass ihr Großneffe dort die Musikschule besuchte. Tante Riekchen besaß neben ihrem beruflichen Engagement einen ausgeprägten Familiensinn. In welche Stadt es auch immer jemanden aus ihrer Verwandtschaft verschlagen hatte, Tante Riekchen schaute nach, erkundigte sich nach dessen Wohlbefinden und hielt die Familientrommeln im Gang.

In der Musikschule wurde gerade der Übungsraum zum Speisesaal umfunktioniert, als eine Frau in Diakonissenkleidung in der Tür stand.

„Tante Riekchen", rief Günter, „welch eine Überraschung!" Schwester Riekchen hatte ihren Neffen schon einmal hier in Hagenow besucht. Aber diesmal kam ihr Besuch unerwartet und versetzte ihren Großneffen in freudiges Erstaunen.

„Wie geht es Dir, mein Junge?"

„Danke, mir geht es gut.".

Musikdirektor Klüver kam herein. „Guten Tag, Schwester Niemeyer, Sie bleiben doch zum Mittagessen, nicht wahr?"

„Ich bin auf der Durchreise, und da wollte ich mal wieder bei meinem Neffen 'rein schauen."

„Also, dann nehmen Sie doch bitte Platz."

Nach dem Essen ging Günter mit seiner Tante auf sein Zimmer, wo sie ungestört plaudern konnten.

„Ich bin auf der Durchreise, wie Du sicher gehört hast und muss noch heute weiter nach Kiel."

„Du bist großartig, Tante Riekchen."

„Es freut mich, dass es Dir gut geht, mein Junge. Wie geht es deinen Eltern? Ich habe lange nichts mehr von ihnen gehört. Wenn ich noch Zeit habe, dann schaue ich auf der Rückreise bei ihnen in Hamburg vorbei."

„Tante Riekchen", - Günter machte ein ernstes Gesicht - „unsere Eltern wohnen nicht mehr in Hamburg."

„Sie wohnen nicht mehr in Hamburg? Davon hat mir niemand etwas erzählt. Wo wohnen sie denn jetzt?"

„Unsere Eltern sind nach Argentinien ausgewandert. Die GESTAPO hatte die Trennung unserer Eltern verlangt. Du weißt, wegen Vaters jüdischer Herkunft. Ach, es ist eine schreckliche Geschichte..."

„Deine Eltern sind in Argentinien, und Dich haben sie hier in Deutschland gelassen?"

„Ja, Walter und ich durften nicht mitreisen."

„Und was sagt Deine Großmutter dazu?"

„Sie weiß von all dem nichts. Mutter hat mir nicht einmal verraten, mit welchem Schiff sie `rüber gegangen sind. Es musste wohl geheim bleiben."

„Das ist - das ist ja unfassbar!" Es dauerte eine Weile, bis Schwester Riekchen sich von dem Schock erholt hatte. Aber jetzt war keine Zeit zum Wehklagen. „Wie kommst Du zurecht? Wer sorgt für Deine Wäsche?" Sie sah in den Kleiderschrank wo kaum noch etwas zum Anziehen lag.

„Die meisten Sachen sind in der Wäscherei", rechtfertigte sich Günter. Tante Riekchen sah, dass Hilfe nötig war, hier und jetzt. Die Freundin in Kiel konnte warten. Sogleich ging sie mit ihrem Großneffen los und kaufte ein paar Kleidungsstücke.

„So mein Junge, jetzt hast Du ein paar Hemden dazu, aber bringe sie rechtzeitig in die Wäscherei, wenn sie schmutzig sind." Sie legte die neuen Hemden gleich in den Wäscheschrank. Dann bat sie Herrn Klüver und seine Frau sich um Günter ein wenig zu kümmern. Für Tante Riekchen war es ein bedrückender Abschied aus Hagenow. Sie drehte sich an der Tür noch einmal um. „Ich werde auch Walter in Kiel besuchen", versprach sie, „ich bin für euch da" Die Mission der Tante war plötzlich eine andere geworden. Jetzt musste sie sich um ihre Familie kümmern.

Eine erschütternde Nachricht

Friederike Niemeyer, die inzwischen Witwe geworden war, zündete vier weiße Kerzen auf ihrem schwarzen Leuchter an. Dies tat sie jeden Abend zum Gedenken an ihren Mann. Vor einem Jahr war er verstorben. Jetzt, wo der Frühling nahte, wollte sie sein Grab neu bepflanzen. Seit dem Tod ihres Mannes war es um Friederike still geworden. Sie blickte zu dem Eichenschreibtisch hinüber, auf dessen Mitte noch immer drei Lexika standen, gestützt von zwei aus Holz geschnitzten Schnauzer-Hunden. Nichts hatte sie seitdem verändert. Dort an seinem Schreibtisch hatte Wilhelm Liedverse geschrieben.
Gegenüber stand das Harmonium auf dem er oft Choräle gespielt hatte. Nun war es verstummt. Sie dachte an Günter. Er könnte das Erbe seines Großvaters fortführen.
An ihre Tochter erinnerte sie sich mit Bitterkeit. „Wer hatte sie nur vom Tod ihres Vaters unterrichtet? Von mir hätte sie es nie erfahren." Nein, ihr Kranz sollte nicht auf seinem Grab liegen, auf dessen Schleife, der Name „Löwenstern" stand. Friederike hatte ihn gleich nach der Beerdigung entfernt. Und sie war davon überzeugt, dass sie im Sinne ihres Mannes gehandelt hatte. Wie oft hatte Clara ihren Vater an den Rand der Verzweiflung gebracht. Vor Gram um seine Tochter war er gestorben. Daran hatte Friederike keinen Moment gezweifelt.

Pünktlich um 15 Uhr 30 lief der Zug in Veltheim ein. Schwester Riekchen hatte sich auf dieser Reise viel Zeit nehmen müssen. Veltheim war die letzte Station ihrer Tour. Friederike war zu Tränen gerührt, als die Schwester ihres Mannes sie umarmte. Hatten sie sich doch vor einem Jahr auf seiner Beerdigung zum letzten Mal gesehen. Sie freute sich über jeden Menschen der ein wenig Abwechslung in ihr Alleinsein brachte. Und sie wusste, dass gerade ihre Schwägerin das Band der Familie zusammen hielt. So manche freudige Nachricht trug sie in ihrem Reisegepäck. Dass sie heute schwerwiegende Probleme mit sich schleppte, ahnte Friederike nicht. Schwester Riekchen wollte ihre Schwägerin nicht gleich mit Hiobsbotschaften überschütten. So verlebten die beiden Damen einen gemütlichen Nachmittag bei Kaffee und Kuchen. Erst als das Abendessen abgeräumt war, packte sie ihre Neuigkeiten aus:

„Ich war bei Günter in Hagenow."

„Wie geht es dem Jungen?"

Schwester Riekchen erfasste die Hand ihrer Schwägerin.

„Ach Friederike, ich wünschte, ich hätte nicht hierher kommen müssen."

Friederike sah ihre Schwägerin an. Aus ihrem Blick sprachen Angst und Sorge, und davon war ihr in der Vergangenheit reichlich beschieden. Was aber ihre Schwägerin heute erzählte, übertraf alle Hiobsbotschaften der letzten Jahre.

„Weißt du Friederike, dass Deine Tochter seit einigen Monaten nicht mehr in Hamburg wohnt? Ich habe es von Günter erfahren."

„Meine Tochter wohnt nicht mehr in Hamburg?" Für Friederike war es nicht ungewöhnlich, dass ihre Tochter den „Funkkontakt" zu ihren Eltern abbrach und irgendwann plötzlich wieder in der Tür stand.

„Kennst Du ihre neue Adresse?"

„Ihre Adresse kenne ich nicht, aber Günter erzählte mir, sie sei mit ihrem Mann vor einem halben Jahr nach Argentinien ausgewandert."

„Sag das noch einmal. Was ist mit Clara?"

„Deine Tochter wohnt nicht mehr in Deutschland."

Entsetzt starrte Friederike ihre Schwägerin an. Dabei verzerrte sich ihr Mund.

„Seit einem halben Jahr ist Clara weg, sagst Du?"

Schwester Riekchen nickte. Sie wollte ihre Worte nicht wiederholen.

Die Witwe Niemeyer ließ ihren Kopf langsam auf die Brust sinken.

„Mir hat sie nichts davon geschrieben, nicht eine Erklärung, und auch kein Abschiedswort. Nun hat sie mich im Stich gelassen. Nur gut, dass es ihr Vater nicht mehr erlebt hat." Friederike hatte kaum zu Ende gesprochen, als sie bitterlich zu weinen begann.

„Sei nicht nachtragend", bat Schwester Riekchen, „Du weißt nicht, in welche Schwierigkeiten deine Tochter geraten ist. Immerhin ist sie mit einem jüdischen Mann verheiratet. Du weißt, was das in der heutigen Zeit bedeutet. Erinnerst Du Dich an den 9. November vergangenen Jahres, die jüdische Pogromnacht? In ganz Deutschland brannten die Synagogen. Jüdische Geschäfte wurden geplündert und verwüstet. Wer weiß, was Deine Tochter und ihr Mann erlebt hätten. Sie haben noch rechtzeitig

Deutschland verlassen." In die Stirn von Schwester Riekchen gruben sich ein paar tiefe Falten. Dann flüsterte sie:
„Es ist eine schlimme Zeit, in der wir leben. Aber was sollen wir dagegen tun? Unsere wahren Gedanken dürfen wir
nicht preisgeben. Wir müssen der Obrigkeit gehorchen, ob
wir ihr Handeln gut heißen oder nicht.

„Du hast ja recht Riekchen", seufzte Friederike, „Anfangs
dachte ich, mit der neuen Regierung würde es besser werden. Nun aber ist alles noch schlimmer geworden, vor allem das, was jetzt mit den Juden geschieht. Was sollen wir
dagegen tun? Uns hat die Regierung einen Maulkorb verpasst. Es ist schwer, diese Obrigkeit als Gottes Fügung an-
zuerkennen."

„Was wäre mit Deinem Schwiegersohn geschehen, wenn
er in Deutschland geblieben wäre? Ich mag gar nicht daran
denken. Vielleicht war es seine einzige Chance auszuwan-
dern, und Deine Tochter ist mit ihm gegangen. Hätte sie
ihn verlassen sollen?"

Friederike war in diesem Moment zu keiner Stellung-
nahme fähig. Für sie war es wieder mal ein Faustschlag
des Schicksals, dem sie sich nicht mehr gewachsen fühlte.
Die Uhr auf dem Schränkchen vor dem großen Spiegel
zeigte eine halbe Stunde vor Mitternacht an. Das Wohnzimmer war hell erleuchtet. Und noch immer saßen die
beiden Damen am Tisch, redeten - und redeten miteinander.- und es war ihnen, als könnten sie die Ereignisse nicht
mehr bewältigen, selbst dann nicht, wenn sie dazu die
ganze Nacht gebraucht hätten.

Geschwisterpaar Riekchen und Wilhelm

Kriegsbeginn

Aus aktuellem Anlass hatte Musikdirektor Klüver seine Schüler im großen Übungsraum versammelt. Dass heute Instrumente und Notenblätter im Schrank verschlossen blieben, deutete auf eine besondere Situation hin. Statt der üblichen Übungsstunde hielt der Musikdirektor eine kurze Ansprache.

„Es ist Krieg. Unsere Soldaten kämpfen in Polen. Tanzveranstaltungen sind bis auf weiteres untersagt. Ihr wisst, dass Musik- und Tanzveranstaltungen unsere Lebensgrundlage sind. Wie aber die Dinge liegen, muss ich die Musikschule schließen und Euch nach Hause schicken. Der Krieg wird hoffentlich nicht lange dauern. Wenn alles vorbei ist, hole ich Euch zurück."

Die Rede des Musikdirektors bedurfte nicht vieler Worte. Jeder wusste, dass mit dem Beschuss der Wester-Platte bei Danzig am 1. September 1939 der Feldzug gegen Polen begonnen hatte. So blieb die Hoffnung auf ein baldiges Ende der militärischen Auseinandersetzungen. Mit einer längeren Schließung der Musikschule rechneten Klüver und seine Schüler nicht.

Friederike hielt ein Telegramm in der Hand. „Komme mit dem Zug 14 Uhr30 - Günter." Es war, als fiele ein Sonnenstrahl in ihr bewölktes Leben. Von den Ereignissen des vergangenen Jahres hatte sie sich noch nicht erholt. Dass in demselben Jahr ihr Mann gestorben, und ihre einzige Tochter für immer, und ohne ein Wort des Abschieds ausgewandert war, hatten ihrer Gesundheit und ihrem

Lebensmut arg zugesetzt. Friederike sollte nicht zur Ruhe kommen. Schon einmal hatte sie einen Krieg erlebt, Hunger, politische Unruhen und Inflation. Und jetzt gab es wieder Feindschaften zwischen den Völkern. Wusste sie doch, dass nun auch ihre beiden Enkelsöhne, Günter und Walter, den Waffengang antreten mussten. Aber jetzt hatte Günter seinen Besuch angemeldet, und Friederike war für einige Zeit nicht mehr allein. Sogleich begab sie sich in die Küche und backte einen Hefekranz, wollte sie doch ihren Enkel mit seinem Lieblingskuchen überraschen. Das Wiedersehen musste gefeiert werden, denn seit vier Jahren hatte sie Günter nicht mehr gesehen. Für Friederike war jedes freudige Ereignis ein Grund zum Feiern und wirkte es noch so banal. Ein weißes Tischtuch und Kerzen machten Malzkaffee und Hefekuchen zum Festmahl.

„Fass nur zu, mein Junge. Du hast sicher lange keinen Hefekranz mehr gegessen."

Günter musste lachen. „Da hast du Recht Oma. Dein Hefekranz schmeckt am allerbesten."

Für Günter war der Ort Veltheim ein Stück heile Welt. Es erinnerte ihn an glückliche Kinderjahre in Ahrenfeld. Großmutter war das kleine Stück Familie, das ihm noch geblieben war seit seine Eltern Deutschland verlassen hatten. Bei ihr rückten Krieg und politische Geschehnisse in weite Ferne. Günter half seiner Großmutter so gut er konnte, trug ihre Einkaufstaschen, holte Brennmaterial aus dem Keller und unterstützte sie bei so manchen Kleinigkeiten.

Gelegentlich wurde Friederike, die die Siebzig überschritten hatte, von einem gewissen Fräulein Pauls betreut. Die

Verbindung zur Familie Pauls war zu Zeiten ihres Mannes entstanden, als dieser den Posaunenchor in Veltheim gegründet hatte. Familie Pauls engagierte sich aktiv im Dienst der Kirche. Vater Pauls und sein Sohn Friedel waren Mitglieder im Bläserchor. Außerdem begleitete Friedel den sonntäglichen Gottesdienst an der Orgel. Mutter betätigte sich in der Frauenhilfe, die neben den wöchentlichen Zusammenkünften alte Menschen betreute, und überall dort einsprang, wo in der Gemeinde Hilfe nötig war. In der 800-Seelen-Gemeinde kannte jeder jeden. Es ging wie ein Lauffeuer um, wer wen und wann geheiratet hat, wo ein Kind geboren wurde und wer gestorben war.

Familie Pauls kümmerte sich also unter anderem um die Witwe Niemeyer. Meistens war es ihre Tochter Elsa, die neben ihrem Beruf als Näherin der alten Dame ohne Entgelt zur Hand ging. Da zurzeit der junge Herr Schneider Frau Niemeyer besuchte, hielt sie sich zurück. Sie war neunzehn und wusste, wie schnell die Gerüchteküche im Dorf brodelte: „Die sucht wohl ′nen Freier." Solche, oder ähnliche Nachreden wollte Elsa unter allen Umständen vermeiden.

Was die Bekanntschaften junger Männer betraf, so pochte Elsas Vater auf Mitspracherecht. Er entschied, welcher Mann für seine Tochter geeignet war, ob er sozial oder charakterlich in die Familie passte. Im Dorfe sprach es sich schnell herum, wenn ein junges Mädchen sich mit einem Mann verabredete. Vater Pauls fand immer eine Gelegenheit seine Tochter aufzuspüren, wenn derartige Gerüchte an seine Ohren drangen. Wo sonst sollten sich junge Leute treffen, wenn nicht gerade bei den bekannten Dorffesten? Friedrich Pauls hatte, noch ehe es zu einer näheren Bekanntschaft kam, für seine Tochter die Vorauswahl getroffen.

Obgleich Günter seiner Großmutter eine Menge Arbeit abnahm, gab es genug Gelegenheiten, bei denen Frau Niemeyer die Hilfe von Elsa Pauls in Anspruch nehmen musste. Das junge Mädchen hatte sich nicht nur die Praktiken in dem kinderreichen Haushalt des Gemeindepfarrers angeeignet, sie war auch an der Nähmaschine perfekt und dadurch für Frau Niemeyer eine willkommene Hilfe geworden. Wenn sie dem jungen Herrn Schneider schon zwangsläufig begegnete, so tat sie es mit äußerster Distanz. Bei ihm wahrte sie die Höflichkeitsform, obgleich sie sich mit allen Dorfmädchen und -jungen duzte.
Herr Schneider gehörte nicht zur Dorfgemeinschaft, und überhaupt wollte sie ihm gegenüber nicht den geringsten Anschein einer Annäherung erwecken. Nicht im Entferntesten dachte sie daran, dass ihre Mutter und die betagte Witwe Niemeyer mit einem gemeinsamen Gedanken spielten. Schließlich gäbe Elsa eine gute Hausfrau ab, und Günter wäre wieder in eine Familie eingebunden. Lina Pauls tat sich schwer, wenn sie sich an eine neue Familie gewöhnen musste. Noch immer empfand sie ihren Schwägerinnen gegenüber, ein gewisses Befremden, obwohl sie bereits seit mehr als zwanzig Jahren mit ihrem Mann und dessen Sippe verheiratet war. Familie, das bedeutete für Lina Pauls, die Eltern und ihr jüngerer Bruder Ernst Schöffner. Herr Schneider hatte, außer seiner Oma, keine familiären Bindungen, und Oma Niemeyer stand mittlerweile am Ende ihres Lebens. Außerdem war Elsa eine folgsame Tochter, die den Willen ihrer Eltern über ihre

eigenen Interessen stellte. Lina musste nur dem Schicksal einen Anstoß geben, dann wird die Zeit für sie arbeiten.

Ein Telegramm aus Hagenow: „Erwarte Dich zur Wiederaufnahme der Arbeit" beendete Günters Urlaub in Veltheim. Aber schon nach wenigen Wochen mussten die Instrumente wieder schweigen. Es war ein wirres Hin und Her: Tanzveranstaltungen verboten, Tanzveranstaltungen erlaubt - und wieder verboten. Musikdirektor Klüver musste seine Schüler wieder einmal bis auf weiteres nach Hause schicken. Bei Günter machte er eine Ausnahme, und das hatte einen besonderen Grund. Günters Berufsabschluss stand bevor, und Klüver rechnete fest mit einem baldigen Aufheben des Tanzverbotes. Die Tage und Wochen flossen für den Musiker zäh dahin, ohne dass sich etwas änderte. Was sollte er als einziger Schüler in einer Musikschule machen? Hundert Mal die Notenblätter herunterspielen oder die Blumen an der Tapete zählen? Schmöker lesen? Wie lange sollte diese Zwangspause dauern? Für Günter wurde sie unerträglich, und so entschloss er sich zur Abreise. So sehr auch Direktor Klüver seinen Schüler um Geduld bat, in der Hoffnung, die Situation könne sich doch von einem Tag auf den anderen ändern, lehnte Günter es ab, länger in Hagenow zu bleiben. „Sie können mich jederzeit zurückrufen", versicherte er seinem Chef, als er sich von ihm kurzerhand verabschiedete. „Warum will dieser den weiten Weg nach Veltheim auf sich nehmen", fragte sich Klüver, „dabei könnte schon morgen die Situation anders sein." Außerdem stand seine Prüfung bevor. Rechnete sein Schüler wirklich mit einer längeren Pause?

Auf dem Arbeitsamt in Bad Oeynhausen meldete Günter sich als Arbeitssuchender. „Im Musikbereich können wir Ihnen keine Arbeit vermitteln", erklärte ihm der Arbeitsvermittler, „außerdem haben Sie Ihre Ausbildung noch nicht beendet."

Die Arbeitsvermittlung wies dem angehenden Musiker eine Arbeitsstelle als Hilfsarbeiter in einer Möbelfabrik zu. Statt Geigenklänge dröhnte das Kreischen der Sägen an seine Ohren. Statt Notenhefte schleppte er meterlange Bretter heran, eine Arbeit, die zu einem Musiker gar nicht so recht passte. Was aber sollte er machen, wenn die derzeitige Situation es erforderte?

Auf dem Bahnhof in Veltheim traf er wieder auf Elsa Pauls, die den gleichen Zug nach Bad Oeynhausen nahm. Das junge Mädchen beobachtete den jungen Mann aus einem Blickwinkel. „Soll ich ihn ansprechen? Nein, das könnte aufdringlich wirken. Soll ich so tun, als habe ich ihn nicht gesehen? Das könnte unhöflich sein." Nach einiger Überlegung überwand sie ihre Scheu.

„Hat Ihre Musikschule wieder Pause?"

„Ja, im Augenblick arbeite ich als Hilfsarbeiter in einer Möbelfabrik und das war so…"

Entgegen Elsas Willen kam es doch zu einer längeren Unterhaltung, wobei sie erfuhr, dass ihr Begleiter in Kürze sich wieder in Hagenow vorstellen musste. Dort sollte in absehbarer Zeit ein Luftwaffenmusikchor aufgestellt werden. Ihre Wege sollten sich also schon bald wieder trennen. Nichts lag Günter näher, als den „Blaumann" auszuziehen, der Hobelbank und der Kreissäge für immer „Ade" zu sagen und zu seinen Musikinstrumenten zurückzukehren. Sogleich meldete er sich bei der zuständigen

Stelle in Hagenow und war überglücklich, als er vor dort die Zusage bekam. Diese aber musste vom Wehrbezirkskommando seines Heimatkreises genehmigt werden. Auf diese Freistellung wartete Günter Tage und Wochen. „Was ist an der Sache so schwierig?" fragte er sich. Alle notwendigen Anträge waren ordnungsgemäß gestellt.

Der 13. Januar 1940 sollte dann Günters Schicksal besiegeln. In der Halle kreischten die Sägen. Günter schleppte die Bretter heran, die er auf Länge schneiden sollte. Seine Gedanken waren jetzt in Hagenow. Im Grunde seines Herzens bereute er es, dass er nicht dort geblieben war, wo jetzt seine Kollegen auf ihn warteten. Sicher übten sie schon gemeinsam an neuen Stücken, und er konnte nicht dabei sein. Wie viele Tage oder Wochen sollte es noch dauern, bis endlich der entscheidende Brief, die Genehmigung vom Wehrbezirkskommando kam, von dem letztendlich seine berufliche Zukunft abhing?
Bahn für Bahn fraß sich das Sägeblatt durch das Holz. Es war schon fast am Ende angelangt, als die Säge plötzlich klemmte. Mit leichtem Druck half Günter nach. Alles Weitere spielte sich in den nächsten Sekunden ab. Und eben diese entschieden über sein weiteres Berufsleben. Das Holz gab nach und die Säge schnitt Günter durch Daumen und Zeigefinger der linken Hand. Sogleich war alles still. Im blutverschmierten Sägemehl lagen zwei Finger. „Schnell, einen Arzt", schrie jemand durch die Halle. Und ehe Günter die Situation begriff, befand er sich im Krankenhaus. Die Ärzte bemühten sich um seine verletzte Hand. Doch sie blieb verstümmelt.

Am nächsten Tag schritt Friederike im großen Krankensaal langsam durch den Mittelgang, vorbei an zwanzig Betten.

Als sie die Hand ihres Enkels, eingepackt in einen dicken Verband, in einer Schlaufe hängen sah, war sie einem Ohnmachtsanfall nahe.

„Wie konnte Dir so etwas passieren, mein Junge!"

„Ich bin hier bestens versorgt, Oma."

Über seinen Kummer, die Musik für immer aufgeben zu müssen, redete er nicht. Er hielt es für unangemessen, seine Oma mit weiteren Sorgen zu belasten. Friederike ließ sich auf einem Stuhl neben dem Bett nieder.

„Ich habe Dir ein paar Äpfel und Birnen mitgebracht. Elsas Mutter hatte sie mir aus dem Kellerregal für Dich mitgegeben. Sie wünscht Dir gute Besserung. Ach, wenn ich Elsa nicht hätte", seufzte sie, und legte die Tüte mit dem Obst in die Schublade des Nachtschränkchens, „sie war die erste, der ich von deinem Missgeschick erzählte."

Günter musste lächeln. Er wusste, dass außer dem jungen Mädchen niemand in der Nähe war, der seiner Großmutter moralischen Beistand leistete, wenn solche oder ähnliche Katastrophen über sie hereinbrachen. Und Elsa war so eine treue Seele.

„Hier ist ein Brief für Dich." Friederike zog ein Kuvert aus ihrer Handtasche.

Es trug den Stempel des Wehrbezirkskommandos, die Freistellung nach Hagenow. Mit einem tiefen Seufzer ließ Günter den geöffneten Brief auf die Bettdecke sinken. Er sah seine Großmutter an, die in diesem Moment nicht die tröstenden Worte fand. Auf das „warum nur" konnte auch sie ihm keine Antwort geben. So schwer es Günter fiel, er musste die Begebenheit unter „Schicksal" verbuchen. Wäre der Brief einen Tag früher gekommen, dann säße er jetzt im Zug nach Hagenow. Nun war der Brief gegenstandslos geworden und seine Zukunft als Musiker in Frage gestellt.

Die Zeit seiner Genesung verlebte Günter bei seiner Großmutter. Frau Niemeyer erwartete an diesem Tag Elsa Pauls. Auf ihrer Kommode lag ein Stapel Wäsche, den Elsa ausbessern sollte, bereit. Das junge Mädchen hegte die Hoffnung, Herr Schneider sei noch in der Klinik. Als sie aber an der Haustür bei Frau Niemeyer läutete, war er es, der ihr öffnete. Er trug die verletzte Hand in einer Binde.

„Oh, Sie sind wieder zuhause? Wie geht es Ihnen?" fragte Elsa zögerlich.

„Danke der Nachfrage – es geht mir gut. Kommen Sie rein, meine Großmutter erwartet Sie." Elsa fragte nicht weiter. Sie hatte den Eindruck, dass dem jungen Mann an einer weiteren Anteilnahme nicht gelegen war. Dabei wollte sie nur höflich sein. So beschäftigte sie sich gleich mit dem Stapel Ausbesserungswäsche. Was in aller Welt hatte sie eigentlich mit diesem Herrn Schneider zu tun? Mittlerweile war es ihr unangenehm ihm immer wieder zu begegnen. „Soll sich doch jemand anders aus dem Kreis der Frauenhilfe um die Witwe Niemeyer kümmern", dachte sie bei sich. Schon bei der nächsten Versammlung wollte sie das Thema ansprechen. Umso mehr wunderte sie es, als Herr Schneider sie ein paar Tage später nach Bad Oeynhausen ins Kino einlud, und entgegen seiner

Gewohnheit, gab Elsas Vater sein Einverständnis dazu. Das hatte doch Methode?

Für Elsa Pauls war die Beziehung zu Günter Schneider nicht gerade Liebe auf den ersten Blick. Doch seit jenem Kinoabend fand sie an diesem Mann Eigenschaften, die sie beeindruckten. Ihr gemeinsamer Weg zur Arbeit sollte ihre Freundschaft festigen. Trotzdem – wäre ein Musiker der Richtige für sie? Elsa hegte Zweifel. In der Dorfgemeinschaft galten Musiker als leichtlebige Menschen. Einen solchen Eindruck machte Günter nicht. Er arbeitete zurzeit als Fakturist im Büro eines Wirtschaftsverlages. Günter hingegen nutzte jede Gelegenheit Elsa näher kennen zu lernen. Häufig trafen sie sich zu gemeinsamen Spaziergängen, was ihre Zuneigung festigte.

Im Frühjahr 1940 sollten sich ihre Wege erneut trennen. Günter wurde zum Reichs-Arbeitsdienst nach Bruchhausen-Vilsen beordert. Doch erst nach schriftlicher Erklärung seiner arischen Abstammung wurde er zum Arbeitsdienst zuglassen.

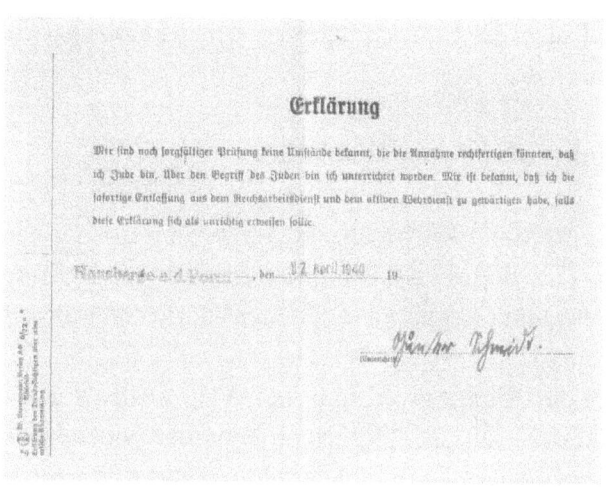

Erklärung

Wir sind nach sorgfältiger Prüfung keine Umstände bekannt, die die Annahme rechtfertigen könnten, daß ich Jude bin. Über den Begriff des Juden bin ich unterrichtet worden. Mir ist bekannt, daß ich die sofortige Entlassung aus dem Reichsarbeitsdienst und dem aktiven Wehrdienst zu gewärtigen habe, falls diese Erklärung sich als unrichtig erweisen sollte.

Hamburg a/d. Vers, den 17. April 1940 19.

Günter Schmidt.

„Wir sehen uns bald wieder", versicherte er Elsa, als er sich von ihr am Bahnhof verabschiedete. Rührende Abschiedsszenen kannte er nicht. Er hatte schon früh gelernt Emotionen zu beherrschen und nahm derartige Angelegenheiten eher auf die leichte Schulter. Elsa wischte sich hastig über die Augenwinkel. Sie schämte sich, Abschiedstränen zu zeigen. Sollte sie an eine Zukunft mit Günter glauben?

Die Arbeiter im Lager Bruchhausen-Vilsen kamen aus den verschiedensten Berufszweigen. Niemand fragte nach Berufsfach oder Ausbildung. Ob Landarbeiter, Musiker oder Akademiker, hier sollte jeder mit Hacke und Schaufel umgehen können. Es wurden Gräben gezogen und Moore trockengelegt. Dennoch barg der Arbeitsdienst für den Musiker Schneider eine neue Chance. Ein Musikmeister aus Oldenburg stellte einen Militärmusikzug auf und suchte aus der Arbeitsdienstkolonne ausgebildete Musiker. Günter durfte Hacke und Schaufel beiseitelegen und sich als Schlagzeuger in den Musikzug Oldenburg einreihen.

Einberufung zum Wehrdienst

Der 1. Mai 1941 bescherte Günter den Einzug zum Militär. Das Wehrbezirkskommando stufte die Rekruten nach Beruf und Fähigkeit ein. Günter wurde den Funkern zugeordnet.

Bei der Eignungsprüfung legten die Instrukteure strenge Maßstäbe an. Die Rekruten mussten Morsezeichen als kurze oder lange Signale erkennen und zu Papier bringen. Nur diejenigen, die das absolute Gehör und Taktgespür besaßen, wurden zugelassen. Diese Eigenschaften brachte Günter aus der Musikschule mit.

Nach bestandener Eignungsprüfung wurde er als Funker und Flak-Kanonier ausgebildet.

„Ich habe alle Prüfungen mit Auszeichnung bestanden und bin zurzeit Übungsfunker in Wismar", schrieb er in einem Brief an Elsa. Das junge Mädchen nahm die Mitteilung mit gemischten Gefühlen entgegen. Wusste sie doch, dass ihr Freund, wie alle jungen Männer aus ihrem Dorf, in absehbarer Zeit an die Front eingezogen wurde.

Günters Vereidigung fand im Mai 1941 in Wolfenbüttel statt. Zu diesem besonderen Ereignis war sogar Elsa, die selten ihren Heimatort verließ, angereist. War es doch eine willkommene Gelegenheit für ein gemeinsames Treffen. Wer weiß wie oft ihnen das noch möglich war?

Nach absolviertem Flaklehrgang wurde Günter bei der Stabs- und Nachrichtenbatterie der Flakersatzabteilung 36 eingesetzt. Es galt, die Luftangriffe auf Hamburg und an der deutschen Küste zu verteidigen. Im Dezember 1941 wurde er zum Gefreiten befördert.

Für Elsa begann nun eine Zeit des Bangens und Hoffens. Der Krieg gegen Russland hatte begonnen und es war abzusehen, wann Günter zum Einsatz an die Ostfront musste. Mit einem schnellen Ende der Kampfhandlungen rechnet niemand mehr.

Eine Jugend für den Krieg?

Für Walter begann das letzte Jahr seiner Bäcker-Ausbildung. Ihn beschäftigte nunmehr der Gedanke: „Raus aus dem tristen Leben, weg von der Bäckerei Thiedemann, wo es immer wieder Ohrfeigen setzte, und wo er von den Mitarbeitern herum geschubst wurde. Er hatte keine Lobby, woher auch? Weil seine Eltern ihn allein in der Fremde gelassen hatten, war er allen Schikanen ausgeliefert, so glaubte er. Und dass seine Mutter davon überzeugt war, ihn bei dieser beispielhaften und linientreuen Familie in beste Hände gegeben zu haben, setzte seinem Frust die Krone auf. Seine einzige Chance, aus dem Dilemma herauszukommen, so dachte Walter, war der Krieg. So bewarb er sich als Freiwilliger bei der Marine, in der Hoffnung auf eine schnelle Einberufung.

Was wusste Walter schon vom Krieg! Seit Kriegsbeginn prägten sich die Worte „Blitzkriege", und „Blitzsiege". Für den Siebzehnjährigen, erschienen sie wie ein verlockendes unbekanntes Abenteuer, das die Siegespropaganda zum Phänomen hochjubelte. Die Wochenschauen in den Kinos zeigten Kolonnen von Soldaten, die als

Sieger von der Bevölkerung umjubelt, in Berlin durch das Brandenburger Tor marschierten.

Die Nachricht von der Marine ließ nicht lange auf sich warten. „Das ist meine Einberufung", dachte Walter und öffnete erwartungsvoll das Kuvert. Die Marine aber hatte Walters Bewerbung mit der Begründung „zu jung" abgewiesen. Eine herbe Enttäuschung für den Siebzehnjährigen. Trotzdem, Walter gab nicht auf. „Wenn schon nicht bei der Marine, dann versuche ich's beim Heer." Auch von der Heeresleitung bekam er eine Absage. „Für den Einsatz an der Front müssen Sie noch ein Jahr warten", las er in dem Schreiben. Eben das wollte Walter nicht. Es musste doch eine Möglichkeit geben, den Thiedemanns und dem tristen Leben in ihrer Bäckerei zu entfliehen!

An einer Hauswand klotzte ein Plakat. Walter blieb stehen und las den in großen Lettern geschriebenen Text. Die SS-Verfügungstruppe warb für Freiwillige ab dem vollendeten siebzehnten Lebensjahr.

SS, für Schutzstaffel, hatte als paramilitärische Kampftruppe den persönlichen Schutz Hitlers zur Aufgabe. Sie teilte sich in zwei Gruppen: SS-Verfügungstruppe und SS-Totenkopfverbände. Ab März 1938 stand sie als feste Truppe für Friedens- und Kriegszeiten.

Walter erkannte seine Chance. Er zögerte keinen Moment und meldete sich zur SS-Verfügungstruppe. „Sie werden von uns hören", versprach der Dienststellenleiter, nachdem er Walters Personalien protokolliert hatte. Walter fühlte sich von der Elitetruppe aufgenommen, und das vermittelte ihm ein unbeschreibliches Glücksgefühl. Sicher bekäme er in den nächsten Wochen die Einberufung zum Militär. Immerhin schien es so, als wäre das Ende seiner Kieler Zeit in greifbare Nähe gerückt. Es war die Ironie des Schicksals, die ihn dennoch ein ganzes Jahr warten ließ.

Die SS-Verfügungstruppe teilte sich in drei Regimenter: Regiment „Germania" in Hamburg, Regiment „Deutschland" in München, und Regiment „Der Führer" in Wien. Nach dem Polenfeldzug wurden diese Regimenter zu kompletten Panzerdivisionen erweitert. Oberster Wehrmachtsführer war General Paul Hausser. Als erfahrener Soldat aus dem 1. Weltkrieg, war er bei seinen Untergebenen sehr beliebt. Nicht zuletzt darum wurde er oft „Papa Hausser" genannt. Als Walter der SS beitrat, gab es bereits drei Divisionen. Walter gehört zur Division „Das Reich" und zur Leibstandarte Adolf Hitler, die von General Hausser bis zu dessen schwerer Verwundung im Oktober 1941 geführt wurde.

Walters Grundausbildung im Ersatzbataillon des Regiments Deutschland, das inzwischen nach Prag verlegt war, begann im April 1941. Er war gerade achtzehn Jahre alt. Um fünf Uhr morgens beendete die Trillerpfeife des Unteroffiziers die Nachtruhe. Nach dem Frühstück mit Kaffee, Schwarzbrot und Weißkäse tönte das Kommando: Im Laufschritt Marsch!" Auf den Kasernenhof wurde exerziert.

Märsche von fünfundzwanzig Kilometern und mehr mit vollem Gepäck und Funkgerät, dazu Schießübungen und Alarmbereitschaft, sowie Nachtübungen sollten die jungen Männer für Fronteinsätze tauglich machen. Täglich vierzehn Stunden Rekrutenübungen, dazu samstags und sonntags je sieben Stunden, wenig Essen und ebenso wenig Schlaf bauten den, soeben Achtzehnjährigen, zu einem Soldaten für die Ostfront auf. Nur wer psychisch und physisch eine Überdosis an Härte und Durchhaltevermögen besaß, hatte an der Front eine Überlebenschance.

Wenn auch Walter der Ideologie des NS-Regimes noch immer nicht viel abgewinnen konnte, so fand er bei dieser Truppe das, was er in all den Jahren so sehr vermisst hatte, und was seine Familie ihm nie hatte geben können, das Gefühl der Geborgenheit und Zusammengehörigkeit. So oder ähnlich dachten viele seiner Kameraden. Walter fühlte sich wieder in eine Gemeinschaft eingebunden, in der er nicht nach Rang, Namen und Herkunft beurteilt wurde. Die gemeinsam ertragenen Strapazen schmiedeten die Truppe zusammen, die für Walter von jetzt an wie eine Familie war.

Fronteinsätze

Die Nachricht: „Der Feind im Osten ist gebrochen; die deutschen Truppen stehen vor Moskau", festigte in der heimischen Bevölkerung die Zuversicht auf einen schnellen Siegfrieden. Doch der Blitzkrieg gegen die Sowjetunion war bereits gescheitert. Schon der früh einsetzende Herbst hatte sich als unsichtbarer Feind dem deutschen Vormarsch entgegengestellt.

Die Militärfahrzeuge blieben im Schlamm der aufgeweichten Straßen stecken und die Rote Armee mobilisierte alle Kräfte zur Gegenoffensive. Divisionen aus dem Osten waren hoch motiviert, ihre Hauptstadt zurück zu erobern. Für den Winterkampf bestens ausgerüstet, leisteten sie den durch Hunger und Kälte erschöpften deutschen Truppen erbitterten Widerstand.

Dezember 1941

Ein Bataillon der deutschen Wehrmacht war in einen russischen Hinterhalt geraten und hatte geschlossen kapituliert. Die Achthundert-Mann starke Truppe bestand noch aus zwanzig Frontsoldaten plus Tross. Walter gehörte zur 2. Kompanie der Panzer-Aufklärungsabteilung, die nun am großen Jelnja-Bogen vor Moskau das Bataillon befreien sollte.

Der Morgen war klar und klirrend kalt. Der Wind durchlöcherte die Gesichter wie tausend Nadeln. Es war Walters erster Fronteinsatz. Der Kampf durch die feindlichen Linien zu ihren eingeschlossenen Kameraden forderte jedem Soldaten ein Höchstmaß an Kraft ab. Überall pausenloses

Rattern der Maschinengewehre deren Kugeln in Massen durch die Luft flogen und wahllos ihre Ziele trafen. Soldaten zogen verletzte Kameraden aus dem Gefechtsfeld, die schreiend auf ihre zerfetzten Körperteile starrten. Befehle und überall der Geruch von Blut katapultierten die Landser an die äußersten Grenzen ihrer psychischen Belastbarkeit. Es wurde geschossen - Mann gegen Mann. Keiner dachte: „Ich könnte der Nächste sein." Es ist keine Zeit zum Denken.

Nach zwei Tagen erbitterter Kämpfe hatte die Ersatztruppe die feindlichen Linien durchbrochen. Das eingeschlossene Bataillon sollte befreit, und der Rücktransport gesichert werden. Doch den Befreiern bot sich ein Bild des Grauens. Alle gefangenen Kameraden, an die zweihundert Mann, lagen am Boden - erschossen. Sie konnten in der tief gefrorenen Erde nicht begraben werden. Der Schnee deckte das Leichentuch darüber. Dieses Fronterlebnis hatte sich bei Walter tief ins Bewusstsein gegraben. Die gewaltigen körperlichen und psychischen Strapazen der letzten Tage - umsonst. Das ist der Krieg - eine Todesmaschinerie. War es Glück, dass Walter unbeschadet zu den hinteren Linien zurückgekehrt war, während die meisten seiner Kameraden auf dem Schlachtfeld geblieben waren?

Hunger, Kälte, Schneestürme, und nirgends eine Wegorientierung machten neben den Kampfhandlungen das Leben an der Ostfront zur übermenschlichen Strapaze. Sommerkleidung bei Temperaturen unter dreißig Grad. Der Soldat hatte die Wahl zwischen Erfrieren oder erschossen werden.

Mit Erfrierungen an beiden Füßen bestieg Walter gegen Ende März 1942 den Lazarettzug, der die Verwundeten zunächst nach Kiew brachte. Mit Blut durchtränkten Verbänden und verstümmelten Gliedern lagen sie auf dem mit Stroh bedeckten Boden. Ihr Stöhnen mischte sich in das monotone Rattern des Zuges - Stunde um Stunde, und so mancher Schwerbeschädigte erreichte nicht mehr die Lazarettstation.

Von einem schnellen Kriegsende war längst nicht mehr die Rede. Völlig erschöpft und aufgerieben, mussten die deutschen Truppen die eroberten Stellungen aufgeben. In der Heimat verfolgten die Menschen die Nachrichten von der Ostfront mit wachsender Sorge. „Wie lange wird dieser Krieg dauern, und wie wird er enden?"

Einsatz in der Ukraine

Am 20. Januar 1942 versammelten sich einige hochrangige Herren in der Villa am Großen Wannsee in Berlin zu einer Konferenz. Ihr Beschluss stellte an Präzision, was Grausamkeit betrifft, alles Bisherige in den Schatten. Hier wurde die Deportation der Juden in die europäischen Vernichtungslager, die sogenannte Endlösung beschlossen. So auch in der Ukraine, in der Gegend um Dnjepropetrowsk, der drittgrößten Stadt am Dnjepr. Dort sollten ganze jüdische Familien wegen angeblicher Unterstützung von Partisanen unter deutscher Führung exekutiert werden.

Von der Ostfront wurde Nachschub angefordert. Auf dem Bahnhof in Wismar stand ein Militärzug zur Abfahrt bereit. Mütter und Väter verabschiedeten sich von ihren

Söhnen, Frauen von ihren Männern. Statt Worte Umarmungen, Tränen, Angst, unausgesprochene Fragen: „Wird er wiederkommen, oder wird es ein Abschied für immer sein?" Auch Günter bestieg diesen Zug, der die Landser zu ihrem Einsatzort in die Ukraine bringen sollte, eine Fahrt, die mehrere Tage dauerte. Am Zielbahnhof standen etliche Lastwagen bereit, die den Nachschub zu ihren Stellungen brachten. Stunden lang rollten sie über das weite Land, hier im tiefsten Osten, das im Nirgendwo zu enden schien.

Das Flak-Regiment 61, zu dem Günter gehörte, wurde in der Gegend um Dnjepropjetrowsk eingesetzt. Sollte auch dieses sich an der Exekution von Juden beteiligen oder was war deren Aufgabe? Günter jedenfalls hatte sich seinen Einsatz anders vorgestellt als Kartoffeln schälen und des Leutnants Stiefel putzen. Schließlich war er als Funker und Flak-Kanonier ausgebildet. Zurzeit aber war er hier Laufbursche. Das Kriegsgeschehen ereilte ihn wieder, als im Sommer 1942 ein Befehl Hitlers die Truppen zu den Erdölfeldern bei Baku, in den Kaukasus und an die Wolga lenkte. Günter wurde als Funker und Flak-Kanonier in die Gegend um Mariupol ins Gebiet um Donezk versetzt. Erbarmungslos schossen feindliche Panzerverbände auf deutsche Stellungen. Die Erde dröhnte unter den Explosionen der Geschosse und riss unter Feuer und Rauch Krater in die Landschaft. Pausenlos donnerten die 8,8 Kanonen-Geschütze. Bis zur völligen Erschöpfung kämpften deutsche Soldaten um einen Feldflugplatz, gegen den Angriff feindlicher Flugzeug- und Panzerverbände. Er diente ihnen als Stützpunkt für die Luftbrücke zwischen

Stalingrad und dem Gebiet um Donezk. Vor hier aus versorgten deutsche Militär-Flugzeuge die Eingeschlossenen im Kessel von Stalingrad und flogen Verwundete heraus. Hier erlebte Günter den Krieg fern aller Schönfärberei und Lobeshymnen über die Soldaten an der Front. Hier brach das Dunkelste im Menschen hervor, ein gegenseitiges Zerfleischen und Hinmetzeln. Walters Stellung befand sich unweit von der seines Bruders. So wäre eine Begegnung der Brüder möglich gewesen, wenn die Situation es nur zugelassen hätte.

Seit achtzehn Stunden war Günter im Dauerfunkeinsatz. Die Mittagssonne brannte auf das Dach des Funkwagens. Pausenlos piepten die Morsezeichen in seinem Kopfhörer - Nachrichten in Zahlen oder verschlüsselten Texten, mal klar, mal verschwommen. Mitten in diesem Konzentrationsmarathon öffnete jemand die Wagentür. „Leg Dich schlafen Günter, ich löse Dich ab.". Todmüde verließ Günter der Funkwagen. Noch immer schien die Sonne und nirgendwo bot sich Schatten. Nicht weit von seinem Funkwagen legte Günter sich ins Gras und schlief total erschöpft ein.

In einem VW-Kübelwagen, saßen drei Soldaten seiner Einheit. Das hohe Gras versperrte ihnen jede Sicht. Man fährt hier auf „gut Glück" oder nach Gehör. Soeben hatte der Wagen eine spürbare Unebenheit passiert, als die drei Männer eine gedämpft krächzende Stimme hörten: „Haalt - Haalt!" Nach ein paar Metern kam der Wagen zum Stehen. Die Soldaten stiegen aus und schauten sich um. Woher kam diese Stimme? In der näheren Umgebung war niemand zu sehen. Da war sie wieder, ächzend, stöhnend; jetzt in unmittelbarer Nähe. „He, kommt mal her. Hier liegt ein verletzter Soldat! Wir haben ihn überfahren." Günter konnte sich nur noch leise und unverständliche mitteilen. Er verspürte heftige Schmerzen in seiner Brust. Seine Kniegelenke waren wie gelähmt. Die drei Kameraden brachten den Verletzten zum Funkwagen, wo er, trotz heftiger Schmerzen, noch einige Zeit am Funkgerät saß. Was bedeutet schon eine Brust oder Knieverletzung? Hier wurde jeder Mann dringend gebraucht. Als die Schmerzen unerträglich wurden, riefen die Kameraden den Sanitäter herbei, der Günter zum Verbandsplatz brachte. Eine schnelle ärztliche Versorgung war unmöglich. Hier gab es schlimmere Verletzungen als gelähmte Knie und Brustquetschungen. Fortwährend landeten Flugzeuge mit Verwundeten aus Stalingrad; Kopfverletzungen, abgerissene Glieder... Die Sanitäter versorgten sie notdürftig und trugen sie in die Waggons des Lazarettzugs. Für eine gründliche Behandlung war keine Zeit, denn schon landete das nächste Flugzeug mit Verwundeten. Außerdem mangelte es an Ärzten. Nach geraumer Wartezeit wurde Günter von einem Arzt begutachtet, der ihn zur Weiterbehandlung nach Lemberg schickte. Günter bestieg den überfüllten Lazarettzug, der sich nach dem tausendachthundert Kilometer entfernten Lemberg, dem heutigen Lwow in Bewegung setzte.

Die Luft im Innern war stickig. Günter sah zu einem Kameraden hinüber. Die ganze Zeit über hatte er vor Schmerzen gestöhnt. Jetzt war er still. Er schien zu schlafen. Günter beobachtete eine Weile den jungen Mann. Grässliche schwarze Fliegen sammelten sich auf seinen Lippen. Er wehrt sie nicht ab. „Sehen Sie mal nach dem Mann da drüben", rief Günter dem zuständigen Sanitäter zu. Als dieser sich nach dem verwundeten Kameraden bückte, flog der Schwarm schwarzer Fliegen auf.

„He Kamerad!" Der Sanitäter rüttelte den jungen Soldaten am Arm. Er reagierte nicht. Für ihn war der Krieg zu Ende... Er war nicht der Einzige, der die Lazarettstation in Lemberg nicht erreichte. Die über hunderte von Kilometern weiten Transportwege machen das Überleben schwer Verwundeter schier unmöglich. In Abständen von einigen Stunden hielt der Zug an. Die Toten wurden herausgeworfen, das schaffte Platz für die noch Lebenden. An ein Begräbnis dachte niemand. Dazu war keine Zeit, der Zug fuhr weiter bis zum nächsten Halt.

Nach etwa dreißig Stunden Fahrt erreichte der Lazarettzug Lemberg. Die überlebenden Verwundeten erhielten weitere ärztliche Versorgung und wurden zur Weiterfahrt stabilisiert. Einundzwanzig Tage nach seinem Unfall erreichte Günter das Lazarett Merzig im Saarland. Nach siebenunddreißig Tagen Lazarettaufenthalt wurde er als kriegsverwendungsfähig zur Truppe entlassen.

Bombenangriffe und Todesnachrichten

Mit den Bombenangriffen der Alliierten auf die Städte Lübeck und Rostock begann der Krieg gegen die Zivilbevölkerung. Für die Bewohner hieß das: bange Nächte in Luftschutzkellern verbringen und wenn sie überlebten; was war von ihrer Wohnung übrig geblieben? Doch das war erst der Anfang. Städte, wie Hannover, Kassel, Hamburg, Dresden, Berlin wurden zu beliebten Zielen alliierter Luftangriffe. Das Inferno der brennenden Städte war kilometerweit sichtbar. Auch das Dorf Veltheim wurde von Brandbomben nicht verschont und hier und da ging ein Bauernhaus in Flammen auf. Mit dem Schicksal der Großstädte war es bei weitem nicht vergleichbar.

In Zeiten der Kampfhandlungen erhielt Elsa von ihrem Freund kein Lebenszeichen mehr. Den letzten Brief hatte er vor einem guten halben Jahr geschrieben. Zum ersten Mal hegte sie Zweifel. „Wird es eine gemeinsame Zukunft geben? Macht es Sinn, sich weiterhin Liebesbriefe zu schreiben? „Wird er zurückkehren?" Immer häufiger trug der Briefträger die Nachricht in die Häuser: „...auf dem Feld der Ehre gestorben." Der Krieg forderte seine Opfer. Auch Elsas Vettern Karl und Wilhelm hatte es getroffen. Elsa zog daraus ihre Schlussfolgerung: „Hat es Zweck auf Günter zu warten?" In der Stunde des Zweifels und der Hoffnungslosigkeit schrieb sie ihm einen Brief ins Feldpostlager:

„Lieber Günter, nachdem ich lange Zeit kein Lebenszeichen von Dir erhalten habe, macht es kaum Sinn, wenn wir unsere Verbindung aufrecht erhalten. Wer weiß, wie lange der Krieg dauert und wohin er uns verschlägt... So wie er bereits viele Verbindungen zunichte gemacht hat, wird er auch uns eines Tages trennen."

Mutter kam in die Küche. Sie sah Elsa über die Schulter. An wen schreibst Du?"

„Ich will den Kontakt mit Günter beenden. Er hat seit einem halben Jahr nichts mehr von sich hören lassen. Außerdem besteht zwischen uns noch keine feste Verbindung."

„Zeig mal her!" Mit runzelnder Stirn las ihre Mutter die Zeilen.

„So etwas schreibt man keinem Soldaten, der an der Front kämpft. Du weißt nicht, was Deinen Freund am Schreiben hindert!" Mit energischer Geste warf sie den Brief auf den Tisch. „Wirf den Brief ins Feuer statt in einen Briefkasten." Elsa biss sich auf die Lippen.

„Wer weiß, was mit Günter geschehen ist. Der Karl, der Wilhelm, der Heinrich – sie alle sind an der Front gefallen. Mit Günter könnte doch das gleiche passiert sein."

„Wenn Dein Freund an der Front gefallen wäre, hätte Frau Niemeyer Nachricht bekommen. So können wir davon ausgehen, dass er noch lebt. In dieser Situation bricht man keine Beziehung ab. Lass das Schicksal über eure Zukunft entscheiden."

Wortlos zerriss Elsa den Brief und warf ihn in den Ofen. Mit zusammengepressten Lippen schaute sie den Flammen zu, die das Papier umzingelten und zu Asche verbrannten.

„Warum nur ist es Mutter so wichtig, die Verbindung mit Günter aufrecht zu erhalten?" fragte sich Elsa. Viel lieber würde sie einen Mann aus ihrem Dorf heiraten. Junge Männer, die Interesse zeigen, gab es genug, wenn Vater nicht immer einen Grund gefunden hätte, die Beziehung zu durchkreuzen. „Mit düssem Kerl kümmste mi nich na Hus." (Mit diesem Kerl kommst du mir nicht nach Hause) Vaters Gebot war unumstößlich. Einige junge Männer aus ihrem Dorf waren an der Front gefallen. Elsa wurde das Gefühl nicht los, dass ihre Mutter und die Witwe Niemeyer im Hintergrund die Schicksalsfäden knüpften. Nach all den familiären Wirrnissen hätte Frau Niemeyer ihren Enkel gerne wieder in einer intakten Familie gesehen. Und bei Familie Pauls, so glaubte sie, wäre er gut untergebracht.

Endlich ein Lebenszeichen

Eine Woche später brachte der Postbote einen Feldpostbrief aus Russland. Günter hatte darin seinen bevorstehenden Urlaub angekündigt und Elsa gebeten, die Verlobung vorzubereiten.

„Stellt euch vor, Günter lebt", rief Elsa aufgeregt, er kommt bald auf Urlaub." Jetzt schämte sie sich fast für den Brief, den sie geschrieben, – Gott sei Dank –auf den Rat ihrer Mutter hin, verbrannt hatte.

Tags darauf klopfte Frau Niemeyer bei Familie Pauls an die Tür. Auch ihr hatte Günter in einem Brief von seiner Verlobungsabsicht mit Elsa berichtet.

„Eure Verlobung soll gebührend gefeiert werden. Wie schön, dass ich es noch erlebe, meinen Enkel in einer familiären Bindung zu wissen." Frau Niemeyer holte ein Kästchen aus ihrer Handtasche. Es enthielt, sorgfältig in Watte verpackt, einen Ehering. „Es ist der Ring meines verstorbenen Mannes, er wird Günter passen."

Ihre Stimme klang feierlich und in ihren Augen lag ein Glanz der Freude. Elsa nahm den Trauring entgegen. „Ich werde ihn aufbewahren, bis Günter kommt. Er wird ihn tragen, zum Andenken an seinen Großvater."

Jetzt musste noch für Elsa ein Ehering besorgt werden. Die Juweliere verlangten Gold oder wertvollen Schmuck für einen Trauring. Lina Pauls trat an ihre Kommode. Zögerlich öffnete sie die Schublade und holte eine Schachtel mit einem Collier heraus. Ihre Mutter hatte es zu Lebzeiten getragen. Es war Teil ihrer Bückeburger Tracht, die Lina an einem besonderen Ort in einer Kommode aufbewahrte. Sie hatte den Schmuck nie selbst getragen. Er war ein Andenken an ihre Mutter, der in besagter Kommode seinen Ehrenplatz innehatte. „Nimm Omas Collier und frage beim Juwelier an, ob er ihn gegen einen Trauring tauscht."

Elsa erschrak. „Das Schmuckstück von Oma? Du hast es immer in Ehren gehalten und jetzt willst Du es weggeben?"

„Was wäre eine Verlobung ohne Ringe? Wenn Günter den Ring seines Großvaters trägt, so tausche diesen Collier gegen einen Trauring ein und trage ihn zum Andenken an Deine Großmutter."

Für Omas Trachtenschmuck erhielt Elsa bei einem Juwelier in Bad Oeynhausen einen schmalen kugelförmig gewölbten Trauring. Günter trug den breiten Ehering seines Großvaters. Dass die Ringe nicht identisch waren, spielte in dieser Zeit wohl kaum eine Rolle. Elsa und Günter trugen sie bis an ihr Lebensende. Die Verlobung wurde im engsten Familienkreis gefeiert. Tags darauf beschloss das Brautpaar ihr Eheversprechen bei einem Fotografen in Bad Oeynhausen dokumentieren zu lassen. Seit einigen Wochen wurden zivile Züge von feindlichen Tieffliegern beschossen. Dessen ungeachtet nahmen Elsa und Günter den Zug in die vom Krieg gebeutelte Stadt, die kaum noch mit der alten königlichen Bäderstadt vergleichbar war. In Friedenszeiten hätten sie die Gelegenheit für einen gemeinsamen schönen Nachmittag genutzt, aber was gibt es hier noch Besonderes zu erleben? Vielmehr beschäftigte sie die Sorge, unbeschadet zu ihrem Heimatort zurückzukommen.

In Zeiten größter Verwirrungen der Gesellschaft war das Verlobungsfoto für Günter und Elsa ein Anker der Hoffnung. Günter nahm es mit ins Feld und trug es in seiner Brieftasche als Zeichen: „Der Krieg darf uns nicht trennen." Bei Elsa fand das Foto einen festen Platz auf der Kommode als Zeichen der Erinnerung und Hoffnung: „Er wird aus dem Krieg zurückkehren."

Walters Einsatz als Unteroffizier

Nach seinem Lazarettaufenthalt erholte sich Walter bei Oma Friederike bis er zur genesenden Kompanie nach Ellwangen kam. Diese bestand aus ehemaligen Verwundeten, die an der Front noch nicht voll einsatzfähig waren. Hier bot sich ihnen die Chance für Fortbildungslehrgänge, denen eine Beförderung folgte. Walter absolvierte einen Unteroffizierslehrgang mit gutem Erfolg. Der Kompaniechef sprach seinen Lehrgangsteilnehmern mit Gratulation die Beförderung aus. Als er an Walter herantrat sagte er: „Bedauerlicher Weise ist bei Ihnen eine Beförderung nicht möglich, da noch nicht alle Fragen Ihrer Herkunft geklärt sind."

Enttäuscht trat Walter aus der Gruppe. Warum wurde er als einziger nicht befördert? Dabei hatte er diesen Lehrgang hervorragend abgeschlossen. Was in aller Welt hatte Walters Beförderung mit seiner Herkunft zu tun? Immerhin konnte er seine arische Abstammung nachweisen. Die Wahrheit über die Hintergründe seiner Disqualifizierung erfuhr Walter viel später.

Die Menschen in der Heimat verfolgten die Meldungen aus Stalingrad mit wachsender Sorge. Die 6. Armee stand kurz vor der Kapitulation. Aber nicht nur Stalingrad brach zusammen, sondern der gesamte Frontverlauf in der Ukraine. Wer glaubte noch an einen Endsieg? Der überwiegende Teil in der Bevölkerung betrachtete Hitlers Konzept als gescheitert. Entsprechend war die Stimmung im Lande.

In der ersten Januarwoche 1943 wurde ein Soldatentransport in Richtung Ostfront eingesetzt. Er sollte Nachschub innerhalb von fünf Tagen an den Kriegsschauplatz östlich von Charkow transportieren. Das Ersatzbataillon sollte die Gefechtslinie wieder stabilisieren und Charkow zurückerobern. Als Walter zu seiner Feldtruppe an die Ostfront kam, hatte er die Angelegenheit seiner Disqualifizierung zum Unteroffizier fast vergessen. Es überraschte ihn daher, als sein Kompaniechef ihn eines Tages in die Schreibstube rufen ließ. Vor ihm lag eine aufgeschlagene Mappe mit seinen Personalunterlagen.

„Tut mir leid, dass es mit Ihrer Beförderung nicht geklappt hat. Ihre Mutter hat in zweiter Ehe einen Juden geheiratet. So steht es in Ihren Papieren."

„Das war es also", dachte Walter innerlich erbost, „genügte es nicht, dass sie mich und meinen Bruder im Stich gelassen hatte? Jetzt steht sie auch noch, wenn auch unbewusst, meiner Beförderung im Weg."

Walter zögerte keinen Augenblick. „Ja, das stimmt, aber meine Eltern sind Ende Oktober 1938 nach Südamerika ausgewandert. Ich habe zu ihnen keinen Kontakt mehr."

Der Kompaniechef machte ein paar Notizen. Dann schlug er die Mappe zu und sagte mit väterlicher Stimme: „Im Fall Ihrer Beförderung werde ich mich für Sie einsetzen. Sie haben mein Wort."

Die Panzeroffensive „Unternehmen Zitadelle" Anfang Juli 1943 bei Bjelgerod, im „Kursker Bogen", erlebte Walter als Unteroffizier. Die Rote Armee hatte einen Keil in die deutsche Frontlinie getrieben. Diesen galt es in einer Zangenbewegung abzuschneiden und die russischen Truppen zu vernichten. Trotz des erbitterten Widerstands der Sowjets, hatte sich die 4. Armee bisher tapfer geschlagen. Bei Prochorowka tobte der Krieg mit unvorstellbarer Grausamkeit. 1.500 Panzer kämpften auf engstem Raum gegeneinander.

„An der Front haben wir uns unsere kleinen Freiräume geschaffen", erzählte Walter später, „ohne sie hätten wir die Situation nicht ertragen. Wir fürchteten mehr die Gefangennahme durch den Feind, als auf dem Schlachtfeld zu sterben, denn der einfache Soldat hat in russischer Gefangenschaft eine geringe Überlebenschance."

Seit Tagen gab es keine warme Mahlzeit mehr, und die wenigen Stunden Schlaf brachten so manchen Landser an den Rand des Belastbaren. So war es für denjenigen ein Geschenk, wenn er den nächsten Tag erleben durfte. Unter hohen Verlusten auf beiden Seiten kämpften die deutschen Truppen den Weg nach Kursk frei. Doch die Stadt eroberten sie nicht. Hitler brach die Offensive ab und verlegte Teile der Division nach Italien, da bereits alliierte Truppen auf Sizilien gelandet waren. Der Sieg war verschenkt.

In dieser Nacht war Walter zur Wache beim Tross eingeteilt. Es war kurz nach Mitternacht, als er, von zwei Kameraden begleitet, seinen Rundgang um das Gelände antrat. Die nächtliche Ruhe war eine Atempause nach den Kampfhandlungen.

Plötzlich durchbrach ein eigenartiges Geräusch die Stille. Das Gewehr in Bereitschaft ging Walter mit Kamerad Steinmann dem nach und erblickte im matten Mondlicht die Silhouette eines wohlgenährten Schweines. Es musste irgendwo ausgebrochen sein. Das Schwein war ein Geschenk des Himmels. Immerhin sicherte es für einige Zeit die Versorgung in der Feldküche. Ein gezielter Schuss, und das Borstentier fiel zu Boden.

„Herr Hauptfeldwebel" - Walter nahm Haltung an - „haben gestern Nacht ein umherirrendes Schwein für die Feldküche geschossen."

Entgegen aller Erwartungen sank die Laune seines Hauptfeldwebels unter den Gefrierpunkt. Er ahnte bereits um welches Borstentier es sich handelte. Hatte er doch diesen geheimen Schatz besonders gut gehütet und gefüttert - als private Reserve für besondere Fälle. Nun musste er ihn, wohl oder übel, der Feldküche überlassen. Von nun an waren Walter und Kamerad Steinmann dem Unmut und den kleinen Schikanen ihres Hauptfeldwebels ausgeliefert. Dafür aber freuten sich die Kameraden in den nächsten Tagen auf deftige warme Mahlzeiten.

Dennoch ein „Ja"

Die Kapitulation der 6. Armee bei Stalingrad und die Invasion der alliierten Truppen in der Normandie prophezeiten Deutschland düstere Aussichten auf einen Endsieg. Was war geblieben von all den Hoffnungen, den Versprechungen, den Siegesparolen? Längst lagen sie unter den Trümmern der Großstädte begraben. Der Krieg tobte an allen Fronten. Das bedeutete für die Soldaten absolute Urlaubssperre. So konnte Günter vom Glück sprechen, dass sein Antrag auf Heiratsurlaub genehmigt wurde. Was die Eltern von Elsa und Oma Niemeyer unauffällig gefördert hatten, trat nun ein.

Am 19. November 1944 führte Günter seine Braut zum Traualtar. Elsa trug ein schlichtes weißes Kleid, das ihr eine Freundin geliehen hatte. Wo hätte sie in dieser Zeit ein Brautkleid kaufen können? In der tausendjährigen Kirche zu Veltheim gaben sich Günter und Elsa das Jawort. Fast der ganze Dorfkern wohnte dem Gottesdienst bei. Elsas Bruder begleitete die Trauung an der Orgel. „Jesu geh` voran auf der Lebensbahn..." sang die Gemeinde am Schluss des Gottesdienstes. An der Ausgangstür wartete, umringt von vielen Gratulanten, die Frau des Pfarrers. Mit den Worten: „Gottes Segen auf Ihrem gemeinsamen Lebensweg" überreichte sie der Braut eine Rose. „Es ist die letzte Rose aus unserem Garten, für Euch als Hochzeitsgeschenk." Sie war das einzige Hochzeitsgeschenk, und die Jahreszeit machte es wertvoll.

Im Hause Pauls wurde nun Hochzeit gefeiert. Brautvater Friedrich öffnete eine Flasche selbst gemachten Obstwein. Er erhob sein Glas zum Trinkspruch, und die Hochzeitsgesellschaft stieß auf das Wohl des jungen Paares an. Sie umfasste alle Verwandten von Elsa, neben Eltern und Bruder alle Onkel und Tanten, Cousins und Cousinen, dazu alle Freunde und Nachbarn, wie es auf einer Dorfhochzeit üblich ist. Auch Friederike Niemeyer und ihre Schwester Klara Glitsch erhoben das Glas auf das Hochzeitspaar, stellvertretend für die gesamte Familie des Bräutigams. Onkel Ernst genoss als leidenschaftlicher Raucher seit Jahren wieder den Geschmack einer Zigarre, denn solch edle Genüsse gab es zu besonderen Anlässen auf Zuteilung. Wegen der unablässigen Bombenangriffe hatte Familie Schöffner Hannover verlassen, und es war nicht abzusehen, wann sie wieder dorthin zurückkehren konnte. So war es ein Glücksfall, dass sie bei Schwester Lina und Schwager Friedrich auf dem Lande vorübergehend eine Notunterkunft gefunden hatten.

Die Buttercremetorte, deren Zutaten, die Braueltern mit Essensmarken erspart hatten, das Hühnerfrikassee und die Erbsen aus dem Kellerregal ließen die Gäste für ein paar Stunden ihren Hunger vergessen. Es war eine beschauliche Hochzeitsfeier. Nach Tanz und Frohsinn war in diesen Zeiten niemand aufgelegt. Schon wenige Tage nach der Hochzeit musste Günter wieder an die Front.

Der Tag seines Abschieds machte dem trüben November alle Ehre. Elsa stand mit ihrem, soeben Angetrauten auf dem Bahnsteig. „Herzlichen Glückwunsch zur Hochzeit!" Bahnhofswärter Korte, ein Cousin von Elsa wünschte dem jungen Paar alles Gute auf ihrem gemeinsamen Lebensweg.

„Gemeinsamer Lebensweg? Wie fatal ist es doch", dachte Elsa. Die Vierundzwanzigjährige erinnerte sich an ihr Eheversprechen: „... willst du diesen Mann lieben, in guten wie in schlechten Tagen, bis dass der Tod euch scheidet?"

Soeben verheiratet, musste sie sich von ihrem Mann trennen, für einige Monate, ein Jahr oder für immer?

Der totale Krieg war ausgerufen, und auf Günter wartete der Einsatz in Italien.

Blass leuchtete das Haltesignal. Die Lokomotive pufte Rauchwolken in den Himmel, die sich mit dem Nebel vereinten. Eine kurze Umarmung, ein Abschiedskuss. Die Ereignisse ließen keinen Raum für Emotionen. Elsa presste ihre Lippen aufeinander als sie mit ihrem Taschentuch winkend, dem abfahrenden Zug nachschaute. Wie oft musste man noch Abschied nehmen? Wie viele Jahre wird der Krieg noch dauern?

Hitlerjugend im Dienst fürs Vaterland

Ein paar Tage nachdem Günter abgereist war, packte auch dessen Schwager Friedel seinen Rucksack. Drei Monate zuvor hatte er seinen fünfzehnten Geburtstag gefeiert. Der Reichs-Arbeits-Dienst hatte die Jugend zum Bauen von Schürzengräben herangezogen. Es war schon dunkel als Vater Pauls seinen Sohn mit dem Fahrrad in die fünfzehn Kilometer entfernte Stadt Hausberge begleitete, wo sich die Jungen in der Jugendherberge sammelten.

Hundertzwanzig Jungen fuhren mit einem Sonderzug nach Borken in Westfalen.

Nach einem fünf Kilometer langem Fußmarsch hatte die Kolonne die Stallungen eines verlassenen Gutes erreicht. Der Frost hatte die schmalen Fenster mit glitzernden Farnen überzogen. Durch die Ritzen pfiff der Wind.

Den Jugendlichen bot es reichlich Platz, und Stroh fürs Nachtquartier gab es genug. Wer tagsüber Schützengräben ausheben musste, der wählt nicht zwischen Strohlager und Daunendecke.

Das ferne Brummen herannahender Tiefflieger war den Jungen mit der Zeit zur vertrauten Geräuschkulisse geworden. Jeder wusste, was in einer solchen Situation zu tun war. Minuten später donnerten Kampfflugzeuge über sie hinweg; ohrenbetäubend ratterten ihre Maschinengewehre. Wer keine Zuflucht in den Schützengräben fand, legte sich flach auf den Boden, das Gesicht auf die Erde gepresst – abwartend, bis der Angriff vorüber war. Danach wieder Stille. Die Arbeit ging weiter. Solche Zwangspausen häuften sich. Bei klarem Wetter zeigte sich eine gleißende Kugel am Himmel, die in der Größe eines Stecknadelkopfes in den Wolken verschwand. Ein fernes Donnergeräusch kündigte sie an. „Seht, das sind unsere V2-Raketen. Ganz in unserer Nähe befinden sich deren unterirdische Abschussrampen", berichtete der Gruppenführer, „damit werden wir den Krieg gewinnen." Sollte die neue Wunderwaffe wirklich die Wende herbeiführen, und Deutschland in letzter Minute zum Sieg verhelfen? Die jungen Leute hatte es beeindruckt.

Zu Weihnachten ging es in überfüllten Zügen nach Hause, wobei gleich nach Neujahr wieder der Einsatz mit Hacke und Schaufel bei Borken begann.

Mitte März 1945 war der Arbeitseinsatz in Borken beendet. Die meisten Jungen hatten diesen Tag herbeigesehnt und freuten sich auf die Heimreise.

Soeben in der Heimat angekommen, mussten sie sich zum Wehrdienst melden. Der totale Krieg war ausgerufen. Die Verteidigung des Vaterlandes forderte jetzt alle Männer, von Sechzehn bis Sechzig.

„Ich gehe nicht zum Wehrdienst", protestierte Friedel, „ich hatte schon vom Gräben schaufeln unter täglichem Tieffliegerbeschuss die Nase voll. Und jetzt soll ich freiwillig an der Front mein Leben einsetzen?" Was aber nützte sein Protest? Hier ging es nicht mehr nach Wollen. Also musste sich Friedel zwei Wochen nach seiner Heimkehr aus Borken im Volkssturmlager „Nammen" zum Wehrdienst melden.

„Man gab uns eine Panzerfaust in die Hand", erzählte Friedel später, „sie sollte uns das Gefühl von Überlegenheit vermitteln. Mir erschien sie unheimlich. Der Gruppenführer erklärte uns den Umgang mit einer solchen Waffe und insgeheim wünschte ich mir, sie nicht benutzen zu müssen."

In Nammen, einem Ort im niedersächsischen Schaumburg, wartet die Truppe auf den Befehl für den Einsatz im Osten.

Friedel teilte den Schlafsaal mit vierzehn anderen Jungen, die fast ausschließlich aus seinem Heimatort stammten. In der Nacht bekam Dieter wieder fürchterliche Hustenanfälle. Schon im Arbeitslager Borken hatte er sich häufig die Seele aus dem Leib gehustet. Sein Gesicht hatte die Farbe von Käse, Milch und Spucke. Der Arzt diagnostizierte Verdacht auf Tuberkulose. Dieter durfte nach Hause gehen, worum so mancher Kamerad ihn beneidete.

In der darauf folgenden Nacht schrillte die Trillerpfeife des Gruppenführers. „Die Alliierten kommen!" Raus aus den Betten, das Bündel gepackt und Abmarsch zu Fuß gen Osten. Gegen Morgen erreichte die Gruppe ihre erste Etappe, die Jugendherberge Stadthagen. Von dort aus sollte es zu Fuß weitergehen mit unbekanntem Ziel nach Osten. Es war ein kühler Märzmorgen, als die Jungen ihr Bündel zum Weitermarsch schnallten. Die Angst ging um. Wie weit ist es bis zur Front?
Im Aufenthaltsraum herrschte gereizte Aufbruchsstimmung. Der Aufseher, der gerade mit dem Einteilen der Gruppen beschäftigt war, versuchte vergeblich das Stimmengewirr zu übertönen.
„Los, wir hauen ab noch bevor wir weitermarschieren." Irgendjemand hatte es leise ausgesprochen.
„Abhauen – einfach so? Und wenn sie uns erwischen?"
„Habt Ihr Lust, Euch an der Front erschießen zu lassen?" Ein Geistesfunke, dem minutenlanges Schweigen folgte. In einigen Köpfen hat er gezündet.
„Jetzt - schnell weg von hier oder an der Front krepieren oder gar dem Feind in die Hände fallen." Gedankenblitze. Ein gegenseitiger Blick sagte mehr als Worte. Fünf Rucksäcke flogen aus einem Fenster auf einen verlassenen Innenhof, denn mit geschnalltem Gepäck wären die Jungen als Flüchtende aufgefallen. So entkamen fünf Volkssturmkandidaten unbemerkt und lautlos. Ein Fußmarsch von

dreißig Kilometer lag vor ihnen, mit festem Ziel nach Hause. Bis zum Abend könnten sie es schaffen.

Die fünf Ausreißer waren nicht weit von der Jugendherberge entfernt, als ihnen ein Mann auf dem Fahrrad begegnete. Friedel traute seinen Augen nicht.

„Vater, was machst Du hier in Stadthagen?"

„Junge, komm nach Haus! Das Vaterland kannst du nicht mehr retten."

Das Gerücht „Die Alliierten kommen" ging im Dorf um. So ermahnte Dieters Vater Friedrich Pauls: „Der Krieg ist verloren. Hol Deinen Jungen nach Hause."

Noch in der Nacht hatte sich Vater Pauls mit dem Fahrrad auf den Weg gemacht, seinen Sohn aus dem dreißig Kilometer entfernten Stadthagen zu holen, ehe die Truppe am nächsten Morgen weiter zog.

Sichtlich erleichtert setzte sich Friedel vorn auf die Stange des Fahrrades und konnte komfortabel die dreißig Kilometer nach Hause zurücklegen, während seine Kameraden etliche Stunden später ihren Heimatort zu Fuß erreichten.

Kapitulation

Wenn Friedrich Pauls seinen Bruder August besuchte, verband er gerne das Angenehme mit dem Nützlichen. August Pauls, der den elterlichen Hof bewirtschaftete, besaß ein Radio, einen sogenannten Volksempfänger. Der Pauls´sche Hof lag ebenfalls am Heuweg, für seinen Bruder ein Fußweg von fünf Minuten. So war Bruder Fritz immer über die Ereignisse an der Front informiert.

Der 9. Mai war ein Mittwoch, einen Tag vor Himmelfahrt. Wieder einmal kam Friedrich Pauls von einem Besuch seines Bruders zurück. Sein Gesicht verriet Angst und Entsetzen. „Der Führer ist tot, Admiral Dönitz soll die Führung übernehmen. Der Krieg ist verloren. Er hat über fünfzig Millionen Opfer gefordert."

„Hitler ist tot? Jetzt haben wir auch diesen Krieg verloren", schluchzte Lina und wischte ihre Tränen mit der Schürze ab. Für sie schien es unbegreiflich. Sie erinnerte sich noch sehr gut an den verlorenen letzten Krieg. Damals war sie gerade zweiundzwanzig Jahre alt. Als sie hörte, dass der Kaiser Deutschland verlassen musste, hatte sie bitterlich geweint. Und heute? Ein Grund zum Jubeln war das nicht, wenn auch der Waffenstillstand ausgerufen war.

Die ersten US-Besatzungstruppen zogen durch das Dorf. Sie durchsuchten Häuser nach Waffen und Soldaten. Gewehre, Uniformen, Armbinden, Hakenkreuzfahnen, eben alle Requisiten, die mit dem dritten Reich in Verbindung gebracht werden konnten, fanden ihren Platz unter dem

Komposthaufen, im Heuschober oder in der Jauchegrube. Vater Pauls bewahrte drei Gewehre auf dem Heuboden auf, ein geheimes Versteck, wovon nicht einmal seine Frau etwas wusste.

Gelegentliche Zielscheiben waren Spatzen, die eventuell in seinem Obstgarten hätten Schaden anrichten könnten. Da aber zurzeit jeglicher Waffenbesitz untersagt war, bewahrte er diesen geheimen Schatz auf dem Dachboden unter dem Heu auf.

Auf dem gleichen Speicher besaß Familie Voth einen Taubenschlag. So geschah es, dass Gustav Voth seinen Mitbewohnern ab und an eine Taube für den Kochtopf spendierte. Was sollte den Taubenfreund daran hindern, auch den Soldaten der Besatzung einen solchen Leckerbissen zukommen zu lassen? Spendable Gesten hinterlassen immer einen guten Eindruck. So stieg er eines Tages mit drei US-Soldaten auf den Dachboden, wo diese sich je ein kapitales Tier für die Feldküche aussuchen durften. Was für eine Einladung für die GIs! Wenn sie schon auf einen Dachboden geführt wurden, dann nicht nur wegen ein paar Tauben für den Kochtopf. Ihren Argusaugen entging nichts. Ein leichter Fußtritt gegen einen Heuhaufen ließ Verdächtiges vermuten. Als dann einer der Soldaten den Fußboden vom überhängenden Heu befreite, entdeckte er den Lauf eines Gewehres. Nun waren auch die beiden anderen in Alarmbereitschaft versetzt. Hier könnte noch mehr versteckt sein. Richtig, am Ende zogen sie drei Luftgewehre unter dem Heu hervor. Auf ihren Gesichtern stand siegreiches Lächeln. Einer von ihnen sagte etwas, das der Taubenfreund nicht verstand.

Was für ein Schock, als Friedrich Pauls die offene Boden-
luke entdeckte. Besonders in dieser Zeit wurde peinlich
darauf geachtet, dass sie geschlossen blieb.
Von oben drangen Stimmen US-amerikanischer Mundart
herunter. Es schien, als diskutierten sie mit jemandem.
„Um Himmelswillen, die Gewehre!" schoss es ihm durch
den Kopf. Sollte er hinauf gehen und die Soldaten fragen,
was sie suchten? Das hätte ihn womöglich verdächtig gemacht. So wartete er ab, starr vor Angst. Die drei GIs stiegen die Bodenleiter herab. Jeder trug eine Taube auf dem
Arm und ein Gewehr über der Schulter. Kreidebleich vor
Schreck erkannte Vater Pauls seine Gewehre, die er so sicher unter dem Heu versteckt hatte. Mit unmissverständ-
licher Geste zeigten die drei Amis dem Waffenbesitzer,
dass dessen Schusswaffen soeben beschlagnahmt seien.
Ob Vater Pauls eine Strafe wegen unerlaubten Waffenbe-
sitzes bekommen hatte, ist nicht bekannt. Doch der Verlust seiner Flinten war für den leidenschaftlichen Schützen
Strafe genug.

In ganz Veltheim gab es weder Soldaten noch Kriegsma-
terial. Stattdessen wehten weiße Fahnen aus den Fenstern
als Zeichen friedlicher Begegnung. Die Amis nahmen
Wertgegenstände, aber auch alles Brauchbare, wie Betten
für die nächsten Übernachtungen mit. Sie nächtigten auf
den umliegenden Bauernhöfen und zogen danach weiter
gen Osten. Auch der Pauls´sche Hof war von Soldaten be-
lagert. Sie behandelten die Zivilbevölkerung human und
verteilten gelegentlich Kaffee und Schokolade.
Der Einzug der Besatzungstruppen bedeutete die Befrei-
ung der Insassen aus den Konzentrationslägern sowie der

polnischen bzw. russischen Kriegsgefangenen. In Sträflingsanzügen und zum Skelett abgemagert wankten die KZ-Häftlinge aus ihren Baracken. Schockiert und fassungslos stand die Bevölkerung ihnen gegenüber. Das war die Kehrseite des vielgepriesenen Nationalsozialismus.

Auch die russischen und polnischen Kriegsgefangenen, die nicht minder unter dem Naziterror gelitten hatten, wurden von den Alliierten befreit. Jetzt zahlen sie es der Zivilbevölkerung heim. In der Dunkelheit überfielen sie Familienhäuser und Bauernhöfe und nahmen alles mit, was sie für brauchbar hielten. Wer ihnen nazi-verdächtig vorkam, wurde aus dem Haus gezerrt und erschossen oder erschlagen. So auch der Ortsgruppenleiter. Später hieß es, die Polen hätten ihn in den Weserwiesen hingerichtet.

Freude und Trauer im Haus Nr.287

Neun Monate, nachdem Günter zu seinem Fronteinsatz nach Italien abgereist war, kamen im Hause Pauls zwei Mädchen zur Welt, eine Ursula-Elise und eine Christa-Elvira. Die eineiigen Zwillinge waren zum Verwechseln ähnlich. Die Geburten fanden zu Hause mit Hilfe der Hebamme statt. Da es eine Zwillings-Erstgeburt war, wurde der zuständige Arzt aus dem Nachbarort herbeigerufen. Er war als Hausarzt für die umliegenden Dörfer zuständig, der seine Patientenbesuche per Fahrrad erledigte.

Drei Monate nach Kriegsende wurde das Leben noch immer von Hunger, Entbehrung und Überlebenskampf bestimmt. Die Läden waren leer, und so wurde die Baby-Ausstattung für die beiden Mädchen von Freunden und Verwandten zusammengetragen. Ein ausgedienter Wäschekorb diente als Kinderbett. Da die beiden Mädchen gemeinsam fünf Kilo auf die Waage brachten, fanden sie im besagten Wäschekorb reichlich Platz. Auch der alte Kinderwagen, aus Elsas Generation, der viele Jahre auf dem Dachboden auf den nächsten Einsatz gewartet hatte, erfüllte wieder seinen Zweck.

Das freudige Ereignis sprach sich im Dorf schnell herum. So teilte auch Friederike Niemeyer ihren Schwestern und Nichten die Geburt ihrer beiden Urenkel mit. Günter war zu dem Zeitpunkt völlig ahnungslos. Seit der Kapitulation ging keine Feldpost mehr durch und so wusste Elsa nicht, ob ihr Mann noch lebte, wo er sich zurzeit aufhielt und wie sie ihn hätte erreichen können.

So wie in Kriegszeiten herrschte Lebensmittelknappheit. Wie sollten Säuglinge gedeihen, wenn die Erwachsenen nicht einmal genug zu essen hatten! Babynahrung war Mangelware. Die Muttermilch reichte bei weitem nicht aus, und so war frische Kuhmilch die einzige Ersatznahrung, die der nahegelegene Bauernhof lieferte. Doch was für einen Kälbermagen optimal ist, ist für einen Säuglingsmagen völlig ungeeignet. Von der fetten, unbehandelten Kuhmilch bekamen beide Kinder Brechdurchfall. Da konnte auch der Hausarzt nicht viel ausrichten, denn woher sollte er in diesen Zeiten Medikamente beschaffen? Er riet zu einem Säuerungsmittel, sogenannte Citretten, die die Kuhmilch für Säuglinge verträglich macht. Doch im nahen Umkreis von Veltheim existierte weder eine Drogerie noch eine Apotheke. Es war ein Glücksfall, dass eine Nichte von Friederike Niemeyer im zweihundert Kilometer entfernten Göttingen eine Drogerie betrieb und das Mittel liefern konnte. Und da war Eile geboten, denn den beiden Kleinen ging es von Tag zu Tag schlechter. Ein

Brief nach Göttingen hätte in dieser verworrenen Zeit einige Wochen in Anspruch genommen. Da es im Ort keine Poststelle gab, fuhr Vater Pauls mit dem Fahrrad in die zwanzig Kilometer entfernte Stadt Minden und gab beim dortigen Telegraphen-Amt folgendes Eiltelegramm an Familie Weitkamp in Göttingen auf: „Bitte dringend Citretten." Noch am gleichen Tag überbrachte der Telegrammbote die Nachricht an besagte Adresse.

Ilse Weitkamp war entsetzt, als sie das Telegramm las: „Bitte dringend Zigaretten". Zigaretten? Es war wohl ein Versehen beim Telegrafenamt wo der Begriff „Citretten" vielleicht unbekannt war oder falsch verstanden wurde. Doch Familie Weitkamp schickte letztendlich das so dringend benötigte Säuerungsmittel. Nun bangte nicht nur Elsa um ihre beiden Kinder, denn das Senden der Paketpost nahm wertvolle Zeit in Anspruch. Als das Paket mit den Citretten endlich eintraf, waren die Kinder durch die Krankheit so geschwächt, dass sie nicht einmal die nun verträglich gemachte Kuhmilch zu sich nehmen konnten. Alle im Haus befürchteten, dass die Kinder den Brechdurchfall nicht überlebten. Sogar der Arzt, der noch einmal hinzugerufen wurde, war ratlos. So wurde letztendlich nach dem Pfarrer gerufen, der beiden Mädchen die Nottaufe gab. Zu allem Unglück bekam Christa Elvira eine Lungenentzündung, die sie nicht überlebte. Ganze zwanzig Tage alt, wurde sie in Veltheim auf dem Friedhof, wo auch ihr Urgroßvater seine letzte Ruhestätte gefunden hatte, beigesetzt. Wie durch ein Wunder hat Ursel die Krankheit überlebt und wuchs heran. Ihre Schwester aber sollte nicht in Vergessenheit geraten. Dafür sorgte vor allem Elsa. So war es später Tradition, dass am Geburtstag der Ursel ein frischer Blumenstrauß auf das kleine Grab ihrer Schwester gelegt wurde, denn es wäre ja auch ihr Geburtstag gewesen.

Kriegsende in Italien

Ab November 1944 spielte sich Günters Einsatz an der Westküste Italiens bei den Hafenstädten Anzio und Nettuno in der Provinz Rom ab. Im Frühjahr 1945 wurde seine Einheit in den Norden, der Gegend von Turin und an den Gardasee verlegt. Sie war in einem Herrenhaus auf Isola del Garda, einem der fünf Inseln im Gardasee einquartiert. Isola del Garda war die größte und schönste der Inseln und wurde gerne mit der deutschen Insel Mainau verglichen. In der Gegend um den Gardasee galt es Tunnel, Brücken und wichtige Verkehrswege zu sichern. Ende April war die Gegend südlich des Garda-Sees Ziel permanenter Luftangriffe. Wie aus heiterem Himmel tauchten die Bomber zwischen den Bergen auf und griffen die deutschen Stellungen an, die nur noch mühsam gehalten werden konnten. Zusätzlich erschwerte der Partisanenkrieg die Situation. Die italienische Bevölkerung, einst Verbündete, hatte sich bei Einbruch der Alliierten gegen Deutschland gerichtet. Der inzwischen entmachtete Diktator Mussolini war von Widerstandskämpfern gefangen genommen und erschossen worden. Diese Konstellation stellte einen Siegfrieden für Deutschland kaum in Aussicht.

Unter den Soldaten machte sich Kriegsmüdigkeit breit. Das fiel besonders bei Kamerad Ranson auf. In unbeobachteten Momenten betrachtete er das Hochzeitsfoto, das er stets bei sich trug. Vor ein paar Monaten hatte er seine Adelheid geheiratet. Beim Abschied war er dreimal aus dem Zug gestiegen und hatte seine Frau umarmt. „Ich komme bald wieder. Das verspreche ich Dir."

Seine Gedanken waren mehr bei Adelheid als bei den Geschehnissen um ihn herum. Es gab keinen Zweifel, Ranson zog es nach Hause.

„Nimm Dich zusammen, Ranson. Wir befinden uns im totalen Krieg, und brauchen unsere Kräfte für den Endsieg."

Ranson beantwortete Günters Worte mit müdem Lächeln.

„Totaler Krieg – was heißt das schon? Wir gehen vor die Hunde, oder glaubst Du noch an einen Endsieg? Ich habe die Schnauze voll von all den Parolen und von dem Dreck, indem wir hier täglich auf dem Bauch kriechen." Ranson tat das offen kund, was die meisten seiner Kameraden nicht aussprachen. Der frisch gebackene Ehemann sehnte sich nach seiner Frau, seiner Familie, einem ganz normalen Leben.

„Nun komm schon", beruhigte ihn Günter „vielleicht ist der Krieg bald zu Ende."

„Glaubst Du das? Ich gehe mich erst einmal rasieren."

Kamerad Ranson verschwand im Haus. Sein Bedürfnis der Körperpflege stand im totalen Gegensatz zu den Geschehnissen um ihn herum.

Minuten später detonierte in unmittelbarer Nähe eine Bombe. Die Erschütterung ließ das Gebäude wie ein Kartenhaus zusammenfallen.

„Raaansooon!" Der Ruf der entsetzten Kameraden mischte sich in das Getöse von Detonation und Einsturz. Aus der aufsteigenden Wolke aus Zement und Staub kam

keine Antwort. Eilige Hände räumten Schutt und Geröll weg. Unter den Trümmern lagen etliche Pferdekadaver mit zerschlagenen Köpfen und aufgerissenen Leibern. Mindestens an die zwanzig mussten es gewesen sein. Wieder rief jemand „Raaansooon kannst Du uns hören?"
Und wieder - Schweigen. „Vielleicht ist er verletzt. Wir müssen die schweren Steinbrocken wegräumen." Jetzt konnte nur noch ein Kran helfen. Doch an derartigen Hilfsmitteln mangelte es. „Mit bloßen Händen kommen wir nicht an ihn heran", sagte Günter sichtlich erregt und wies mit energischer Geste auf die Trümmer aus grauem Putz und geblümter Tapete. Seit einigen Stunden schon versuchten die Kameraden Ranson zu bergen – ohne Erfolg. Er lag unter den Trümmern begraben – tot oder lebendig.

„Wir müssen ihn liegen lassen. Hoffentlich muss er nicht lange leiden."

Wenige Stunden nach dem Bombenangriff meldete die Heeresleitung: „Es dürfen keine verschlüsselten Texte gefunkt werden – nur Klartext." Aus Sicherheitsgründen wurden während des Krieges Nachrichten in verschlüsselter Form an die entsprechenden Funkstellen übermittelt. Das war plötzlich untersagt.
Bedeutete die Wende das Ende der Kampfhandlungen - etwa Kapitulation?
Obergefreiter Schneider erinnerte sich: „Nach und nach kamen die Engländer. Sie nahmen uns Waffen und Funkgeräte, sowie Funkschlüssel und Unterlagen ab. Wir fuhren mit unseren Fahrzeugen ins Gefangenenlager. Unsere

Einheit blieb zusammen, auch der Bürobetrieb lief weiter."

Zu Günters Einheit gesellte sich ein Terrier-Mischling. Sicher war er schon seit Tagen nach etwas Fressbarem unterwegs. Seine Rippenbögen standen hervor. „Du bist sicher genauso hungrig wie wir", sagte Günter als er in zwei flehende Hundeaugen blickte. Er hielt ihm ein Stück Brot hin, welches das ausgehungerte Tier gierig verschlang. Der fremde Hund weckte in Günter wehmütige Erinnerungen an Ellerbek, an das unbeschwerte Leben mit seinen Eltern, Großeltern, Geschwistern und den beiden Hunden Prinz und Erlo. Das war lange her. Seine Eltern und Geschwister lebten im fernen Buenos Aires, und es war zweifelhaft, ob er sie jemals wieder sähe.

„Ich nenne dich Erlo", entschied Günter. Von nun an teilte er seine mageren Rationen, mit dem Hund, und der wich nicht mehr von seiner Seite.

„Einige Tage später verluden uns die Briten auf Lastwagen", erzählte Günter weiter, „wir sollten in ein anderes Lager umziehen. Erlo habe ich mitgenommen."

Nach einigen Stunden Fahrt hielten die LKWs auf einem abgeernteten Maisfeld an, wo die Briten ihre Gefangenen absetzten. Die Regenzeit hatte begonnen und nirgendwo war ein Unterstand. Das einzige Hilfsmittel war der Militärspaten, mit dem die Kriegsgefangenen Löcher in den lehmigen Boden gruben und mit Zeltplane abdeckten. Sie bot kaum Schutz bei strömendem Regen. „Wir waren nass bis auf die Haut als wir unser „Lager" bezogen", erinnerte sich Günter.

Im Frühsommer bezogen die deutschen Kriegsgefangenen eine Kaserne in Bozen. Einige Munitionslager mussten geräumt werden. „Wir gruben Löcher, in die wir die Munition zum Sprengen hinein legten, eine höchst gefährliche Arbeit. Jede kleine Erschütterung hätte eine Kettenexplosion ausgelöst, die jedem von uns das Leben hätte kosten können."

Ebenso gehörte das Stapeln von Verpflegungskisten zur Arbeit der deutschen Kriegsgefangenen. Für die durch Hunger geschwächten Deutschen war es eine Strapaze. Nicht selten fiel die eine oder andere Kiste zu Boden und zerbrach. Der Inhalt war eine willkommene Zusatzration für die deutsche Feldküche. Die Engländer sahen über solche Pannen hinweg.

Die Kriegsgefangenschaft hatte aber auch eine angenehme Seite. War ein britischer Arbeitseinsatz abgeschlossen, erinnerten sich ehemalige Lehrer ihres Zivilberufs und gaben Unterricht in Deutsch, Mathe und Geschichte. Die willkommene Abwechslung vermittelte den Kameraden ein Stück Kultur und stärkte den Gedanken an die Rückkehr ins Zivilleben. Die meisten Kriegsgefangenen nahmen das Angebot gerne an. Außerdem durften sie jetzt auf einer vorgedruckten Grußkarte ein Lebenszeichen in die Heimat senden. „Ein Angehöriger der geschlagenen deutschen Wehrmacht sucht seine Angehörigen." Dieser Satz durfte weder geändert noch gestrichen werden. Andernfalls wurde die Post nicht befördert. Mag er für so manchen Gefangenen ein Dorn im Auge gewesen sein, so bildete er doch die erste Verbindung zu den Familien in der Heimat.

Im Spätsommer, erhielt Günter die erste Nachricht von seiner Frau. Die Postverteilung geschah im Dienstzimmer, für die Soldaten einer der schönsten, aber auch erwartungsvollsten Momente ihrer Kriegsgefangenschaft. „Wie geht es den Lieben daheim? Wie haben sie den Krieg überstanden? Leben sie noch in ihrem Dorf, ihrer Stadt?

Als Günter das Büro betrat, war die Stimmung ausgelassen. „Gibt es hier etwas zu feiern?" Ehe er eine Antwort bekam, tönte ihm aus vierzig Männerkehlen der Refrain entgegen: „Gerda, Gerda, Ursula Marie…"

Der Hauptfeldwebel überreichte dem Obergefreiten Schneider einen Brief mit den Worten. „Glückwunsch, Obergefreiter Schneider. Sie haben eine Tochter."

In der Tat, es war ein Grund zum Feiern. Mit freudiger Überraschung las Günter die Nachricht. Mutter und Kind waren wohlauf. Das traurige Ereignis aber, hatte Elsa ihrem Mann verschwiegen. Das sollte Günter erst später erfahren. Sie wollte ihrem Mann die Freude über die Geburt der kleinen Ursula nicht trüben.

Flüchtlingsströme aus den Ostgebieten
Wohnungsmangel im Westen

Der für Deutschland verlorene Krieg hatte die Aufteilung West- und Ostpreußens, sowie Pommern und Schlesiens an Polen und Russland zufolge. Ausgestattet mit dem, was sie gerade am Leibe trugen, machte sich ein Heer von Flüchtlingen und Heimatvertriebenen auf den langen

Treck gen Westen in eine ungewisse Zukunft. Oft waren sie wochenlang unterwegs, von einer Stadt, von einem Ort zum andern. Der Hunger, die Sorge um die nächste Notunterkunft und die Angst vor Übergriffen der Roten Armee waren ihre ständigen Begleiter. Am schlimmsten traf sie der Verlust ihrer Heimat. Was für ein Gefühl muss sein, wenn man die Haustür zum letzten Mal schließt und das, was man lieb gewonnen hat, zurücklassen und in eine Zukunft blicken muss, die Ungewissheit heißt?

In Westdeutschland stieß die Völkerverschiebung teilweise auf Unbehagen. Nicht jeder war bereit, freiwillig Fremdlinge aufzunehmen. So wurde seitens der Kommunen zwangsläufig Raum geschaffen. Die umliegenden Gaststätten räumten ihren Festsaal. Da aber der Platz bei weitem nicht ausreichte, musste jeder Privathaushalt eine Notunterkunft für diejenigen schaffen, die Heimat und Habe verloren hatten. Diese Regelung galt auch in Veltheim. So wurde der Familie Voth eine Flüchtlingsfrau aus Ostpreußen zugeteilt. Die fünfköpfige Familie bewohnte vier Zimmer der oberen Etage. Also musste sie einen Raum als Notunterkunft bereitstellen.
Die dreiköpfige Familie Pauls bewohnte fünf Zimmer der unteren Etage. Es war also abzusehen, wann die Gemeindeverwaltung zwecks Unterbringung von Flüchtlingen an sie herantrat. Nun ging die Angst vor neuer Einquartierung im Hause Pauls um. Es könne doch nicht sein, dass noch mehr fremde Menschen in ihr Haus einzögen. Wer aber konnte sich schon einer Gemeindeverordnung widersetzen? Irgendwie musste Familie Pauls eine Lösung finden, die Aufnahme einer Flüchtlingsfamilie zu umgehen.

Es blieb nicht viel Zeit, denn jeden Tag konnte die Gemeindeverwaltung an sie herantreten.

Die Zwangslage brachte Friedrich Pauls auf eine Idee. „Wir holen die Witwe Niemeyer in unser Haus. Damit wäre das Problem genial gelöst.

Frau Niemeyer hatte von dem, was Familie Pauls in ihrer vertrackten Situation im Schilde führte, keine Ahnung.

Wenn sich Vater Pauls etwas in den Kopf gesetzt hatte, musste es in die Tat umgesetzt werden. Wie aber sollte er die Witwe Niemeyer auf Knall und Fall aus ihrer Wohnung holen? Immerhin hatte diese ihrem Vermieter gegenüber eine Kündigungsfrist. Darauf konnte und durfte Familie Pauls nicht warten. Frau Niemeyer musste sofort umziehen. Nun war es Friedrich Pauls unangenehm, die Witwe persönlich mit der Tatsache zu konfrontieren.

Das sollte allenfalls seine Tochter für ihn erledigen. Elsa aber wehrte sich: „Wir können Frau Niemeyer nicht einfach aus ihrer Wohnung holen. Wäre es so schlimm, wenn wir eine Flüchtlingsfamilie vorübergehend aufnähmen?"

Rot vor Zorn schrie Vater Pauls seine Tochter an: „Du holst die alte Niemeyer hier her. Wir werden in unserem Haus keine weiteren Fremdlinge aufnehmen, verstanden?" Ob Elsa es nun wollte oder nicht, sie musste sich dem Willen ihres Vaters beugen.

Für Friederike Niemeyer war der Umzug ins das Pauls`sche Haus ein spürbarer sozialer Abstieg. Ihre Möbel, die auf vier Zimmer verteilt waren, mussten nun in einem einzigen Raum Platz finden. Kleider- und Wäscheschrank sowie der Waschtisch für die tägliche Morgentoilette standen jetzt auf dem langen Flur gegenüber der

Treppe. Ebenso wenig besaß sie eine Kochgelegenheit, denn Herd und Küchenmöbel standen jetzt ohne Funktion im Keller. Stattdessen sorgte Elsa für das leibliche Wohl der Witwe Niemeyer. Für Friederike, die leidenschaftlich gerne kochte, war es wie ein Faustschlag ins Gesicht. Sie musste nun das essen, was Elsa ihr vorsetzte. Warum nur hatte sie sich auf den ungewollten Umzug eingelassen? Zu viele Erinnerungen banden sie an die heimischen vier Wände, in denen sie noch vor einigen Jahren zusammen mit ihrem Mann gelebt hatte. Auch ihr Vermieter hatte ihrem plötzlichen Auszug mit großem Unmut zugesehen. Friederike hatte Familie Pauls lediglich einen Gefallen getan, worüber sie selbst unglücklich war. Tief in ihrem Innern hegte sie den Groll gegen Familie Pauls von der sie sich hat überrumpeln lassen. Und dass diese nun ständig miteinander tuschelten und Geheimnisse hinter ihrem Rücken austauschen setzte ihrem Frust die Krone auf. Diesen bekam nun Elsa ab. Sie war diejenige, die zwischen den Fronten stand, und alles schweigend hinnahm, da sie ihre Eltern nicht kompromittieren wollte. Der ganze Kummer nagte an ihrer Gesundheit, und Ärzte sowie Medikamente konnte sie davon nicht heilen.

Für die Flüchtlinge wurde innerhalb weniger Jahre Wohnraum geschaffen. Friederike Niemeyer aber lebte dreizehn Jahre im Hause Pauls. Sie wurde fast einundneunzig Jahre alt.

Düstere Aussichten

Im Osten war der deutsche Frontverlauf völlig auseinander gerissen. Die rote Armee konnte nun ungehindert gen Westen marschieren.

In der ostböhmischen Stadt Leitomischl befanden sich das deutsche Armee-Oberkommando und mehrere Lazarette. Etwa zweihundert Kilometer westlich besetzten amerikanische Panzereinheiten die Stadt Pisek.

Walter lag zurzeit in einem dieser Militärkrankenhäuser. Sein letzter Kampfeinsatz war die Schlacht um Oberschlesien vom 15. bis 20. März '45. Die Übermacht der Roten Armee hatte fünf deutsche Divisionen bei der Stadt Oppeln eingeschlossen und innerhalb weniger Tage aufgerieben. Für die deutsche Wehrmacht war es ein aussichtloser Kampf, wobei vierzigtausend Soldaten ihr Leben ließen und vierzehntausend in russische Gefangenschaft gerieten. Wieder einmal konnte Walter vom „Glück" sprechen, da er zu der Minderheit gehörte, die am 15. März mit einer Verwundung „davon gekommen" waren. Ein Offizier hatte den Verwundeten aus dem Gefechtsfeld gezogen und ihn ins ca. zweihundert Kilometer entfernte Lazarett nach Leitomischl gefahren. (Noch 75 Jahre nach Kriegsende „feierte" er seinen „2. Geburtstag").

Anfang Mai war Walter auf dem Weg der Besserung und abgesehen von gelegentlichen schmerzhaften Behinderungen einigermaßen geh-fähig.

Bis zu seiner vollständigen Genesung hätte er noch ca. zwei Wochen im Lazarett verbringen müssen.

Eine aktuelle Meldung aus dem Radio sollte seine Genesungspause schlagartig beenden: „Der Führer ist im Kampf um Berlin gefallen." Es war der 8. Mai 1945.

Im Krankensaal herrschte eine Zeit lang deprimiertes Schweigen. Walter, der gerade noch auf der Bettkante gesessen hatte, sank auf sein Kopfkissen und starrte an die Decke. Sollte er sich freuen über das Ende der Kampfhandlungen? Sollte er traurig sein über den Verlust des Führers, für den er sein Leben eingesetzt hatte? Keins von beiden; die Ereignisse ließen keinen Raum für Gefühle. Die alles umfassende Frage war: „Wie geht es nun weiter?"

Auf dem Vorplatz der Lazarettanlage rotteten sich bewaffnete Tschechen zusammen – ein Bürgerkrieg.

Ein Unteroffizier riss die Tür auf.

„Alle gehfähigen Männer zum Waffenempfang antreten!" Die deutsche Standortverwaltung hatte die Niederschlagung des Putsches angeordnet.

Die Versehrten, zum Teil mit Verbänden und halbwegs geh fähig, traten mit geladener MP den bewaffneten Tschechen entgegen. Angespannte Stille auf beiden Seiten. Plötzlich ein fürchterlicher Knall von deutscher Seite unachtsam verursacht. Die Garbe prallte aus dem Magazin auf das Straßenpflaster. Dem starren Entsetzen der Tschechen folgte aufgeregtes Stimmengewirr. Danach liefen sie auseinander, ohne dass von ihnen ein Schuss abgegeben wurde. Erschrecken auch auf der deutschen Seite und Verwunderung darüber, dass der ganze Spuk schnell und ohne Blutvergießen vorüber war.

Hitler war tot und Deutschland hatte kapituliert. Jetzt regierten die Siegermächte.

„Sehen Sie zu, dass Sie zu den Amis kommen", ordnete die Standortverwaltung an. Sie bemühte sich um einen schnellen Abtransport der gehfähigen Verwundeten. Die Feldgendarmerie brachte sie bis an die Hauptstraße und hielt vorbeifahrende Militärfahrzeuge in Richtung Westen an. Schnell wurden sie auf die LKWs verladen. Die Zeit war knapp, denn die rote Armee war bereits als Befreier in die Tschechoslowakei eingerückt.

Nach rund zweihundert Kilometern erreichte die Kolonne am späten Vormittag, die Nähe von Pisek, wo sich jenseits der Moldau-Brücke das Lager der Amerikaner befand. Auf der Brücke, vor der ein GI patrouillierte, versperrte ein amerikanischer Panzer die Durchfahrt. Stimmengewirr drang in das Innere der LKWs. Die Deutschen schienen mit den Amis zu verhandeln.

Kurz darauf schob jemand die Plane beiseite.

„Alle aussteigen! Die Amis haben vor zehn Minuten die Brücke gesperrt - Sicherheitsvorschriften. Wir müssen hier warten."

Walter kletterte als erster vom Laster.

„Warten? Worauf?"

„Bis die Brücke freigegeben ist."

„Wann wird das sein? Morgen, übermorgen?"

„Das weiß niemand. Die Amis haben ihre Vorschriften. Wir müssen uns auf etliche Stunden Wartezeit einrichten."

Die Amerikaner ließen die Deutschen auf den Wiesen und Feldern entlang der Moldau kampieren. Hier lagerten bereits mehr als zweitausend Frauen, Kinder und alte Männer. Sie hatten das Notwendigste in Rucksäcke verpackt oder auf Handwagen geladen und waren aus ihren Dörfern vor den Russen geflohen. Jetzt waren sie froh, in unmittelbarer Nähe der Amerikaner zu sein.

So mancher amerikanischer Soldat zeigte reges Interesse an dem einen oder anderen jungen Mädchen. Sexuelle Übergriffe gab es jedoch nicht. Einer der amerikanischen Soldaten deutete auf Walters Uhr. „Gib her." Als Walter sich weigerte, fasste ihn der GI am Arm. „Gib her – als Souvenirs." Walter blieb keine Wahl. Deutsche Armbanduhren waren u. a. ein beliebtes Souvenirs der Amerikaner. Für Walter war der Verlust seiner Armbanduhr das geringere Übel. Immerhin hatte er die Chance, vor den Russen zu entkommen, und wenn schon in die Kriegsgefangenschaft, dann war es besser in amerikanische zu geraten.

Die Amis konnten der wachsenden Menge der Flüchtlinge und Kriegsgefangenen nicht Herr werden. Infolgedessen war die Versorgung mangelhaft. Bestenfalls gab es Wasser, was die Flüchtlinge selbst besorgten.

Zäh wie die Moldau, flossen die Stunden dahin. Die Flüchtlinge hatten sich mit ihren Mänteln und Decken notdürftig für die viel zu kühlen Mainächte, auf den Feldern eingerichtet. Jenseits der Moldau leuchteten die Lichter von Pisek herüber. Nur diese eine Nacht sollte die Brücke gesperrt sein. Und morgen früh wird es weitergehen - gen Westen…

Gegen sieben Uhr, machte sich ein Heer von Soldaten und Flüchtlingen zum Aufbruch über die Moldau in das amerikanische Lager bei Pisek bereit. Noch immer versperrte der Panzer die Brücke. Unruhe verbreitete sich unter den Flüchtenden, die voller Ungeduld auf die Durchfahrt zum rettenden westlichen Ufer warteten. Gegen elf Uhr vormittags machten dann Motorengeräusche herannahender LKW und Panzer jede Hoffnung zunichte. Die anrollenden Russen wurden von den Amis herzlich begrüßt; Händeschütteln, Umarmungen und Schulterklopfen, als begegneten sich alte Freunde.

„Diese Schweine", fiel die eine oder andere Bemerkung der Deutschen über die GIs, „sie haben uns absichtlich auf die Russen warten lassen damit sie uns an sie ausliefern." Wer von den an der Moldau Lagernden wusste, dass ihre Deportation an die Rotarmisten längst in hohen alliierten Abkommen festgelegt war! So fielen zwangsläufig alle Gefangenen ostwärts von Pilsen den Russen in die Hände. Bereits um die Jahreswende 1944/45 forderte die Sowjetunion im Rahmen der alliierten Kontrollkommission für Rumänien dessen Regierung auf, alle Deutschen – Männer von 17. – 45 und Frauen von 18 – 30 Jahren für Arbeiten in der Sowjetunion zur Verfügung zu stellen. Frauen mit Kindern unter einem Jahr, Schwangere und Arbeitsunfähige sollten, getrennt von den Arbeitsfähigen, unter Polizeibewachung in gesonderten Sammelstellen zusammen geführt werden. So sollten alle Kriegsgefangenen und Zivilisten östlich von Pisek in die von Moskau angewiesenen Regionen der Sowjetunion zur Arbeit in den verschiedensten Bereichen zwangseingewiesen werden.

Wie Vieh trieben die Rotarmisten Soldaten, Frauen, Kinder und alte Leute unter strenger Bewachung von Panzern und Artillerie auf einen Acker und zwangen sie, sich hinzusetzen. Allein der Versuch aufzustehen war Grund genug für eine Erschießung. Die amerikanischen Soldaten sahen fassungslos zu, wie die Russen über die deutschen Frauen und Mädchen herfielen, ihnen die Kleider vom Leib rissen, und sie brutal vergewaltigten. Zur Bewachung stand immer ein Russe mit geladener MP daneben. So mancher Deutsche hätte in dieser Situation dem Schänder eine Kugel durch den Kopf gejagt, aber sie waren nun unbewaffnete Kriegsgefangene und mussten mit unbändiger Wut dem grausamen Schauspiel tatenlos zusehen. Walter erzählte später: „Wir wollten den deutschen Frauen helfen, konnten aber nichts gegen die Russen ausrichten, unbewaffnet, wie wir waren." Mütter, die ihre Töchter schützen wollten, wurden erbarmungslos geprügelt, bis sie bewusstlos zu Boden sanken. Welche Schuld trugen diese Frauen am Krieg außer, dass sie Deutsche waren?

Die Russen, die während des Krieges ebenfalls unter den Grausamkeiten und Gräueltaten der Deutschen gelitten hatten, zahlen es ihnen mit gleicher Münze zurück.

„Nehmt Euch alles – nehmt Euch die stolzen deutschen Frauen, damit wir den schrecklichen Krieg vergessen." Dieser Leitspruch prägte sich in der roten Armee.

Bei Einbruch der Dunkelheit bildeten die Männer einen Kreis als Schutzwall um Frauen und Kinder. Wer von den russischen Soldaten dennoch versuchte an sie heranzukommen, wurde von den deutschen Männern derartig verprügelt, dass er sein Vorhaben aufgab.

Die Schändungen der Frauen durch die Rotarmisten hatten in der übrigen Welt bereits traurige Berühmtheit erlangt.

Ein russischer General hatte die Tragweite dieser Exzesse erkannt und die deutschen Frauen unter den Schutz der Offiziere gestellt. Vergewaltigungen waren von Stunde an streng verboten. Wer es dennoch versuchte, bezahlte es mit dem Leben. – Bestrafung auf Russisch. So brutal die Rotarmisten mit den deutschen Kriegsgefangenen umgingen, ihren eigenen Soldaten erging es nicht besser.

Den ganzen Tag über und die folgende Nacht lagerten die Gefangenen und Flüchtlinge auf dem Acker und warteten ihres weiteren Schicksals. Am nächsten Morgen wurde der Treck in Marsch gesetzt. Eine endlose Reihe von Menschen, die zusehends wuchs. Von überall her griffen die Russen neue Soldaten und Flüchtlinge auf und zwangen sie, mit zu marschieren, wohin, wusste niemand. Der Fußmarsch, quer durch die Tschechoslowakei, dauerte zwei Tage.

Am nächsten Tag erreichte die Kolonne ein Dorf in der Tschechoslowakei. Die Fenster waren verdunkelt, zum Teil mit Brettern zugenagelt. Die Flüchtlinge und Soldaten lagerten vor einem Brunnen. Ihre Wasservorräte waren aufgebraucht. Als einer der Deutschen an der Kurbel drehte, kam eine Frau mit wild gestikulierenden Armen aus einem der umstehenden Häuser. Sie stieß den deutschen Gefangenen weg. „Nix Wasser, hau ab!" Die Tschechen, jetzt feindlich gegen die Deutschen gestimmt, verweigerten ihnen jegliche Hilfe. Ein Rotarmist lud seine Kalaschnikow durch und zielte auf die Tschechin. „Gib Wasser – dawei – dawei!"

Die Frau füllte Behälter für Behälter mit Wasser und verschwand darauf schnell wieder im Haus.

Am dritten Tag erreichte der Treck das Lager Neubiestritz, eine Kreisstadt an den Ausläufern des Böhmerwaldes, der österreichisch-südmährischen Landesgrenze in Höhe der Wachau. Hier trennten die Rotarmisten Frauen und Kinder auf rabiate Weise von den Männern. Frauen weinten und schrien nach ihren Männern, Kinder nach ihren Vätern. Unter strengster Bewachung führten die Russen sie aus dem Lager. Ihr weiteres Schicksal blieb unbekannt.

Der weite Weg nach Osten

Vier Tage lang blieben die gefangenen Soldaten im Lager Neubiestritz. Außer, dass ihnen die Köpfe kahl geschoren wurden, kümmerte sich niemand um sie. Am fünften Tag wurde der erste Transport zusammengestellt. Heute, sechs Tage nach der Gefangennahme bekamen die Männer etwas zu essen. Die Russen stellten ihnen einen Korb mit Mais hin. Eine Kochgelegenheit gab es nicht. Wer Hunger hatte, aß die Körner roh.

Die Wartezeit in Neubiestritz und die Ungewissheit über seine weitere Zukunft empfand Walter als unerträglich. Worauf sollte er warten? Ob er nun zum ersten, zweiten oder dritten Transport gehörte, war völlig egal. Also meldete er sich freiwillig für den ersten Transport. Die hundert-Mann starke Truppe trat den zweitägigen Fußmarsch zum Lager Budweis an. Während des Krieges diente es den Deutschen als Arbeitsdienstlager. Als die Kriegsgefangenen völlig erschöpft dort eintrafen waren die

Baracken leer geräumt. Erst jetzt erfassten die Rotarmisten die Personalien der Gefangenen nach sowjetischer Bürokratie. Name, Dienstgrad, Erkennungsmarken-Nummer, militärischer Werdegang und Zivilberuf. Danach begannen die ärztlichen Untersuchungen. Das diente hauptsächlich der Bemessung der Arbeitskraft. Walter, ein junger Mann von zweiundzwanzig Jahren, war zähe und hatte einen ausgeprägten Überlebenssinn. Seine harte Jugend, sein frühes Auf-sich-gestellt-sein, Militärausbildung und die Erlebnisse an der Front hatten ihn für extreme Situationen geformt.

Mitte Juli 1945, zwanzig Tage nach der Gefangennahme, stand der erste Abtransport auf dem Güterbahnhof Budweis bereit. Wie eine Viehherde wurden die Kriegsgefangenen in Güterwagen verladen. Ein Loch im Boden für die Notdurft war die Ausstattung eines Waggons für fünfzig Personen. Die Luft war heiß und stickig. Der ganze Zug bestand aus circa zwanzig Waggons. Auf dem Boden hockend oder stehend, wie in eine Sardinenbüchse gezwängt, traten tausend Kriegsgefangene ihre Reise Richtung Osten an. Wilde Gerüchte geisterten durch den Zug. Es fiel der Name Sibirien und Zwangslager. An ein Wiedersehen mit seinen Angehörigen in der Heimat glaubte niemand mehr.

Seit Tagen ratterte der Zug durch die Wälder der Karpaten. Welche Städte oder Gegenden er passierte, konnte niemand feststellen. Lediglich durch die Spalten der Außenwand gab es eine Orientierung ob es Tag oder Nacht war. Es war der vierte Tag nach dem Abtransport. Die Wachmannschaft verteilte Essensrationen. Jeder bekam 200 Gramm Brot, etwas Trockenfisch und Wasser. Walter

saß mit angezogenen Knien auf dem Boden. Ihm gegenüber lagen einige Kameraden. Sie waren so erschöpft, dass sie die Essenszuteilung ignorierten. Walters Knie schmerzten. Wilde Gedanken schwirrten in seinem Kopf. Wie ein Horrorfilm zogen die Kriegserlebnisse an ihm vorbei: Winter 1941 - der erste Fronteinsatz vor Moskau, Februar-März 1943 - Rückeroberung von Charkow, Juli 1943 - die große Panzerschlacht bei Bjelgerod, dem so genannten Kursker Bogen. Juni 1944 - Fronteinsatz in der Nähe von Lemberg. Der Kessel von Brody – Mitte bis Ende Juli 1944. Von der 14.000 Mann starken Armee gehörte er zu den 3000, die herausgekommen waren. Neuer Einsatz ab Dezember 1944 in Oberschlesien. Mit einigen Verwundungen hatte Walter die Fronteinsätze überlebt – den letzten Einsatz Mitte März 1945, wo er ins Lazarett Leitomischl eingeliefert wurde. Und nun? Hatte er das alles überstanden, damit er jetzt irgendwo in einem Lager im tiefsten Sibirien wie ein Hund krepieren sollte?
Der Zug verlangsamte die Fahrt. Nach einigen Metern quietschten Bremsen. Einem Donner gleich, rollte die Tür beiseite. Grelles Sonnenlicht fiel in das Innere. Mit dem Unterarm ihre Augen schützend, hörten die Gefangenen die Stimme des NKWD-Wachmanns: „Skolko slomannoi?" (Wie viele kaputt?) Zwei Rotarmisten packten die Toten und warfen sie entlang der Bahnstrecke aus dem Zug - Routine. Fliehen war unmöglich. Scharfschützen hätten jedem Fluchtversuch ein Ende gemacht. Auch die Kameraden, die Walter gegenüber erschöpft am Boden lagen, wurden heraus geworfen. Die Entsorgung der Toten bedeutete mehr Platz für die noch Lebenden. Unter lautem Getöse öffnete sich die nächste Tür. Und wieder die

gleiche Stimme. So ging das beim dritten, vierten bis zum zwanzigsten Waggon, wo das „Skolko slomannoi" von Waggon zu Waggon abebbte. Danach setzte der Zug seine Fahrt durch Rumänien fort.

Wieder ein Halt. Eine Arbeiter-Kolonne hob die Waggons mittels Hydraulik an, während eine andere die Achsen wechselte. Sie waren perfekt aufeinander eingespielt und so ging nach dem relativ schnellen Spurwechsel die Fahrt auf der breiteren russischen Schiene weiter.

Stunde um Stunde drang der Zug immer tiefer in die russischen Weiten ein. Nach weiteren zehn Stunden wieder ein Halt. Erneut ertönte das „Skolko slomannoi" - noch einmal wurden die Toten ausgeladen. Von Budweis bis Kujbyschew war fast der halbe Transport auf der Strecke geblieben, verhungert, verdurstet, an Schwäche gestorben.

* NKWD Volkskommissariat für innere Angelegenheiten.

Kriegsgefangenschaft

Drei Wochen nach der Verladung in Budweis erreichte der Zug sein Ziel, die Industriestadt Kujbyschew – heute Samara - an der Wolga.

Die Überlebenden, von der Reise völlig erschöpft und mit wankenden Knien, aber dennoch froh, endlich wieder frische Luft atmen zu können, bestiegen den Frachtkahn, der sie zu ihrem Bestimmungsort bringen sollte. An Flucht dachte niemand. Wohin auch, sollten sie fliehen? Hinter ihnen floss die unübersehbare Wolga. Vor ihnen türmte sich ein Steilufer auf, von dem die Lagerinsassen sie mit schallendem Gruß empfingen: „Wir bauen mit Euch das Neue Deutschland."

Walter kam zur Lagerabteilung 7399.

Die Zentrale des Lagers befand sich in Pensa, etwa vierhundert Kilometer westlich von Kujbyschew. Die Abteilung 7399 lag direkt an der Wolga und wurde für den Bau von Ölleitungen eingesetzt.

Erst jetzt begann der NKWD mit den Verhören der Kriegsgefangenen.

„Name?" - „Walter Schneider"

„Dein Vater?" - „Karl Schneider."

„Sein Beruf?" - „Ingenieur."

„Dein Vater Ingenieur – Du auch Ingenieur."

Es schien bei den Russen üblich zu sein, dass der Sohn den Beruf des Vaters ausüben musste.

„Nein, ich bin kein Ingenieur."

„Du warst Transportoffizier."

„Nein."

„Gewiss warst Du Transportoffizier."

Walter wiederholte laut und vernehmlich: „Nein! Ich habe keine Transporte geführt."

„Du warst SS-Mann und hast russische Frauen nach Deutschland gebracht, du Faschisten-Schwein."

„Faschisten-Schwein sagst Du? Leck mich am A…"

Walters Geduldsgrenze war erreicht. Was hatte er mit der Verschleppung russischer Frauen zu tun? Er hatte lediglich seinen Vorgesetzten Gehorsam geleistet. Konnte Walter ungerechte Beschuldigungen hinnehmen? Also schleuderte er dem NKWD-Offizier das Zitat des Götz von Berlichingen an den Kopf. Sogleich packten ihn vier Fäuste an den Armen und verprügelten ihn fürchterlich. „Vier Wochen Bunker" lautete das Urteil. Ein Verließ, aus Steinen gemauert, etwa drei Meter lang, gut einen Meter breit und zwei Meter hoch. Ein Loch von ungefähr zehn Zentimetern Durchmesser, mit Maschendraht überzogen, diente als Lichtquelle, Lüftung und Durchreiche für Nahrungsmittel, sowie zur Orientierung, ob es Tag oder Nacht war. Für die Notdurft stand eine leere Konservenbuchse bereit. Als Schlafstätte diente der Betonboden. Isolation, Dunkelheit, Hunger, Kälte und Gestank sollten jeden Widerstand brechen. Es war ein Teil der Methoden, dessen sich die russische Geheimpolizei, sogar bei den eignen Landsleuten, bediente. Konnten die deutschen Landser, die hier als Faschisten gescholten wurden, eine mildere Bestrafung erwarten?

Hätte Walter beim Verhör etwas zugeben sollen, das er nie begangen hatte? Sollte er für eine ehrliche Antwort Demütigungen und Beleidigungen wie „Faschistenschwein" hinnehmen? Lieber würde er morgen sterben als vier Wochen in diesem Loch sitzen.

Am nächsten Tag öffnete sich die Klappe. Ein Wachhabender reichte vierhundert Gramm Brot und zwei Liter Wasser durch – die Tagesration. Walter nahm das Wasser, verweigerte aber jegliche Nahrungsaufnahme. Eine Woche lang hielt er die „Hungerkur" durch. Die wachhabenden Offiziere beobachteten, wie sich Walters Gesundheitszustand merklich verschlechterte. Nahrungsverweigerung war das Schlimmste, was die deutschen Gefangenen ihren russischen Wachhabenden antun konnten. Walter hätte mit Zwangsernährung rechnen müssen, eine grausame „Therapie", an die so mancher Gefangene mit tiefster Abscheu zurückdachte. Bei dieser Art der Folterung wurde auf rabiate Weise ein Schlauch durch Nase oder Mund in den Magen geführt wobei es nicht selten zu Gewebeverletzungen kam. Meistens wurde diese „Fütterung" vom Lagerpersonal oder unausgebildeten Leuten durchgeführt. Walter konnte vom Glück sagen, dass ihm diese Prozedur erspart geblieben war. Nach einer Woche Bunkerhaft entließ ihn der NKWD zu seiner Einheit ins Lager. Der Lagerarzt, der ihn anschließend untersuchte, bescheinigte ihm Arbeitstauglichkeit.

Die Lagerabteilung 7399 bestand ungefähr aus dreitausend Gefangenen. Rang und Dienstgrad, sogar ihre Namen waren unwichtig geworden. Der Tag begann um fünf Uhr mit Wecken, um sechs Uhr war Zählappell. Danach marschierten sie unter strengster Bewachung an ihren Arbeitsstellen im Steinbruch oder Straßenbau. Walter baute mit seiner Kolonne die Straße, welche die Städte

Kujbyschew und Pensa miteinander verbinden sollte. Der Begriff „Schwerstarbeit" ist ein barmherziger Ausdruck gegenüber der Realität.

Walter arbeitete an der Schottermühle, wobei größtenteils auf Maschinenkraft verzichtet wurde. Täglich zwölf Stunden bei körperlicher Strapaze an sieben Tagen der Woche und bei einer Verpflegung von sechshundert Gramm Brot und dreimal täglich einen halben Liter Wassersuppe brachten die Kriegsgefangenen an den Rand totaler Erschöpfung. Jeder vierte Sonntag war ein freier Tag. So stand es auf dem Papier; in die Tat umgesetzt wurde es nicht.

Auf Menschen abgerichtete Wachhunde machten jeden Fluchtversuch unmöglich. Meistens hatten die Bestien mit einem Biss in die Kehle einem solchen ein Ende gesetzt. Ebenso oft passierte es, dass der eine oder andere Gefangene abends von der Arbeit nicht mehr ins Lager zurückkehrte. Es hieß, er sei auf der Flucht erschossen worden. Solche und ähnliche Übergriffe auf Gefangene waren keine Seltenheit. Trotz ausreichender Menge deutscher Ärzte, starben im Winter 1945/46 die meisten deutschen Kriegsgefangenen an Unterernährung und Durchfall, ca. vierzig Mann pro Tag. Im Leichenraum stapelten sich die Toten bis unter die Decke. Sie konnten im gefrorenen Boden nicht beerdigt werden. Die Gefangenen luden ihre toten Kameraden auf Schlitten und begruben sie außerhalb des Dorfes im Schnee. Mit der Schneeschmelze und dem herannahenden Frühjahr wurden die Toten zur Beerdigung eingesammelt. Das heißt, das, was von ihnen noch übrig geblieben war. Füchse und Wölfe hatten sich ihrer schon bedient, denen sie während des harten Winters eine willkommene Beute gewesen waren.

Die russischen Ärztinnen hatten die Aufgabe, die Gefangenen arbeitsfähig zu halten und entschieden, über deren Arbeitstauglichkeit.

Das Leben im Lager wurde, wie bereits erwähnt, neben der harten Arbeit, vor allem durch Hunger bestimmt; vierhundert Gramm Brot als Tagesration – wer arbeitete bekam sechshundert Gramm. Das aber kam selten vor. Unter den Gefangenen gab es auch solche, die unter besonderen Voraussetzungen von größeren Essensrationen profitierten. Sie waren der *Antifa beigetreten und bildeten einen besonderen Kontakt zu den Russen. In abendlichen Schulungen sollten die Gefangenen zu Kommunisten geformt werden. Die meisten von ihnen sind diesen Weg aus Opportunismus gegangen, einige wiederum aus Überzeugung. So war es an der Tagesordnung, dass diese ihre besten Kameraden an den NKWD verrieten. Durch solche Praktiken hatten die Russen stets verlässliche Zuträger und erfuhren alles, was gutgläubige Leute ihren russischen „Kameraden" anvertrauten.

*antifaschistischen Gruppe

Durch die Denunzianten wuchs das Misstrauen gegenüber den eigenen Landsleuten. Am besten war derjenige dran, der niemandem etwas erzählte.

Im Lager verbreitete sich schnell ein geflügeltes Wort: „Die wirklichen Kameraden sind alle 1941/42 gefallen." In diesem Spruch lag viel Wahres.

Es gab aber auch die andere Seite, welche von tiefem Mitgefühl geprägt war. Ungeachtet der offiziellen Arbeit vermietete jeder Lagerkommandant einen Teil seiner Gefangenen an Fabriken oder Kolchosen, womit er sein Budget aufbesserte. Dennoch war es für die Gefangenen eine Art Glücksfall. Im Gegensatz zur offiziellen Arbeit bekamen sie Kontakt zu der zivilen Bevölkerung. Oft kam es zu Gesprächen wie diese.

„Du Eltern?"

„Nein Mama und Papa – kaputt, Krieg alles kaputt gemacht."

Bei solchen Aussagen hatten die Russen Mitleid und teilten das Wenige was sie besaßen, mit den Kriegsgefangenen. Walter erzählte später: „Wir überlebten dank der Unterstützung durch die Zivilbevölkerung, die uns Brot und Lebensmittel zusteckte, obwohl sie selbst nicht viel hatte." Diese Geste verdiente Achtung. Die russische Seele ist unergründbar – hart wie das Eis auf der Wolga, und weich wie der Schnee in der Sonne.

Walter arbeitete bis 1949 in insgesamt acht Lagern, die an der Trasse Pensa - Syzran – Kuibyschew lagen. Der Wechsel zum jeweiligen Lager geschah per Schiff auf der Wolga oder per Bahn, jedoch meistens zu Fuß, oft über hundert Kilometer und mehr.

Kriegsheimkehrer

1946 - 1955

Anfang 1946 war der Arbeitseinsatz der deutschen Kriegsgefangenen in Italien größtenteils beendet. Günter wartete jeden Tag auf seiner Entlassung. Er wollte endlich seine Familie und vor allem seine kleine Tochter sehen. Elsa hatte ihrem Mann die Entwicklung der Kleinen in ihren Briefen mitgeteilt.

Als der erste Entlassungstrupp zusammengestellt wurde, war Günter nicht dabei. So deprimierend dies für ihn war, sollte es sich letztendlich als Glückfall herausstellen. Wie er später erfuhr, wurden die ersten Heimkehrer, die sich auf ein Wiedersehen mit ihren Angehörigen gefreut hatten, am Brenner-Pass von den Franzosen abgefangen und gerieten anschließend in französische Kriegsgefangenschaft.

Was hatte Günter noch auszustehen? Der Krieg war vorbei, und die britische Besatzung behandelte ihre Gefangenen human.

Günter musste sich also bis zu seiner Entlassung noch ein wenig gedulden. Möglicherweise stand noch ein Arbeitseinsatz bevor. Die Ungewissheit und die Langeweile zerrten an den Nerven. So nahm er noch einmal die Karte, die Elsa ihm am 6. Januar geschrieben hatte, zur Hand. Eigentlich wollte er sie beantworten, wenn er ihr den Tag seiner Entlassung mitteilen konnte. So schilderte er ihr die Situation in Kurzfassung ….

Datum 28. Febr. 1946
Meine liebe Elsa! Karte vom 6.1. mit großer Freude am 31.1. erhalten.
Bin nun beruhigt, da zu Haus alle gesund sind. Freue mich sehr auf
das Kind. Hoffentlich ist es gesund. Mir geht es gesundheitlich sehr
gut. Arbeitseinsatz z. Zt. beendet. Ob Neuer oder Entlassung kommt,
steht noch dahin. – Viele herzliche Grüße an alle zu Haus und auf ein
baldiges Wiedersehen –
Dein Günter.

Die Freilassung aus der Kriegsgefangenschaft im April
1946 kam so überraschend, dass Günter keine Zeit blieb,
dies Elsa mitzuteilen.
In der Kleiderkammer, wo die Kriegsgefangenen nach Be-
stimmung der britischen Besatzung ihren Dienstanzug abgeben mussten, war großes Gedränge. Nur ungern zog
Günter seine Uniform aus, war sie ihm doch immer ein
Bekenntnis zum Vaterland gewesen. In seiner Fliegeruniform hatte er sich mit Elsa verlobt, und sie später zum
Traualtar geführt. Und so wollte er ihr noch einmal, als
uniformierter Kriegsheimkehrer gegenübergetreten, bevor
er seine Montur endgültig ablegte. Aber jetzt musste er sie
den Kameraden überlassen. Mit Unterhosen bekleidet,
warteten die Entlassungskandidaten auf die „Neue" Uniform. Für Günter war es eine Demütigung. Hatte die gesellschaftliche Ordnung ihn doch von Kindheit an zur Vaterlandstreue erzogen. Er hatte, wie all seine Altersgenossen an das aufsteigende Deutsche Reich, als Vorbild einer
aufgeräumten und intakten Welt geglaubt. Dass es da eine
andere Seite gab, eine Maschinerie der Menschenvernich-
tung, sollte er viel später erfahren. Wer wusste schon, von
den Praktiken in den Konzentrationslägern? Jetzt lag das

Reich in Trümmern, ganze zwölf Jahre nach seiner Entstehung. Ein Stück Vaterlandsgefühl war verloren gegangen. Vielleicht wird sich irgendwann ein neues Heimatgefühl einstellen.

Nun saß er im Güterzug, der die Kriegsheimkehrer an die österreichisch-deutsche Grenze bringen sollte. Erlo lag neben ihm und ließ sich das Fell kraulen. „Wie sehr wird sich Elsa freuen, wenn ich einen Hund mitbringe", dachte Günter. Der Gedanke an seine eigene kleine Familie brachte ihm Erinnerungen an glückliche Kindertage zurück. Sie sollte eine seelische Heimat, ein Ruhepol sein, nach all den Jahren des Verzichts auf Geborgenheit.

An der deutsch-österreichischen Grenze erhielt er die Entlassungspapiere und den Fahrschein in die Heimat. Im Gedränge der Wartenden rannte Erlo plötzlich davon. Aufgeregt lief Günter durch die Menschenmenge. „Erlo, Erlo!" Auf dem Bahnhofsvorplatz wimmelte es von heimkehrenden Soldaten, die sich um eine Zugverbindung bemühten. „Haben Sie eben einen Hund mit weiß-braun gescheckten Fell gesehen? Er ist mir gerade entlaufen." Kopfschütteln war die Antwort. Wen interessierte hier ein entlaufener Hund? Auf einer Bank entdeckte Günter eine Truppe Soldaten, und vor ihnen Erlo, der an einem Knochen knabberte.

„He, der Hund gehört mir!"

„Wer sagt das?" rief einer aus der Truppe, „der Hund ist uns zugelaufen."

„Zugelaufen? Ihr habt ihn weggelockt. Gebt ihn sofort wieder raus."

Der Landser hielt das Tier fest, und Erlo machte seinerseits keine Anstalten Günter zu folgen. Er hatte sich neuen

Menschen angeschlossen, so wie er es damals in Italien bei Günter getan hatte. Angesichts der Tatsache wollte Günter des Hundes wegen keinen Streit vom Zaun brechen, und vielleicht läuft ihm irgendwann ein neuer „Erlo" über den Weg.

„Wenn Ihr das Tier behalten wollt, dann kümmert Euch weiterhin drum." Die Landser versprachen es hoch und heilig. Bedauerlicherweise musste Günter nun den Heimweg ohne Erlo fortsetzen.

Auf dem Bahnsteig drängten sich die Kriegsheimkehrer in den überfüllten Zug. Wer wusste schon, wann der nächste fuhr? Wer im Abteil keinen Platz bekam, fuhr auf der Plattform, auf dem Dach oder auf dem Trittbrett mit. Die Fahrt durch das zerstörte Land dauerte mehrere Tage. Vom Dach des Zuges aus beobachtete Günter Frauen, die in langen Reihen in den Ruinen und auf Trümmerbergen standen und mit Eimern den Schutt abtrugen. Was die Bomber hinterlassen hatte, musste beseitigt werden.

Die Heimreise wurde häufig durch Zwangspausen unterbrochen. Da viele Kilometer Bahnstrecke beschädigt waren, mussten Züge umgeleitet werden. Die Reisenden drängten sich mit Koffern, Rucksäcken oder Bündeln in die schlecht belüfteten Bahnhofshallen und Wartesäle. Es roch nach menschlichen Ausdünsten, aber wen störte das schon? Übernachtet wurde auf Bänken oder auf dem Fußboden. Die Ereignisse der Vergangenheit hatten den Menschen Genügsamkeit gelehrt.

Günter kam Mitte April, fünf Tage nach seiner Abreise aus Italien, in Veltheim auf dem Bahnhof an. Bis auf einige Einschüsse im Bahnhofsgebäude, hatte das Dorf den

Krieg einigermaßen heil überstanden. Sein erster Weg führte zu dem kleinen Zigarrenladen, über dem seine Oma wohnte. Der Inhaber erkannte den Heimkehrer und kam ihm mit ausgestreckter Hand entgegen. „Wie schön, dass Sie wieder zu Hause sind, Herr Schneider. Das freut mich für Sie, besonders für Ihre Oma."

„Wie geht es Oma?"

„Ich denke, es geht ihr gut. Sie wohnt leider nicht mehr hier."

„Sie wohnt nicht mehr bei Ihnen? Wo ist sie jetzt?"

„Sie ist in das Pauls'sche Haus am Heuweg gezogen. Es tut mir so leid, dass sie weggezogen ist. Sie war immer eine nette Frau und angenehme Mieterin. Dort, wo sie ge- wohnt hat – der Hausherr deutete auf die oberen Fenster – wohnen jetzt Engländer – Besatzung, verstehen Sie?" Und nachdenklich fügte er hinzu: „Der Krieg hat in Veltheim vieles verändert. Aber es freut mich, dass Sie wieder zu Hause sind. Grüßen Sie Ihre Oma und die ganze Familie von mir."

Lina Pauls beschäftigte sich gerade mit dem Frühjahrs- hausputz, wobei Elsa ihr half. Es gab fast nichts, was Mut- ter und Tochter nicht gemeinsam taten. Sie zogen gerade das Sofa von der Wand, als Lina plötzlich innehielt.

„Ich glaube, Günter kommt heute nachhause, ich habe so eine Ahnung."

Elsa sah ihre Mutter an. „Das kann nicht sein. Auf seiner letzten Postkarte hatte er mitgeteilt, ihm stünde ein weite- rer Arbeitseinsatz bevor."

„Oder er kommt nach Hause."

Elsa schüttelte den Kopf. „Was redet Mutter da", dachte sie, sagte aber nichts weiter darauf. Lina ging zum Fenster und zog die Gardine beiseite.

„Siehst Du, da hinten kommt er!"

Elsa stürzte ans Fenster.

„Du irrst Dich. Das ist ein britischer Landser, ein Soldat der Besatzung. "

Lina zog die Gardine wieder vor. „Ich hätte schwören können, es wäre Günter …"

Einige Minuten später klopfte es an der Haustür. Vorsichtig öffnete Elsa einen Spalt breit und erblickte einen Mann in englischer Uniform. Ängstlich schaute sie sich um, als plötzlich Friederike hinter ihr stand.

„Draußen steht ein britischer Soldat." Elsa ließ die Tür wieder ins Schloss fallen.

„Dann frag ihn doch, was er will."

Elsa wollte gerade nach der Klinke greifen, als Friederike ihr zuvor kam.

„Lass mich nur machen, mit dem da draußen werde ich schon fertig." Sie hatte schon zur Zeit des Ruhrkampfes ihre Erfahrung mit französischen Besatzern gemacht. So öffnete sie mit forschem Ruck die Haustür. Doch ehe sie nach dem Anliegen des Fremden fragen konnte, hörte sie, wie dieser sie ansprach: „Oma!" Einen Augenblick hielt Friederike inne.

„Günter!" rief sie voller Freude, „mein Junge, welche Überraschung…!" Friederike hatte ihren Enkel schnell erkannt und schloss ihn in die Arme. Jetzt erkannte auch Elsa ihren Mann und umarmte ihn lange. „Das ist die schönste Überraschung, die ich je erlebt habe. Aber - dass sie Dir eine britische Uniform verpasst haben…?" Elsas

Blick schweifte langsam von der Mütze bis zu den Schuhen.

„Stellt Euch vor, meine schöne Fliegeruniform musste ich zurücklassen." In Günters Stimme klang Wehmut mit.

„Mit welcher Uniform auch immer, die Hauptsache ist, Du hast den Krieg überstanden und bist gesund heimgekehrt."

Mutter Lina wischte sich mit ihrer Schürze hastig die Augen. „Ich habe es gespürt, dass Du heute nach Hause kommst. Nun kommt erst einmal herein." Friederike, Günter und Elsa nahmen in der Küche am Esstisch Platz, während Mutter Lina den Wasserkessel auf den Herd stellte und das Gersten-Kaffee-Pulver in Kaffeekanne gab.

„Wie schön, Euch alle gesund anzutreffen", freute sich Günter, „aber wie geht es unserer kleinen Tochter?" Günter konnte es kaum erwarten, sie endlich zu sehen. Elsa holte die Kleine und hielt sie ihrem Mann entgegen.

„Sieh´ mal, Papa ist nach Hause gekommen."

Günter strahlte vor Glück als er seine kleine Tochter das erste Mal auf seinem Arm hielt. Glaubte er doch, dass die Kleine ihm mit gleicher Freude begegnete. Stattdessen kullerten Angsttränen über die kleinen Wangen. Eine solche Reaktion hatte der soeben heimgekehrte Vater nicht erwartet. Tief enttäuscht gab er die Kleine ihrer Mutter zurück.

So wie Günter erging es vielen Heimkehrern. Der Krieg hatte tiefe Schluchten in die Familien gerissen. So wie für die neun Monate alte Ursula war für viele Kinder der aus dem Krieg heimgekehrte Vater ein Fremder. Durch die Jahre und Ereignisse des Krieges getrennt, mussten sich die Familien wieder zusammenfinden, und dazu braucht es Zeit - weit mehr als den Moment des Wiedersehens.

„Weißt Du, dass die Ursula noch eine Schwester hatte?"
„Eine Schwester?"
„Ja, es waren Zwillinge. Das andere Mädchen, Christa Elvira, lebte nur zwanzig Tage. Beide Kinder wurden nach ihrer Geburt sehr krank – Brechdurchfall. Es gab keine geeignete Babynahrung. Wir mussten den Kindern Kuhmilch geben. Zu dem Brechdurchfall bekam Christa-Elvira eine Lungenentzündung. Medikamente gab es nicht. Das hat die Kleine nicht überlebt. Es ist ein Wunder, dass die Ursula durchgekommen ist. Ich wollte Dir diese traurige Nachricht nicht schreiben. Wenn Du möchtest, dann gehen wir heute Nachmittag auf den Friedhof. Auf dem kleinen Grab blühen jetzt die Vergissmeinnicht."
Günter sah zu Boden. Für ihn war diese Nachricht ein Schock und ein dicker Wehmutstropfen in der Freude des Wiedersehens. Tränen zeigt er nicht. Dass er seine zweite Tochter niemals zu Gesicht bekommen wird, machte ihn traurig. Leben und Sterben hatte Günter zur Genüge erfahren. Wie viel Not und Elend hat der Krieg den Menschen gebracht? Was zählte da noch das Schicksal eines kleinen Mädchens?

Zurück zur Normalität

Wie auch immer der Krieg das Leben einzelner Menschen verändert hatte, zum Grübeln blieb keine Zeit.

Die junge Familie Schneider richtete sich zwei Zimmer in der oberen Etage des elterlichen Hauses ein. Eine Holzbank mit einem Tisch und zwei Stühlen, ein Kohleherd und das weiße Küchenbuffet aus Friederikes ehemaliger Einrichtung gestalteten den Aufenthaltsraum der jungen Familie. Im Schlafzimmer erlebten die Ehebetten von Elsas Großeltern eine Renaissance. Die kleine Ursula schlief im abgelegten Kinderbett ihres Onkels. Ausgediente Möbel wurden solange im Keller oder auf dem Dachboden aufbewahrt, bis die nächste Generation dafür Verwendung fand. Aus Fragmenten alter Einrichtungsgegenstände entstanden neue Möbel.

Günter nahm im Mai 1946 beim Verlag Luzeyer in Bad Oeynhausen seine Arbeit wieder auf. Die Musik pflegte er in seiner Freizeit. Er leitete den Posaunenchor, den sein Großvater gegründet hatte. So kam auch dessen Harmonium wieder zu Ehren. Damit schaffte er sich einen Ausgleich im Alltags- und Familienleben. Zurzeit lebten insgesamt dreizehn Personen in elf Zimmern, und als im Dezember 1947 Tochter Christa geboren wurde, war auch noch Platz für die Vierzehnte.

Als der Verlag Luzeyer sich drei Jahre später entschloss, mit seiner Belegschaft nach Baden-Baden überzusiedeln, bahnte sich im Hause Pauls der erste Familienkonflikt an.

Für Günter stellte der Umzug in eine andere Stadt kein Problem dar, im Gegenteil. Im Zuge einer Veränderung bot sich für die vierköpfige Familie eine größere Wohnung. So sagte er mit Vorbehalt zu. Als er abends Elsa davon berichtete, geriet sie in einen Schockzustand.

„Ich tue ja alles für Dich", schluchzte sie, „aber verlange bitte nicht von mir, dass ich meine Eltern verlasse."

„Deine Eltern sind doch nicht aus der Welt", entgegnete Günter empört, „bist Du mit mir verheiratet oder mit Deiner Mutter?"

„Du hast ja Recht, aber..."

Weiter kam Elsa nicht. Günter schlug mit der Faust auf den Tisch und konnte einen unwirschen Ton nicht unterdrücken. „Nix aber. Wenn Du meine Frau sein willst, dann komm mit mir und hänge Deiner Mutter nicht am Schürzenzipfel."

Es war die erste herbe Auseinandersetzung, bei der Günter seiner Frau eine Entscheidung abverlangte.

Bisher hatte Elsa ohne die Zustimmung ihrer Eltern niemals etwas entschieden. Noch nie hatte sie einen eigenen Standpunkt vertreten. Die autoritäre Bindung an ihre Eltern konnte Günter, der schon in frühester Jugend auf sich gestellt war, nicht nachvollziehen. Zuweilen brachte es ihn an den Rand der Verzweiflung. Elsa wollte es Allen recht machen, ein Spagat, der sie permanent mit ihrem Umfeld in Konflikte stürzte.

Familienfoto Sommer 1948

Als Elsa ihren Eltern von einem bevorstehenden Umzug berichtete, brach ihre Mutter in Tränen aus. Für sie war es unerträglich, ihre Tochter in unerreichbarer Nähe zu wissen.

Während Lina sich wieder einmal die Augen ausweinte, postierte sich Vater Pauls als Respektsperson.

„Sage Deinem Mann, dass wir so etwas nicht dulden. Du bist unsere Tochter und Du gehörst hierher. Ihr könnt von uns alles haben, das Haus, den großen Garten…aber wenn Du Deines Mannes wegen uns verlässt, sind wir bitter enttäuscht. Das haben wir nicht verdient." Lina erinnerte sogleich an das vierte Gebot: „Du sollst Vater und Mutter ehren…" Und weiter fügte sie hinzu: „Habt Ihr auch darüber nachgedacht, was aus Günters Oma werden soll? Ihr könnt sie doch nicht einfach hier lassen."

Elsa fühlte sich gestärkt. Wie ihre Eltern, war auch sie in ihrem Dorf verwurzelt, und wenn ihr Mann sie aus Liebe geheiratet hatte, dann musste er ihre Bindung an Vater und Mutter akzeptieren. So war es Günter, der dem Willen seiner Frau und Schwiegereltern nachgab, und sich um eine neue Arbeitsstelle in einer Mindener Druckerei bewarb.

Veltheim, den 18.3.1949

Mein Lebenslauf.

Am 23.10.1921 bin ich, Günter, Wilhelm, Heinrich Schneider, als Sohn des Schiffsingenieurs Karl Schneider und dessen Frau Clara geb. Niemeyer in Düsseldorf geboren. Ich bin in evangelischer Kirchensitte getauft und im Elternhause erzogen.

Von meinem 6. bis 14. Lebensjahre besuchte ich die Bürgerschule in Hamburg, wohin meine Eltern inzwischen verzogen waren. Ich wurde Ostern 1936 konfirmiert und aus der 1. Klasse entlassen.

Meiner Neigung zur Musik folgend, erlernte ich diese von 1936 – 1939 in der Musikschule des Herrn Musikdirektors Paul Klüver in Hagenow i/Mecklbg. Die Lehrzeit dauerte 4 Jahre, wurde aber zwangsläufig durch Kriegsausbruch um ½ Jahr verkürzt. Da es infolge des Krieges für mich als jungen Musiker keine Beschäftigung in meinem Beruf gab, bin ich Oktober 1939 nach der Firma Möbelfabrik Gebr. Höltkemeier in Bad Oeynhausen dienstverpflichtet worden. Hier wurde ich in der Bedienung der Holzverarbeitungsmaschinen ausgebildet. Im Februar 1940 verlor ich durch einen Betriebsunfall 2 Glieder des linken Zeigefingers und 1 Glied des linken Daumens. Nachdem die Wunden verheilt waren, konnte ich die bisherige Tätigkeit nicht wieder aufnehmen. Unter Mitwirkung der Berufsberatung wurde ich vom Arbeitsamt im April 1940 dem Verlag August Luzeyer in Bad Oeynhausen zur Erlernung des kaufmännischen Berufes überwiesen. Von Oktober 1940 bis Januar 1941 war ich im Reichsarbeitsdienst. Nach meiner Entlassung kehrte ich zur Firma Luzeyer zurück und verblieb dort, bis ich im Mai 1941 zum Heeresdienst eingezogen wurde. Als Funker machte ich die Feldzüge in Russland und Italien mit. Nach der Kapitulation kam ich in Italien als Obergefreiter in englische Kriegsgefangenschaft, aus der ich im April 1946 entlassen wurde. Im Mai 1946 nahm ich meinen kaufmännischen Beruf bei der Firma Luzeyer abermals auf, bei der ich heute noch tätig bin.

Ich bin in allen kaufmännischen Fächern ausgebildet und habe meine Kenntnisse auf diesem Gebiet noch durch Fernunterricht bei der Privat-Handels-Lehranstalt Julius Woitalla in Ringsberg (Schleswig-Holstein) erweitert. Ich beherrsche die Esperanto-Sprache in Wort und Schrift und nehme z. Zt. an einem Französisch-Sprachkurs teil.

Im November 1944 verheiratete ich mich mit Elsa Pauls und habe jetzt zwei Kinder im Alter von 3 und 1 ½ Jahren.

Günter Schneider

Argentinien 1948
Schreckensnachricht aus Deutschland

Nach anfänglichen Schwierigkeiten der Armut, Anpassung und der Überwindung der Sprachbarriere hatte Familie Löwenstern sich in ihrer neuen Heimat eingelebt. Da Siegfried nun eine feste Anstellung bekleidete, regelte ein beständiges Einkommen ihren Lebensunterhalt. Im Laufe der Jahre bildete sich in ihrer Kirchengemeinde, wo Clara sonntäglich die Orgel spielte, ein Freundeskreis. Siegfried konvertierte zum Christentum. Deutschland war Vergangenheit. An eine Rückkehr dachte niemand.

Ein unerwarteter Brief, in sachlichem Behördendeutsch verfasst, erinnerte Familie Löwenstern noch einmal an das dunkelste Kapitel ihrer deutschen Vergangenheit.

*"Frau Ingrid Rosenthal geb. am 5.9. 1923 in Hamburg ist am 8. 11. 1941 im Konzentrationslager Auschwitz umgekommen." Ingrid Rosenthal war die Tochter der Eheleute Paula und John, wohnhaft in Hamburg. Das gleiche Los teilte Frau Hedwig Eisemann, eine Nichte Siegfrieds. Am 13. Januar 1886 in der Hansestadt Hamburg geboren, emigrierte sie während des Krieges nach Groningen in die Niederlande. Auch sie wurde im November 1942 ins Vernichtungslager Auschwitz deportiert und später für tot erklärt. Ihr Todestag ist unbekannt.

*Quelle: Bundesarchiv Gedenkbuch Stand: 08.04.2014

Als Clara ihrem Mann die Nachricht vorlas, brach er hemmungslos in Tränen aus. Wie oft hatte er an seine Lieblingsschwester Hedwig und seine Nichte Ingrid gedacht, die ihm besonders nahe gestanden hatten. Wie sehr hatte er insgeheim auf ein Lebenszeichen von ihnen gehofft. Und jetzt die schreckliche Gewissheit. Siegfried saß da, wie betäubt. Wie mag es Hedwig und Ingrid ergangen sein? Auf welche Weise waren sie umgekommen? Fragen über Fragen, auf die er niemals eine Antwort bekommen wird. Auch sie waren Deutsche, die einst stolz auf ihr Vaterland waren, so wie er es war.

Nun zählten auch sie zu den sechs Millionen Opfern des Naziterrors.

Denkmal für die ermordeten Juden Europas.
Eröffnet: 12. Mai 2005 in Berlin

Unerwartete Kontakte

Seit ihrer Auswanderung aus Deutschland waren zehn Jahre ins Land gegangen, und noch immer fand Clara nicht den Mut, ihrer Mutter über ihren damaligen Entschluss und ihr neues Leben in Argentinien zu berichten. Ebenso wenig wusste sie von Günter und Walter. Über den Rundfunk hatte sie die Kriegs- und Nachkriegsereignisse in Deutschland verfolgt. Stundenlang hatte sie zugehört, wenn Listen von Namen vermisster Soldaten, oder Spätheimkehrer verlesen wurden. Vielleicht hörte sie irgendwann die Namen: „Günter oder Walter Schneider". Dass Günter inzwischen eine Familie gegründet hatte, erfuhr sie durch die Familienzusammenführung des Deutschen Roten Kreuzes. Glücklich über diese Erfahrung mobilisierte sie eine Hilfsorganisation in ihrer Kirchengemeinde und sammelte alles, was sie an Bekleidung auftreiben konnte. Die Post ging über Schweden, da das Senden von Paketen auf dem direkten Weg nach Deutschland noch nicht möglich war. 1948 – zehn Jahre nach ihrer Auswanderung schrieb sie ihrem Sohn den ersten vierseitigen Brief.

Hatte sie, als sie im Oktober 1938 ausgewandert war, einen Scherbenhaufen hinter sich gelassen, so wollte sie jetzt versuchen, etwas zu kitten, solange ihr das noch irgendwie gelänge. In Gedanken verweilte jetzt häufig in Deutschland.

Familienfeier in Buenos Aires

Oma Clara und Opa Siegfried
Mit Kindern und Enkelkindern

„Ich werde zu meinem Sohn und meiner Mutter nach Deutschland reisen, und Du wirst mir das Geld für die Schiffspassage geben", sagte sie spontan.

„Aber natürlich." Siegfried trat in diesem Fall als Gönner auf, und er wusste warum. Zügig setzte Clara ihr Vorhaben in die Tat um. Sie buchte für Dezember 1949 eine Schiffspassage erster Klasse nach Deutschland.

Als Günter an diesem Abend von der Arbeit nach Hause kam, lag wieder ein Brief aus Argentinien auf seinem Schreibtisch. Er war noch verschlossen, da er an „Herrn Günter Schneider" adressiert war. Solche Briefe öffnete Elsa grundsätzlich nicht. Während sie den Tisch deckte las Günter den vier Seiten langen, mit Schreibmaschine auf pergamentdünnem Luftpost-Papier geschriebenen Brief, indem Clara ihren Besuch ankündigte.

„Mutti will uns zu Weihnachten besuchen", rief er Elsa zu. Auf seinem Gesicht lag ein strahlendes Lachen, hatte er bislang kaum dran geglaubt, seine Mutter einmal wieder zusehen. Elsa, die gerade den Abendbrottisch deckte, sah erschrocken auf. Dabei wäre ihr fast der Teller aus der Hand geglitten.

„Deine Mutter will - hier - her - kommen?"

„Ja, freust Du Dich nicht?"

„Natürlich freue ich mich, aber ich muss mich erst an den Gedanken gewöhnen, dass da noch jemand existiert, der für mich fremd ist.

„Was ist daran so schwer? So wie ich mich Deinen Eltern anpasst habe, wirst auch Du sicher meine Mutter annehmen."

„Das ist richtig. Niemals hätte ich von Deiner Mutter erwartet, dass sie eine so weiter Reise unternimmt."

„Warum sollte sie nicht herkommen? Es wird hoffentlich nicht ihr einziger Besuch sein."

Elsa schwieg. Wenngleich sie sich schwer tat, neuen Menschen zu begegnen, so wollte sie doch die Mutter ihres Mannes als weit gereisten Gast gebührend empfangen. Ebenso dachten ihre Eltern.

Das angekündigte Ereignis warf seine Schatten voraus. Elsa putzte mit ihrer Mutter das Haus vom Keller bis zum Dachboden. Lina ließ darin peinliche Genauigkeit walten. Immerhin sollte Elsa bei ihrer Schwiegermutter den Eindruck einer guten Hausfrau hinterlassen. Die breite Chaiselongue in Friederikes Zimmer wurde mit weißem Damast bezogenen Kissen als Schlafstätte eingerichtet. Den schwarzen Waschtisch mit der weißen Marmorplatte auf dem Flur zierte eine weiße Porzellan-Waschschüssel mit Goldrand und passender Karaffe. Sie wurde nur zu besonderen Anlässen benutzt, denn Übernachtungsgäste waren im Hause Pauls eine Besonderheit. Gewöhnlich wuschen sich alle in der Küche in einer Emaille-Schüssel, nachdem Günter jeden Morgen im Keller an der Pumpe einen Eimer mit frischem Wasser gefüllt hatte.

Lina stand in der Küche, backte Stollen und Plätzchen. Die Hungerjahre waren vorbei, und die harte D-Mark förderte die Kaufkraft.

Friederike hatte in den letzten Nächten wenig Schlaf gefunden. Die Erlebnisse mit ihrer Tochter liefen wie ein Film vor ihrem inneren Auge ab. Zuweilen vergaß sie alle Bitterkeit und nahm sich vor, ihrer Clara einen gebührenden Empfang und ein Weihnachtsfest nach alter Tradition zu bereiten.

So ging sie, ungeachtet ihrer körperlichen Verfassung, mit Günter und Elsa auf den Weihnachtsmarkt, wo sie diesmal, entgegen ihrer Gewohnheit, ihren Weihnachtsbaum selbst aussuchte. „Meine Tochter soll eine nordische Tanne sehen." Auf dem ganzen Basar gab es kaum einen Tannenbaum, der ihre Kriterien erfüllte. Nachdem Friederike jeden Baum x-mal begutachtet und die Geduld des Händlers und ihrer Familie reichlich strapaziert hatte, ging sie zufrieden mit einer gut gewachsenen Nordmann-Tanne nach Hause.

Wiedersehen

An einem nasskalten Dezembertag holten Günter und Elsa ihren weitgereisten Gast vom Bahnhof ab. Sie nahmen den großen Handwagen mit, da Clara ihren Besuch mit einer stattlichen Anzahl Koffer angekündigt hatte.

Als sich mit hellem Gongschlag die Bahnschranke schloss, überlief Elsa eine leichte Gänsehaut und Günter sah mit spannender Erwartung dem Zug entgegen. Minuten später öffneten sich zahlreiche Türen. Mit innerer Anspannung fixierte Günter die aussteigenden Fahrgäste, die teils mit großen Einkaufstaschen, teils ihren Tannenbaum auf der Schulter tragend, an ihm vorbeieilten. Als die letzten Fahrgäste durch die Bahnhofshalle gingen, schauten Günter und Elsa fassungslos an geschlossenen Zug-Türen entlang. Der Schaffner wollte gerade das Signal zur Weiterfahrt geben, als sich am Ende des Zuges eine Wagentür öffnete. Eine in Pelz gehüllte Dame, deren schlohweißes gelocktes Haar ein schwarzer Hut mit breiter Krempe zierte, balancierte mit einem Handkoffer über die schmalen Stufen auf den Bahnsteig.

„Wir befürchteten schon, Du hättest den Zug verpasst", rief Günter, während er seiner Mutter entgegeneilte und ihr beim Aussteigen half.

„Entschuldige, ich musste mich erst von meinen Mitreisenden verabschieden und hätte dabei fast den Ausstieg versäumt. Weißt Du, ich hatte sehr angenehme Reisebegleiter. Wie geht es Dir, mein Junge?" Elegant hauchte sie ihrem Sohn einen Kuss auf die Stirn, wobei sich dort ein leichter roter Stempel abzeichnete.

„Danke Mutti, mir geht es gut. Darf ich Dir meine Frau vorstellen?" Er winkte Elsa heran, die einige Schritte entfernt die Begrüßung zwischen Mutter und Sohn beobachtete.

„Sie benimmt sich wie eine entfernte Verwandte", stellte Elsa erstaunt fest. Das Wiedersehen zwischen Mutter und Sohn hatte sie sich anders vorgestellt, vielleicht mit mehr Herzlichkeit. Davon aber spürte sie kaum etwas.

„Schön, dass Du hergekommen bist, Mutti."

Elsa reichte ihrer Schwiegermutter zaghaft die Hand, während diese ihre rot lackierten Finger um Elsas Schulter legte und ihr ebenfalls einen Kuss auf die Stirn hauchte.

„Ich freue mich, zum Weihnachtsfest bei Euch zu sein, Kinder."

„Ich kann es noch gar nicht glauben", gestand Günter, „niemals hätte ich gedacht, dass wir uns wieder sehen."

„No, no, mein Junge. Wie Du siehst, steht Deine Mutter leibhaftig vor Dir."

Günter rang sich ein Lächeln ab.

„Vor Deinen Überraschungen ist niemand sicher", bemerkte er darauf.

Es war nicht mehr die Stimme seiner Mutter, die ihm aus Kindertagen vertraut gewesen war. Sie sprach mit spanischem Slang, und das befremdete ihn. Mutter kam nach elf Jahren aus einem fernen Kontinent. Ihre Art, wie sie vergangene Geschehnisse verdrängt hatte, schockierte Günter. Insgeheim wartete er auf eine Erklärung, einen Zuspruch oder vielleicht nur auf eine Frage: „Wie ist es Dir in all den Jahren ergangen? Wie bist Du zurechtgekommen?" Nichts von alledem. Clara trug eher Sorge, ob

alle sieben Koffer dabei waren, und zählte sie am Gepäck-
schalter schon das dritte Mal.

Der hochbeladene Handwagen wankte über die holprige,
mit Schnee gepuderte Straße zu Elsas Elternhaus. Friederike saß auf ihrer Bettkante. Sie hatte ihr schwarzes Hä-
keltuch um die Schultern gelegt und sah gespannt zur Tür
als sie auf dem Flur Stimmen vernahm. Wie oft hatte sie
sich vorgenommen, ihrer Tochter gründlich die Meinung
zu sagen. „Dem Luder werde ich′s zeigen", hatte sie oft
verlauten lassen, „wie konnte sie mit ihrem Mann einfach
so abhauen, heimlich und feige, ohne ein Wort des Abschieds. Darüber ist sie mir mehr als eine Erklärung schuldig. Ja, Abbitte soll sie tun!"

Doch als die Tür zu ihrem Zimmer sich öffnete, brachte
Friederike nur heraus: „Clara, meine Clara." Dabei konnte
sie ihre Tränen nicht verbergen. Clara legte ihren Mantel
ab und setzte sich zur Mutter auf die Bettkante, während
Günter und Elsa mit ihren beiden Kindern auf dem kleinen
Sofa zusammenrückten. Clara ergriff die Hand ihrer Mutter

„Hör auf zu weinen, und freu′ Dich, dass ich hier bin."
Sogleich zwang Friederike ihren Mund zum Lächeln.

„Wie geht es Dir, mein Kind?"

„Siehst Du nicht Mutter, wie gut es mir geht? Ich habe
„drüben" einen Boxer, einen Dobermann, und eine kleine
Katze. Die Hunde sind aus dem Tierheim und das Kätz-
chen habe ich von der Straße aufgelesen."

„Ja, ja", - Friederike wischte sich mit ihrem Wolltuch hastig über die Augen – „für arme Tierseelen hattest Du immer ein großes Herz."

„In Buenos Aires bin ich in einer evangelischen Gemeinde aktiv, in der ich zum Gottesdienst die Orgel spiele. Die Gemeindemitglieder und unser Pfarrer sind Emigranten aus Deutschland."

„Habt Ihr einmal daran gedacht nach Deutschland zurückzukehren?" warf Günter ein.

„No, mein Junge, wir sind freie Argentinier. Deutschland ist Vergangenheit."

Günter sah zu Boden und schluckte ein paar Mal. Er hatte seine Mutter als überzeugte Patriotin und treue Anhängerin des NS-Regimes in Erinnerung. Nun hatten die Ereignisse auch in ihr eine Wandlung vollzogen. So hielt es Günter für besser, über die Vergangenheit zu schweigen.

„Wie geht es meinen Geschwistern?"

„Hannelore ist bereits eine junge Dame und hat einen dreijährigen Sohn. Sie arbeitet als Haushaltshilfe. Jutta ist ebenfalls den Kinderschuhen entwachsen und Adolf geht im nächsten Jahr in die Berufsausbildung."

Günters Gesicht erhellte sich. Jutta und Hannelore erinnerten ihn an glückliche Kinderjahre in Ellerbek.

„Gerne möchte ich auch Hannelore, Jutta und Adolf wieder sehen."

„Dann komm zu uns nach Argentinien. Aber vorher musst du Spanisch lernen. Deine Geschwister sprechen kaum noch deutsch."

Günter sah seine Mutter nachdenklich an.

„Und Ihr - sprecht Ihr zu Hause noch deutsch?"

„Zuhause sprechen wir deutsch und spanisch. Deine Geschwister aber sind den ganzen Tag außer Haus. Ihnen ist spanisch ebenso vertraut."

Günter nickte stumm. Für ihn war es eine bittere Tatsache, die er erst einmal verdauen musste. Nach einer Weile sagte er: „Dann lernen wir beide spanisch, nicht wahr Elsa?" Günter umfasste die Schultern seiner Frau, die verlegen auf ihrem Platz hin und her rutschte, auf eine Bestätigung aber bewusst verzichtete. Allein ihr Gesichtsausdruck verriet: „Spanisch lernen - das fehlt gerade noch… Ich werde niemals nach Südamerika fahren."

Nach seinem Stiefvater fragte Günter nicht. Er wollte seiner Großmutter unnötige Aufregung ersparen. Friederike hatte es ihrem Schwiegersohn nie verziehen, dass er sie einst in eine äußerst prekäre Finanzlage katapultiert hatte. So erwähnte auch Clara ihren Mann nicht, und über den Grund ihrer heimlichen Auswanderung lag weiterhin der Mantel des Schweigens.

Am Weihnachtsabend versammelte sich die ganze Familie bei Oma Rieke, wie Friederike liebevoll genannt wurde. Mutter Pauls erschien entgegen ihrer Gewohnheit ohne Schürze und ihr Mann hatte sogar eine Krawatte umgelegt. Der Tannenbaum in der Ecke reichte vom Fußboden bis zur Decke, reichlich geschmückt, wie Friederike es aus früheren Zeiten gewohnt war. Auf dem großen Eichentisch häuften sich Geschenke. Clara verteilte Kleider, Blusen, Mäntel, Anzüge, Schuhe und wunderschöne Hüte aus Stroh und buntem Filz, geschmückt mit Seidenblumen – Mode aus Südamerika.

„Die Sachen hat unsere kleine Gemeinde mitgegeben – für Euch. Sie lassen herzlich grüßen und wünschen Euch ein gesegnetes Weihnachtsfest." Clara zog ein nachtblaues Kleid mit aufgenähten rosa Tulpen aus dem Koffer und hielt es Elsa entgegen.

„Jutta hat es auf ihrem Abschlussball getragen. Es ist für Dich, Elsa." Elsa betrachtete das Kleid und bedankte sich höflich. Dabei fragte sie sich insgeheim: „Erlaubt es Mutter, dass ich so etwas trage? Mit einem Ball-Kleid falle ich in unserem Dorfe auf." So legte sie es erst einmal zu den anderen Kleidungsstücken auf den Tisch.

Die Bewunderung nahm ihren Höhepunkt, als Clara eine große Puppe aus dem Karton holte – eine „Señorita" mit dunkelbraunen Korkenzieherlocken, die ein Strohhut mit bunter Krempe schmückte. Dass sie laufen, und dabei den Kopf nach rechts und links drehen konnte, versetzte alle in Erstaunen.

„Die ist für Eure Tochter." Clara reichte sie der vierjährigen Ursel, die ihr Weihnachtsgeschenk behutsam an sich drückte. Noch nie hatte sie eine so wunderschöne Puppe besessen. Während Clara einen Koffer nach dem anderen lüftete, humpelte die 75jährige Friederike zwischen Gepäckstücken hin und her und verteilte Weihnachtsgebäck und Süßigkeiten. An ihre Gehbehinderung, die sie gewöhnlich gerne im Bett pflegte, dachte sie nicht mehr.

Clara setzte sich an das alte Harmonium und spielte Weihnachtslieder: „Oh, du fröhliche… Ihr Kinderlein kommet…, Stille Nacht…, und alle sangen mit. Es war schon spät, als die ganze Familie sich bei Günter und Elsa um den traditionellen Heiligabendschmaus versammelte. Elsa stellte die große Glasschüssel mit Heringssalat auf den Tisch. Fast den ganzen Vormittag war sie in der Küche gestanden, hatte die Heringe geputzt und ausgenommen, und die Zutaten nach ihrer besonderen Kreation zusammengestellt. Dazu wurden Brötchen gereicht, und alle langten kräftig zu.

Sylvester 1949
Uroma, Oma Mutter und Kind

Die Silvesterfeier richteten Elsas Eltern aus. Zu diesem Ereignis war Klara Glitsch aus Minden angereist, wollte sie es doch nicht versäumen, mit ihrer weit gereisten Nichte ein Wiedersehen und den Ausklang der Vierziger zu feiern. Elsas Bruder hielt mit seiner neuen Kamera die letzten Stunden des Jahres fest, als Erinnerung fürs Familienalbum. So verbrachte Klara Glitsch den Abend vorwiegend damit, sich für jedes Foto in Positur zu stellen. Eine Modenschau konnte nicht anstrengender gewesen sein. An Schönheit konnte nur noch die Puppe aus Las-Palmas Madame Glitsch den Rang ablaufen. Sie durfte auf keinem Foto fehlen, sollte sie doch ein Stück Erinnerung an Oma Clara sein. Für die Szene zum Jahreswechsel

247

blieb gerade noch ein Foto übrig. Die gefüllten Sektgläser läuteten das Neue Jahrzehnt ein: „Auf ein glückliches und gesunden Neues Jahr!" Wer ahnte schon, dass der Eintritt in die Fünfziger mit einer neuen Überraschung aufwartete?

Spätheimkehrer

Urteilsverkündung

Die strenge Bewachung in den russischen Kriegsgefangenenlagern um Kujbyschew beschränkte sich ab 1949 nur noch auf das Gefangenenlager. Die Arbeitsplätze waren gegenwärtig davon ausgeschlossen. Darüber hinaus durften die Kriegsgefangenen das erste Geld verdienen – hundertfünfzig Rubel bei erfüllter Norm. In den meisten Fällen wurde es in Brot und Tabak umgesetzt. Auch Briefe in die Heimat waren nun zugelassen. Sofort trat Walter mit seinem Bruder und auch mit seinem Vater in Briefkontakt. Es gab also noch ein Stück Familie, und wie er zu seiner Freude erfuhr, lebte Oma Friederike noch. All das gab ihm neue Hoffnung auf ein Wiedersehen, wenngleich dies noch in weiter Ferne lag und eine Entlassung aus der Kriegsgefangenschaft noch Wunschdenken war. Es war jemand da, der ihn irgendwann mit Freuden erwartete…

Seit Beginn der Kriegsgefangenschaft fanden wiederholt umfangreiche Vernehmungen durch die sowjetische Geheimpolizei statt. Bis Dezember 1949 hatte diese genug Informationen gesammelt, sodass nun die Urteile gesprochen wurden. Die endgültige Vernehmung und Verurteilung der Lagerabteilung 7399 erfolgte in Sysran. Der wachhabende Offizier rief die Gefangenen mit Namen auf und stellte sie vor den Militär-Staatsanwalt. Für die Lagerinsassen waren es drei zermürbende Tage und Nächte, denn wer wusste schon, wann er vor den Staatsanwalt gerufen wurde? Wieder ging das Gerücht „fünfundzwanzig

Jahre Zwangsarbeit in den Gulag-Lägern Sibiriens" durch die Reihen. Jeder rechnete damit – weit entfernt und abgeschrieben von der Heimat. Walter wälzte sich auf seinem Lager von einer Seite auf die andere. Wieder öffnete sich die Tür. Im matten Lichtschein stand der Wachhabende. Atemberaubende Stille – Walter glaubte seinen Namen zu hören. Als ehemaliger Angehöriger der Elitetruppe Hitlers rechnete er jetzt mit seiner endgültigen Verurteilung. Außerdem hatte er bei einem früheren Verhör dem Vernehmungsoffizier das Zitat des Götz von Berlichingen entgegen geschleudert. Mit Sicherheit ginge all das auf sein Belastungskonto. Er hatte in den vergangenen neun Jahren alles erlebt, was Menschen an seelischer und körperlicher Grausamkeit vollbringen können. Und nun stand ihm möglicherweise der Transport nach Sibirien bevor.

Der wachhabende Offizier rief Kamerad Steinmann auf. Als wäre er ferngesteuert folgte er den Anordnungen des Wachhabenden. Für Walter hieß das: „Warten bis er an der Reihe war - das nächste – oder übernächste Mal?" Das Schlimmste war die Ungewissheit – die quälende Frage: „Wann werde ich aufgerufen? Welche Fragen wird mir der Militärstaatsanwalt stellen? Wie werde ich den Rest meines Lebens in den menschenverachtenden Lägern Sibiriens verbringen?"

Die dritte Nacht war angebrochen. Für Walter war sie die schlimmste. „In dieser Nacht werden sie mich herausholen", dachte er, „bis zuletzt lassen die mich warten." Er hatte mit seinem Leben abgeschlossen. Seine Oma, Bruder Günter – Walter wird sie nie wieder sehen…

Die Nacht wich der Morgendämmerung und noch immer warteten die übrigen Gefangenen auf ihre Vernehmung und Verurteilung. Abgestumpft, und durch die Ungewissheit innerlich zermürbt, lagen sie auf ihren Pritschen und sahen ihrem Schicksal entgegen. Wieder öffnete der Vernehmungsoffizier die Tür und ließ die Gefangenen auf dem Vorplatz antreten. Niemand wusste, was im nächsten Augenblick geschehen sollte. Sollte der Rest der Abteilung pauschal verurteilt werden?

Von innerer Spannung gelähmt, standen sie da, und harrten der Dinge, die sich in den nächsten Augenblicken abspielen sollten. Plötzlich erklangen Stimmen, wie bei einem Männerchor. Singend, und unter strengster Bewachung des NKWD marschierten ihre Kameraden vorbei, verurteilt zu fünfundzwanzig Jahren Zwangsarbeit. Sangen sie aus Verzweiflung, um sich Mut zu machen oder wurde es ihnen befohlen? Wie es in ihrem Innern aussah wird wohl niemand erfahren.

Die übrigen Kriegsgefangenen, darunter auch Walter, sahen dem Schauspiel fassungslos zu, unfähig zu irgendeiner Reaktion. Als der Gesang der Verurteilten verhallte, durften die Übrigen zum Bahnhof gehen – völlig frei und ohne Bewachung. Dort stand der Zug, der sie nach Deutschland bringen sollte. Dass Walter nicht unter den verurteilten Kameraden war, ist ihm zeitlebens ein Rätsel geblieben.

Heimkehr

Der Güterzug stand auf dem Bahnhof Sysran zur Abfahrt bereit. Gemessen am Transportzug in die Gefangenenlager vor viereinhalb Jahren, war dieser jetzt mit Pritschen und einem Ofen ausgestattet. Sogar ein kleiner Vorrat an Kohlen war für die ersten Reise-Tage vorhanden. Danach mussten sich die Heimkehrer den Brennstoff selbst besorgen, was so viel bedeutete wie „unentgeltlich organisieren". Die begleitende russische Bewachung achtete darauf, dass der Kohlenklau unbemerkt vonstattenging.

Sogar der NKWD-Vernehmungsoffizier, der in der Regel jeden Diebstahl hart verfolgte, wurde selbst zu Dieb, denn jetzt brauchte auch er Kohlen. War es der russischen Bewachung zuzumuten im Winter in ungeheiztem Zug zu reisen? Also profitierten auch die Entlassungskandidaten von einem solchen Luxus. Für sie muss es ein unbegreifliches Glücksgefühl gewesen sein, als der Zug aus dem Bahnhof Sysran sich in Richtung Westen in Bewegung setzte.

Nach einer Woche erreichte der Zug eine Bahnstation mit unbekanntem Namen in Polen. Hier wurden die Kriegsgefangenentransporte vorerst auf ein Abstellgleis rangiert. Wann die Fahrt in Richtung Deutschland weiterging, wusste niemand.

Auf dem gegenüber liegenden Gleis hielt ebenfalls ein Heimkehrer-Transport. Walter beobachtete die Männer, die sich auf dem lockeren Kies die Beine vertraten. Plötzlich fiel ihm ein Gesicht, das er aus einem früheren Kriegsgefangenenlager kannte, auf.

„Hallo Horst, welch ein Zufall, dass wir uns noch mal begegnen!" Walter umarmte seinen alten Freund. Viele Monate hatten sie in demselben Lager gearbeitet. Durch die Verlegung in verschiedene Gefangenenlager wurden sie getrennt. Umso größer war die unverhoffte Wiedersehensfreude. Es gab viel zu berichten und Walter erzählte seinem Kameraden von den zermürbenden Tagen während der Vernehmungen und seiner unerwarteten Entlassung. Für ihn war der zwangsläufige Aufenthalt in Polen das erste angenehme Erlebnis seit seiner Kriegsgefangenschaft.

Polnische Landsleute versorgten die Kriegsheimkehrer mit allerhand Essbarem oder luden sie zum Frühstück ein. Walter empfand es als Luxus, als er sich zum ersten Mal an einem gedeckten Tisch satt essen durfte.

Am nächsten Tag fuhr der Zug in Richtung Frankfurt/Oder weiter. Walter verabschiedete sich von seinem Freund, dessen Transport sich früher in Bewegung setzte: „Komm gut heim, Horst, und für die Zukunft alles Gute."

Kurze Zeit darauf ging auch Walters Transport weiter. Nach etlichen Stunden Fahrt drosselte der Güterzug seine Geschwindigkeit.

Durch einen Spalt in der Wand des Waggons erkannte Walter das Schild „Frankfurt/Oder". Zum ersten Mal hielt der Zug am Bahnsteig für Personenzüge, was den ehemaligen Kriegsgefangenen das Gefühl vermittelte, wieder Mensch zu sein. Durch die offene Tür sah Walter zur anderen Seite des Bahnsteigs hinüber. Er traute seinen Augen nicht. Da stand wieder sein Kamerad Horst. Sicher wartete er auf den Zug, der ihn in seinen Heimatort bringen sollte. „He, Horst wie schön, dass wir uns noch einmal sehen. Wann geht Dein Zug in Richtung Heimat?" Auch Horst hatte Walters Stimme erkannt und sich nach ihm umgedreht. Aber er reagierte nicht auf Walters Zuruf. „Warum diese abweisende Reaktion?" dachte Walter. Sein Freund, den er noch einen Tag zuvor in Polen herzlich umarmt hatte, kannte ihn plötzlich nicht mehr? Während der Kriegsgefangenschaft hatten sie alle Demütigungen, Leid und Strapazen miteinander geteilt. Plötzlich waren sie Fremde, und das innerhalb weniger Stunden.

Deutschland hatte eine gravierende Veränderung erfahren, welches die Spätheimkehrer bisher noch nicht wahrgenommen hatten. Seit 1948/49 existierten zwei deutsche Staaten. Horst war jetzt ein Genosse der Sowjet-Zone, und Walter ging in den Westen. Für ihn war dies die erste enttäuschende Erfahrung seit seiner Entlassung aus der Kriegsgefangenschaft.

Die russische Wachmannschaft begleitete die ehemaligen Kriegsgefangenen in die für die *DDR zuständige russische Kaserne, wo sie ihnen die Entlassungspapiere und fünfzig Ostmark Entlassungsgeld aushändigte. Nur noch ein paar Stunden trennten Walter von seinem Bruder, den er seit neun Jahren nicht mehr gesehen hatte. Bewegt von innerer Wiedersehensfreude gab er ein Telegramm auf, indem er seine bevorstehende Ankunft in Veltheim ankündigte. Dafür hatte er einen erheblichen Teil seines Entlassungsgeldes ausgegeben.

Ein Zivilist der DDR brachte die Heimkehrer in das Auffanglager für West-Deutsche, wo sie bis zur Weiterfahrt verpflegt wurden. Danach bestieg Walter den Interzonenzug, der ihn über Leipzig in den Westen bringen sollte.

Die Stunde Aufenthalt in Leipzig nutzte Walter und nahm Kurs auf die Bahnhofsgaststätte, einem gemütlichen Raum mit Tischen und Stühlen. Zivilisierte Atmosphäre war ihm in all den vergangenen Jahren fremd geworden. Er setzte sich auf einen Barhocker an die Theke. „Ein Bier bitte." Der Wirt zapfte ihm ein Glas des goldenen Getränkes mit üppiger Schaumkrone. Es war ein erhebender Augenblick, als Walter dies entgegen nahm und an die Lippen setzte. Dafür hatte er den Rest seines Ostgeldes auf die Theke gelegt. Aber es war der erste Hauch von Wohlstand nach all den vergangenen Desastern.

Der Zug mit den Westheimkehrern hielt auf freier Strecke vor dem Lager Friedland auf der DDR-Seite. Der Weg bis zur Zonengrenze wurde zu Fuß zurückgelegt. Hier warteten etliche DDR-Bewohner mit Handwagen. Sie hofften, sich mit privater Gepäckbeförderung ein wenig Geld zu verdienen. Walter wehrte ab.
„Wir Kriegsheimkehrer haben kein Gepäck und erst recht kein Geld für die Gepäckbeförderung."
„Dann gebt uns Brot." Walter gab seinen Laib Brot, den die Leute dankbar annahmen.
Nachdem die DDR-Behörden den Heimkehrern die West-Entlassungspapiere ausgehändigt hatten, durften diese in Fünfergruppen unter Bewachung des Grenzpersonals die Grenze in Richtung Westen passieren. Auch das war für die Heimkehrer völlig neu.

*DDR Deutsche Demokratische Republik 1949 bis 1989
*BRD Bundesrepublik Deutschland 1949 bis 1989

Auf der Seite der *BRD erwarteten die Versorgungs-
stände der Kirchen und der Heilsarmee die Ankömmlinge
und versorgten sie mit belegten Brötchen und Kakao. Das
Lager Friedland war die letzte Station auf Walters langem
Heimweg. Von hier nahm er den Zug nach Veltheim.

Unerwartete Begegnung

Der 4. Januar 1950 war ein Mittwoch, als Walter morgens
gegen sieben Uhr an die Tür des Pauls'schen Hauses
klopfte. Er hörte, wie von innen jemand mit einem Schlüssel öffnete. „Komm rein", vernahm er eine Stimme. Sie
klang fremd und kalt. Walter zögerte. Erst nach der zweiten Aufforderung trat er ein. Starres Erstaunen packte ihn,
als er unerwartet seiner Mutter gegenüber stand. „Komm
rein", hatte sie kurz gesagt. Es war nicht mehr Mutters
Stimme, die ihm aus Kindertagen vertraut gewesen war.
Walter nahm die Situation kommentarlos hin. Er ging an
ihr vorbei, ohne nach dem Grund ihrer Anwesenheit zu
fragen. Wozu auch? Der gefühllose Empfang seiner Mutter ließ keine Fragen zu. So ging er in das geöffnete Zimmer seiner Großmutter. Friederike saß am Tisch und begrüßte ihren verloren geglaubten Enkel mit kühler Reserviertheit. „Da bist Du ja wieder." Eigenartig, warum freute
sich hier niemand? Hatte seine Familie ihn abgeschrieben? Es war bekannt, dass Walter ein ehemaliger Angehöriger der Waffen-SS war. Anhänger dieser Elitetruppe
überlebten in der Regel die Kriegs-Gefangenschaft nicht
oder wurden zumindest nach sowjetischen Gesetz zu fünfundzwanzig Jahren Zwangsarbeit verurteilt.

Elsa kam herein. In Abwesenheit ihres Mannes begrüßte sie ihren Schwager scheu und zurückhaltend. Was sollte sie mit ihm anfangen? Dieser ungewöhnlichen Situation gegenüber, fühlte sie sich hilflos. Da saß Walter nun und sah fragend von einem zu andern. Wohin hätte er gehen sollen, wenn nicht zu seinem Bruder und zu seiner Großmutter? Sie waren seine einzigen Verwandten. Neun Jahre hatte er sie nicht gesehen – dazwischen lagen Krieg und Gefangenschaft. Und nun – ein solcher Empfang?

„Du kannst bei uns im Wohnzimmer auf dem Sofa schlafen", sagte Elsa zaghaft, „ich werde mit Günter darüber reden, was in Zukunft werden soll." Walter nahm den Vorschlag seiner Schwägerin ohne Reaktion hin. Enttäuscht stellte er fest: „Hier bin ich nicht willkommen."

Am Abend begleitete Elsa ihren Schwager zum Bahnhof. Um 18:20 Uhr lief der Zug ein, mit dem Günter von der Arbeit kam. Vielleicht war Günter der Einzige, der sich über das Wiedersehen mit seinem Bruder freute. Gespannt sah Walter ihm entgegen.

„Hallo Walter!" Günter schüttelte seinem Bruder die Hand, Gefühle aber, blieben im Verborgenen. So wie Clara konnte auch Günter seine Gemütsbewegung nicht zeigen. Hatte auch er Besorgnis vor der neuen Situation? Wo sollte er seinen Bruder unterbringen? Ein Zimmer war im Haus nicht mehr frei. Statt freudiges Wiedersehen, besorgte Gesichter. Walter hatte sich seine Heimkehr anders vorgestellt. Ernüchtert musste er erkennen: „Ich bin ein Heimkehrer ohne Heim.

Veränderte Welt

Als Walter aus russischer Kriegsgefangenschaft heimgekehrt war, fand er ein anderes Deutschland vor, als er es
im Juli 1945 verlassen hatte. Seine Demütigungen, Ängste
und Psychosen durch Krieg und Kriegsgefangenschaft –
wen interessierten sie in der Heimat? Der Spätheimkehrer,
krank durch Unterernährung und kaum fähig zu arbeiten,
wohnte bei seinem Bruder mit dem Gefühl, mehr geduldet
als erwünscht zu sein. Bei Oma Niemeyer logierte zurzeit
seine Mutter, für die er ebenfalls ein Problem darstellte.
Walter erinnerte sich an die Worte ihres Abschieds vor
zwölf Jahren: „Du kannst uns nach Buenos Aires folgen."
Jetzt, da die Gelegenheit greifbar nahe war, wurde sie für
Clara zum Problem. Ihr ehemaliges Versprechen war mit
den Ereignissen des vergangenen Jahrzehnts gegenstandslos geworden. Als ehemaliger Angehöriger der Elite-
gruppe Hitlers stand Walter nun im Abseits. Die Gesellschaft hatte sich von den Werten der Vergangenheit dis-
tanziert. Wie sehr hatte Clara als Patriotin den Nationalsozialismus geschätzt und in das tausendjährige Reich
große Erwartungen gesetzt! Jetzt nannte sie sich „freie Ar-
gentinierin" und missbilligte das Vorleben ihres Sohnes.
Vielmehr dachte Clara an ihren Mann. Wie würde er rea-
gieren, wenn er davon erführe? Und was in aller Welt
sollte Walter in Argentinien? Er war nicht einmal in der
Lage, dort einer Arbeit nachzugehen. In der Heimat bekam er Krankengeld. Wer aber sollte ihn in Argentinien
unterstützen? So hielt es Clara für verfrüht, ihren Mann
mit Walters Anwesenheit zu konfrontieren.

Wie sehr hatte sich Walter während des Krieges und seiner Gefangenschaft nach einem ganz normalen Leben gesehnt! Jetzt musste er lernen, sich im Zivilleben zurechtzufinden. Schon mit der Suche nach einer Arbeitsstelle begannen die Probleme. Dem ausgebildeten Bäckergesellen fehlte, bedingt durch Krieg und Gefangenschaft, die nötige Berufserfahrung. Was aber hinderte ihn daran, sich diese wieder anzueignen? Alle Kriegsheimkehrer mussten einen Neuanfang wagen. So, wie Familie Events, die ein Jahr zuvor in das Pauls´sche Haus eingezogen war. Willi Events hatte im Krieg das Augenlicht verloren. Jetzt betrieb er in einem Kellerraum eine kleine Werkstatt, in der er Besen für die Arbeitsgemeinschaft Bund der Kriegsblinden herstellte.

Walters Chance stand nicht schlecht. Ein entfernter Verwandter seiner Großmutter betrieb in Minden eine Bäckerei. Walter schrieb einen Brief an den Bäckermeister Albert Glitsch und bat ihn um Einstellung als Bäckergesellen. Kurz darauf erhielt er die Antwort:

„Lieber Walter, es tut uns leid, Dir mitteilen zu müssen, dass wir für einen Bäckergesellen zurzeit keine Verwendung haben…. Wir wünschen Dir weiterhin alles Gute für die Zukunft
Albert Glitsch und Familie"

Eine enttäuschende Absage. Dabei hatte Walter insgeheim mit einer Zusage gerechnet. Wer sollte ihm bei der Wiedereingliederung ins Zivilleben helfen, wenn es nicht jemand aus seiner Familie tat? Die Auswirkungen des Krieges, förderten neue Probleme zu Tage. Nicht nur Heimkehrer aus der Kriegsgefangenschaft suchten Arbeit. Nach den Flüchtlingstrecks von 1945/46 kamen Aussiedler aus der neu gegründeten Deutschen Demokratischen Republik. Unbefriedigt über das sozialistische Regime suchten sie im Westen eine neue Heimat. Wochen und Monate lebten sie in Notunterkünften bis sie im Ort Wohnung und Arbeit fanden oder weiter zogen. Die Flüchtlinge, meist Frauen, arbeiteten bei den umliegenden Bauern als Erntehelferinnen. Ebenso hilfreich erwies sich die Besatzung. Die Briten suchten Personal auf vielen Ebenen, in der Küche, als Hausmeister und in ihren Büros. Walter hoffte nun auf die Hilfe seines Bruders.

„Würdest Du für mich beim Engländer ein gutes Wort einlegen? Vielleicht können sie einen Bäckergesellen in der Küche gebrauchen."

Günter reagierte gereizt.

„Hast Du einmal darüber nachgedacht, was Du von mir verlangst? Was glaubst Du, was mir passiert, wenn die Engländer erfahren, dass ich einem ehemaligen SS-Mann helfe."

„Ich denke, wir leben heute in einem anderen Deutschland", konterte Walter.

„Trotzdem, die NS-Geschichte ist noch nicht überwunden. Und die Engländer werden einem ehemaligen Angehörigen der Waffen-SS niemals eine Arbeit geben. Sei Dir darüber im Klaren, einem SS-Mann darf niemand helfen. Damit hast Du Deine Zukunft verbaut."

Walter ging hinaus und schlug die Tür hinter sich zu. Seine Illusionen von der Heimat verwandelten sich in Enttäuschung und Frustration. Seine Hoffnung auf einen Neuanfang in Süd-Amerika hatte sich zerschlagen. Clara fuhr ohne ihren Sohn nach Buenos Aires zurück. Lediglich Familie Pauls hatte ihm ein Dach über dem Kopf gewährt. Seine Bemühungen nach Arbeit schlugen fehl. Dabei wollte der Siebenundzwanzigjährige nach all den chaotischen Jahren endlich ein normales Leben führen. Die Auslagen in den Schaufenstern demonstrierten den wirtschaftlichen Aufschwung. Walter fühlte sich davon nicht betroffen. Er bekam wöchentlich Zwölf-Mark-Fünfzig Krankengeld, wovon er seinem Bruder zehn Mark für Kost und Logis zahlte. Blieben also Zwei-Mark-fünfzig übrig, die Günter für ihn verwaltete. Insgeheim ärgerte es Walter schon lange, wenn er seinen Bruder um Taschengeld bitten musste. Als er an diesem Abend sein restliches Krankengeld einforderte, gab es die erste, jedoch längst fällige Auseinandersetzung.

„Wozu brauchst Du das Geld?" fragte Günter mit väterlichem Respekt seinen jüngeren Bruder.

„Darüber bin ich Dir keine Rechenschaft schuldig. Ich will nur das, was mir zusteht."

„Wenn Du wieder gelernt hast mit Geld umzugehen, kannst Du Dein Geld bekommen, aber so lange werde ich es für Dich verwalten."

Walter stieg die Zornesröte ins Gesicht. „Wer gibt Dir das Recht zu behaupten, ich könne nicht mit Geld umgehen?"

„Während der Zeit deiner Gefangenschaft hat sich hier vieles geändert – auch die Währung. Damit musst Du erst einmal zurechtkommen."

„Und so lange willst Du über mich und meine Finanzen verfügen? Da irrst Du Dich gewaltig, mein Lieber. Ich bin durchaus in der Lage mich in ein normales Leben einzugliedern. Ich brauche nur etwas Zeit. Und wenn ich abends ausgehe, dann muss ich Dich nicht um Erlaubnis bitten. Also, gib mir das was mir zusteht."

„Dann geh doch", gab Günter unwirsch zurück, und warf seinem Bruder das Geld auf den Tisch. „Du weißt, um zweiundzwanzig Uhr schließt Vater das Haus ab. Sei pünktlich wieder zuhause."

„Bestimmt also Dein Schwiegervater, wer wann hier ein- und ausgehen darf?"

„So ist es. Es ist sein Haus. Wir alle müssen uns nach den Gegebenheiten richten."

„Dann gib mir einen Schlüssel. Als erwachsener Mensch werde ich selbst entscheiden, wann ich nach Hause komme."

„Das wird mein Schwiegervater niemals zulassen."

Freudige Überraschung

Nach der Auseinandersetzung mit seinem Bruder verließ Walter wütend das Pauls`sche Haus und machte sich auf den Weg zur Dorfgaststätte. Er musste eine gehörige Portion Ärger herunter spülen. Mit Kurs auf die Theke vernahm er aus dem anliegenden Saal Tanzmusik. Neugierig warf der junge Mann einen Blick in die mit Girlanden geschmückte Halle, wo sich die Paare im Dreivierteltakt drehten.

Er fühlte sich plötzlich an der Schwelle zu einer anderen Welt. Musik, Tanz, Frohsinn - auf einmal wurde es Walter bewusst, dass, abgesehen von seiner harten Jugend, Krieg und Gefangenschaft ihm die schönsten Jahre seines Lebens geraubt hatten. Während er noch etwas verlegen dastand und über Versäumtes nachdachte, überrannte ihn ein junges Mädchen, das gerade aus dem Damenkabinett kam. Es hatte sich ein bisschen zurechtgemacht und steuerte nun wieder auf die Tanzfläche zu.

„Hoppla", sagte sie hastig und wollte schon weitergehen, als Walter sie am Arm fasste. „Da habe ich Sie ja gerade noch vor einem Hals- und Beinbruch bewahrt – bei dem Tempo."

„Ja, - o - Entschuldigung, ich wollte Sie nicht über den Haufen rennen."

„Warum dann so eilig? Gehen wir doch erst einmal einen trinken."

Walters trübe Gedanken waren wie weggeblasen. Gerade angekommen, lief ihm dieses hübsche junge Mädchen in die Arme, nicht älter als achtzehn Jahre. Welch glücklicher Zufall! Für einen Ortsfremden und Beziehungslosen wie er, schien es gar nicht so leicht mit den Einheimischen in Kontakt zu treten. Nun ergab sich dieser fast wie von selbst, noch dazu recht temperamentvoll. An der Theke bestellte Walter zwei Bier.

„Darf ich mich vorstellen?" fragte Walter indem er dem jungen Mädchen das frisch gezapfte Bier reichte, „ich heiße Walter Schneider." „Angenehm, Laura Leitner."

„Dann zum Wohl, Fräulein Leitner."

„Zum Wohl, Herr Schneider", sagte Laura lachend und setzte ihr Glas an die Lippen. Während beide an ihrem Bierglas nippten, beobachtete Walter die Paare, die sich auf der Tanzfläche tummelten.

„Sind die Leute alle aus Veltheim?"

„Ja, die meisten. Drüben tanzt gerade mein Bruder Fritz mit Marianne. Und da hinten stehen Waltraut, Lena und Erich."

„Waltraut, Lena, Erich, Fritz, Marianne – nennt ihr euch alle beim Vornamen? Hier kennt wohl jeder jeden, wie?"

„Die Veltheimer sind miteinander bekannt oder verwandt."

„Und Sie sind auch aus Veltheim?"

„Ja, wir alle stammen aus dem Ort. Waltraut, Lena und Fritz sind meine Geschwister."

Laura war die Älteste von sechs Geschwistern. Ihre aufgeschlossene, unbeschwerte jugendliche Art hatte Walter beeindruckt. Sie besaß das, was er sich insgeheim immer gewünscht hatte, Geborgenheit in einer intakten Familie zusammen mit Eltern und Geschwistern.

„Darf ich Sie um den nächsten Tanz bitten?"

„Aber gerne."

Mit Herzklopfen führte er Laura auf die Tanzfläche. Er gab sich alle Mühe im Takt zu bleiben und hoffte insgeheim, dass die Tanzpartnerin seine Ungeschicklichkeit nicht bemerkte. Konnte er sich die Blöße geben, noch nie eine Tanzfläche betreten zu haben, und das vor einem jungen Mädchen, das leidenschaftlich gerne tanzte? Wie dem auch sei. Laura war der erste Mensch, der ihm Sympathie und Verständnis entgegen brachte. Und das gab Walter neuen Lebensmut und den Anlass zur nächsten Verabredung.

Die Armbanduhr zeigte eine halbe Stunde nach Mitternacht als Walter sich von seiner Tanzpartnerin verabschiedete und den Weg nach Hause nahm. Als er die Klinke herunterdrückte, war die Tür verschlossen. Niemand vernahm seine Klopfzeichen. Wie hatte ihn Günter doch gewarnt: „Sei pünktlich; um zweiundzwanzig Uhr schließt Vater das Haus ab." Diese Tatsache hatte sich bestätigt. Walter ging ums Haus und versuchte es an der Kellertür. Auch sie war verschlossen. Sollte er rufen? Dann weckte er womöglich das ganze Haus auf. Irgendwo draußen fand er für diese Nacht einen Unterschlupf. Durch Krieg und Gefangenschaft war er es gewohnt auf hartem Boden und in freier Natur zu schlafen. Jetzt ersparte ihm diese Unbequemlichkeit neuen Familienärger.

Zum ersten Mal kam ihm der Gedanke, seine Zukunft selbst in die Hand zu nehmen. Die Abhängigkeit von seinem Bruder und dessen Schwiegereltern musste er irgendwie beenden. Vielleicht könnte ihm Laura dabei helfen, wer weiß? Vor allem musste er tanzen lernen. Tanzen war nach den Wirren des Krieges, hochaktuell. Jede Gaststätte bot an den Wochenenden Tanzveranstaltungen an. Wer aber sollte ihm die richtigen Schritte beibringen? Seine Schwägerin? Das könnten neue Missstimmungen mit seinem Bruder geben. Außerdem war sie nicht die richtige Partnerin. In einer Zeitungswerbung entdeckte Walter das Angebot einer Tanzschule. Für wenig Geld bot diese einen Fernkurs an. Perfekt tanzen lernen, bequem zu Hause. Das war die Lösung! Walter füllte den Coupon aus, und eine Woche später kam der „Tanzlehrer" per Post ins Haus. Walter übte jetzt Walzer, Tango, Foxtrott und sämtliche Knigge rund ums Tanzen dazu. Elegant führte er seine imaginäre Partnerin im Tango-, Walzer- oder Foxtrott-Schritt durch das Wohnzimmer. Elsa nahm kaum Notiz davon. Nur die kleine Ursel sah mit verkniffenem Gesicht zu und fragte neugierig: „Onkel Walter, warum läufst Du so komisch um den Tisch herum?"

„Dein Onkel lernt tanzen", belehrte ihre Mutter sie.

„Tanzen? Warum muss man tanzen?"

„Das verstehst Du noch nicht. Ich erkläre es Dir, wenn Du größer bist." Ursel verstand noch immer nichts, aber sie fragte nicht mehr, und Elsa hielt eine weitere Erklärung für unangebracht.

Die Entscheidung

Frühjahrsball mit Hindernissen

Im darauf folgenden Frühjahr war Walter für Tanzveranstaltungen gerüstet, und das gab ihm eine zusätzliche Portion Selbstvertrauen. Der Frühjahrsball fand in der Dorfgaststätte an der Kirche statt, woran auch Günter und Elsa teilnahmen. Sie suchten gerade einen geeigneten Tisch aus, als Laura Leitner den Saal betrat.
„Darf ich Euch miteinander bekannt machen? Laura Leitner, mein Bruder Günter, seine Frau Elsa...“
Günter begrüßte die Freundin seines Bruders mit freundlicher Geste. „Es freut mich, Sie kennen zu lernen, Fräulein Leitner.“ Elsa hingegen begegnete der jungen Frau mit einer beachtlichen Portion Reserviertheit. Günter war schockiert, hielt es aber für unangebracht, seine Frau nach dem Grund ihres seltsamen Verhaltens zu fragen. So hielt sich Elsa an diesem Abend, was Unterhaltung betraf, auffallend zurück. Sie kannte Laura Leitner, die rund zehn Jahre jünger war als sie. Eigentlich sollte es ein fröhlich beschwingter Abend werden, doch Elsas unerklärliches Auftreten bewirkte eine spürbare Spannung. Sie verließ mit Günter früher als geplant das Tanzlokal, da es ihr angeblich nicht gut gehe. Auf dem Nachhauseweg sprudelte es dann aus Elsa heraus:
„Wie kommt Dein Bruder nur zu der Laura Leitner? Sie ist doch noch ein *Backfisch. Es gibt schließlich andere Mädchen, die seinem Alter entsprechen.“
*Teenager

„Wieso sollte er nicht? Ist der Altersunterschied so entscheidend?"

Elsa schwieg verlegen. Dann sagte sie zögernd: „Es ist nicht nur der große Altersunterschied. Mein Vater und ihr Vater sind Kontrahenten."

„Was sagst Du da?"

„So ist es, sie können sich nicht leiden. Sie arbeiteten als Stuckateure in der gleichen Firma. Im Bierzelt soll es zwischen ihnen zum Streit gekommen sein. Das Ganze liegt zwar etliche Jahre zurück, aber das Kriegsbeil haben die Beiden noch immer nicht begraben. Stell Dir vor, Dein Bruder heiratet in diese Familie. Wie soll ich das meinem Vater erklären? Es wäre ein Skandal und Vater würde Walter für immer das Haus verbieten."

Günter holte tief Luft. „Und wenn er sie heiratet, wie willst Du das verhindern?"

„Du musst mit deinem Bruder reden. Da ist doch die Minna. Sie wäre für Walter genau die Richtige. Minna ist eine tüchtige Hausfrau und uns bliebe eine peinliche Angelegenheit erspart."

Wieder einmal fühlte Günter sich seiner Frau und seinen Schwiegereltern zuliebe in eine unbequeme Rolle gedrängt. Doch ehe er mit seinem Bruder über dessen Beziehung reden konnte, hatte Elsa bereits die Vorarbeit geleistet. An diesem Vormittag hatte sie sich für ihren Schwager viel Zeit genommen.

„Was glaubst Du Walter, wie entsetzt ich war, als Du uns gestern die Laura Leitner als deine Freundin vorgestellt hast. Sie ist noch keine zwanzig Jahre alt. Sie passt nicht zu Dir.

Du solltest Dich nach einem gestandenen Mädchen umsehen statt mit „jungen Dingern" herum zuziehen. Ich könnte für nächsten Sonntag ein Treffen mit einem Mädchen arrangieren, die besser zu Dir passt."

„Wer soll das sein?"

„Du kennst doch die Minna, meine Freundin. Sie ist ein anständiges Mädchen, und Eine auf Dauer. Ihr Vater besitzt einen Hof mit hundert Morgen Land und Viehzucht. Wenn seine Tochter den Richtigen nach Hause bringt, lässt der sich mit einer entsprechenden Mitgift nicht lumpen. Überleg mal Walter, das wäre eine gute Partie für Dich. Was kannst Du schon von einer Siebzehnjährigen erwarten? Einen Hausstand wird sie nicht mitbringen, und an eine Mitgift brauchst Du gar nicht erst denken."

Für die Moralpredigt seiner Schwägerin hatte Walter nicht mehr als ein Achselzucken übrig. An seinem Innenleben prallten Elsas Worte wie Hagelkörner ab.

Hatte sie überhaupt Verständnis für jemanden, der die besten Jahre seines Lebens in Schützengräben, im Steinbruch, in Güterwaggons, Baracken und hinter Stacheldraht verbracht hatte? Der jetzt endlich ein ziviles Dasein führen wollte, solange er noch ein bisschen Jugend spürte? Eines war Walter klar geworden. Bei seinem Bruder und dessen Familie war er wieder ein Gefangener – ein Gefangener fremder Gedanken und Meinungen. Das musste er ändern.

So hatte Walter ein Treffen mit Elsas Freundin abgelehnt. Walter war nun fest entschlossen, seinen eignen Weg zu gehen.

Bei Familie Leitner war der Geburtstagstisch gedeckt. Mutter Engel hatte eine Torte gebacken, auf der achtzehn Kerzen brannten. Für Laura war es ein besonderer

Geburtstag, denn zu ihren Geburtstagsgästen zählte auch Walter Schneider. „Alles Gute zum Geburtstag, Laura", sagte Walter etwas verhalten und überreichte ihr eine rot-weiß-gestreifte Handtasche. Laura hing sie über die linke Schulter. Wunderbar passte sie zu ihrem weiß-geblümten Kleid und dem dunkelblond gelocktem Haar.

„Danke Dir, Walter, da hast du aber etwas Schickes ausgesucht", lobte sie ihren Verehrer und drückte ihm einen Kuss auf die Wange.

„Nun nehmen Sie erst einmal Platz", bat Mutter Engel, indem sie die Kaffeemütze lüftete, unter der schon eine Zeit lang die Kaffeekanne auf ihren Einsatz wartete. „Den Kuchen habe ich selbst gebacken. Fassen Sie nur zu und fühlen Sie sich wie zuhause."

Hatte Walter richtig gehört? „Fühlen Sie sich wie zuhause." So etwas hatte ihm noch niemand gesagt, nicht einmal seine Mutter oder sein Bruder, als er aus russischer Kriegsgefangenschaft heimgekehrt war. Aber diese Frau, die er zuvor nie gesehen hatte, bot ihm ein Zuhause an, und fragte nicht nach seinem Vorleben. Verwundert musste Walter erkennen: „Mutter Engel trägt ihren Namen zu Recht." Sie zeigt ein Herz für Menschen, die in Not geraten waren. Was für eine Seele von Mensch war sie! Zum ersten Mal dachte Walter daran, irgendwann eine eigene Familie zu gründen. Was gingen ihn die Einwände seines Bruders und dessen angeheiratete Sippe an? Er hatte jetzt ein Ziel, folgte nunmehr seiner inneren Stimme und zog aus dem Haus seines Bruders aus.

Familienglück

Walter wohnte bereits ein gutes halbes Jahr bei Familie Leitner. Lauras Eltern hatten ihm das Wohnzimmer als Gästezimmer zur Verfügung gestellt. Das Leben der achtköpfigen Familie fand nun weitgehend in der Küche statt. Vater Leitner legte bei seinem Chef für Walter ein gutes Wort ein. So bekam der Bäckergeselle eine Arbeit bei einer Baufirma. Mit dem Wiederaufbau der Städte begann die Zeit des wirtschaftlichen Aufschwungs, da wurde in der Bauwirtschaft jede Hand gebraucht. Infolge dessen spielte es keine Rolle ob jemand das Bäckerhandwerk, oder einen anderen Beruf gelernt hatte.

Die Eingliederung in den Arbeitsprozess und das erste verdiente Geld stärkten Walters Selbstbewusstsein und ließen seine Unsicherheit und die Psychosen der Kriegsgefangenschaft nach und nach verblassen. Vielmehr zeichnete sich für ihn die Vision, eine eigene Familie zu gründen, immer deutlicher ab. Das Gefühl der Geborgenheit hatte er schon in frühester Jugend vermisst. Nun ging er auf die dreißig, und die Zeit war reif, ein eigenes Zuhause zu schaffen. Mit Laura wollte er eine Familie gründen, und seine Kinder sollten ihm einst bestätigten: „Du hast uns ein Zuhause gegeben." Hatte er auch seine Eltern und Geschwister verloren, so wollte er jetzt den Grundstein für ein neues Heim legen. Dennoch schmerzte ihn die Tatsache, dass er seine Freude nicht mit Günter teilen konnte, war dieser doch der einzige Verwandte in unmittelbarer Nähe. Aber Günter hatte ihm, mit Rücksicht auf seine Frau und seinen Schwiegervater, die Bruderschaft versagt, und seine Einladung zur Hochzeit abgelehnt.

Laura saß am Küchentisch und stellte die Liste der Gäste zusammen. An die fünfzig Adressen hatte sie bereits geschrieben, und immer noch überlegte sie, ob sie jemanden vergessen hatte; Eltern und Geschwister Onkel und Tanten, Cousins und Cousinen, Freunde, Bekannte und Nachbarn. Herr Pastor und dessen Frau standen als Ehrengäste ganz oben an. Erstaunt stellte Laura fest, dass die Gästeliste ausschließlich Namen aus ihrem Verwandten- und Bekanntenkreis enthielt.

„Und wen laden wir von deiner Verwandtschaft ein?"

Walter überlegte eine Weile. Dann sagte er: „Da ist noch jemand, dem wir mit einer Einladung zu unserer Hochzeit eine Freude bereiten können. Er hat mir ein paar Mal einen Brief ins russische Gefangenenlager geschickt. Ich habe noch seine Adresse. "

Walter holte einen abgegriffenen, geöffneten Briefumschlag hervor. Auf dem Umschlag las Laura die Adresse von Karl Schneider. Vor Ausbruch des Krieges war er nach Deutschland zurückgekehrt, hatte erneut geheiratet und wohnte nun in Rheinland. Walter schrieb noch am selben Tag einen Brief an seinen Vater, indem er ihm seine Erlebnisse nach der Kriegsgefangenschaft schilderte und seine Absicht zu heiraten mitteilte: „Laura und ich freuen uns sehr, wenn Du an unserer Hochzeitsfeier teilnimmst."

Kurze Zeit später erhielt Walter einen Brief aus Mainz. Karl schrieb unter anderem: „Ich freue mich für Dich, dass Du die Partnerin Deines Lebens gefunden hast. Haltet zusammen, und lasst über gelegentlichem Streit Eure Sonne nicht untergehen. Leider kann ich nicht dabei sein, da Eure

Hochzeit auf den zweiten Weihnachtstag fällt. An dem Tag habe auch ich eine Familienpflicht. Sobald es irgendwie möglich ist, werde ich Euch danach besuchen."

Ein paar Tage vor Weihnachten liefen bei Familie Leitner die Hochzeitsvorbereitungen auf Hochtouren. Die große Diele wurde geschruppt und mit Girlanden und Lampions für das große Ereignis salonfähig gemacht. An die Zubereitung der Buttercremetorten legte Walter, als gelernter Bäcker selbst Hand an. Zwanzig Hühner ließen ihre Federn für den Hochzeitsschmaus, welche die zum Fest bestellte Köchin zu Frikassee und Hühnersuppe verarbeitete. Mutter Engel und ihre Töchter schälten solange Kartoffeln bis drei große Wassereiner gefüllt waren. Erbsen und Karotten lieferte der Vorratskeller. Zwölf Schüsseln rote, grüne und gelbe Götterspeise sollten das Festessen für fünfzig Gäste abrunden.

Der 26. Dezember 1950 war ein sonniger Wintertag, als Walter seine Braut, gefolgt von den Hochzeitsgästen zur Trauung führte. In der Kirche zu Veltheim, wo einst Laura und ihre Geschwister getauft und konfirmiert waren, sollte nun auch ihre Hochzeit stattfinden. Laura trug ein weißes Spitzenkleid und einen Schleier, der weit über den Boden reichte. Als Walter seine Braut unter den Klängen der Orgel durch den Mittelgang zum Traualtar begleitete, mischte sich in seine Hochzeitsfreude ein Wehmutstropfen. Von seiner Familie saß niemand in der Kirche, der ihn und seine junge Frau auf ihrem bedeutsamen Weg hätte begleitet. Es kränkte ihn, dass nicht einmal sein Bruder mit seiner Frau in Begleitung seiner Oma an der Trauung teilnahm. Wie dem auch sei, Walter verdrängte seine wehmütigen Gedanken. Stattdessen lenkte er seine Sinne in eine hoffnungsvolle Zukunft. Nachdem sich das junge Paar das Jawort gegeben hatte, erklang von der Empore in Begleitung der Orgel das Lied: „Ein getreues Herze wissen hat des höchsten Schatzes Preis…" Laura und ihre Geschwister waren Mitglieder im Kirchenchor und hatten dieses Lied als besondere Überraschung und als Losung für das Brautpaar gewählt. Für Walter sollte es ein Meilenstein sein, der in seinem Leben die Wende einleitete.

Am Ausgang schüttelten viele Gratulanten dem jungen Paar die Hände, als es über den glitzernden schneebedeckten Kiesweg schritt, auf den die Blumenmädchen Rosenblätter streuten.

Zu Hause war bereits die Festtafel gedeckt. Die Köchin zündete gerade die Kerzen an, als das Brautpaar eintraf. Sie leuchteten zwischen bunten Torten, umsäumt von Tannengrün. Feierlich hob der Brautvater das Sektglas zum Trinkspruch: „Lasst uns anstoßen auf das Wohl des jungen Paares. Wir wünschen den Beiden Wohlergehen und viele gemeinsame glückliche Jahre. Hoch soll'n sie leben!"

Beim Klang der Gläser bestätigte die Hochzeitsgesellschaft: „Es lebe hoch, es lebe hoch." Danach verteilte das Brautpaar die Hochzeitstorte.

Auf einem separaten Tisch, zwischen einem Meer von Blumen, häuften sich Hochzeitsgeschenke: Frottiertücher, Küchentücher, Tischdecken, Töpfe eben alles, was in einem jungen Haushalt notwendig war. Eine Holzkiste mit bestem Wein weckte Walters Aufmerksamkeit. Es war ein Geschenk seines Vaters. Auf der Gratulationskarte bedauerte er noch einmal seine Abwesenheit und versprach, seinen Besuch nachzuholen. Auch Tante Liesel und Tante Friedel, Vaters Schwestern, hatten ein Paket mit Kleider- und Gardinenstoffen geschickt. Es gab also noch Verwandte, die an Walter dachten. Die Vorfreude, seinen Vater eines Tages wieder zu sehen, war für Walter ein besonderes Hochzeitsgeschenk.

Nach dem Abendessen wurden Tische und Stühle beiseite geräumt. Auf den Tusch des Akkordeonspielers eröffnete das Brautpaar die Tanzparty. Es wurde getanzt bis in die frühen Morgenstunden. Erst als der neue Tag heraufdämmerte verabschiedeten sich die letzten Hochzeitsgäste, zu denen auch der Herr Pfarrer zählte, mit einem herzlichen Dankeschön.

Nachdem die Spuren der Hochzeitsfeier beseitigt waren, richtete das junge Paar im elterlichen Wohnzimmer ihre erste „Drei-Zimmer-Wohnung" ein. Während Walter tagsüber auf der Baustelle arbeitete, kümmerte sich Laura um Haushalt und Garten. Es war nicht leicht, mit dem Budget eines Hilfsarbeiters auszukommen. Dabei mussten eine komplette Wohnungseinrichtung und eine Babyausstattung angeschafft werden.

Soeben den Teenager-Schuhen entschlüpft, sollte sie bald selbst Mutter werden und die Verantwortung für die eigene Familie mittragen.

Die jungen Eltern genossen die ersten Lebensjahre ihrer kleinen Tochter, ihre ersten Gehversuche, ihr erstes „Mama" und „Papa". Besonders Walter erfüllte dies mit Stolz und Freude. Das Schicksal stand wieder auf seiner Seite. Auch Laura konnte durch ihre Arbeit als

Erntehelferin oder in den nahegelegenen Fabriken zum Familieneinkommen beitragen. Dazu sprang Mutter Engel in die Presche, kümmerte sich um die Enkelkinder, hielt eine Hühner-, Enten- und Schweinezucht und versorgte ihre Familie mit Eiern und Fleisch. Niemals hatte sie sich einen Urlaub, eine Kur oder sonst eine Auszeit gegönnt. Helfen und für ihre Lieben da sein, darin sah sie ihre Lebensaufgabe. Hätte sie sich jemals etwas anderes vorstellen können? Auch für Walter war sie inzwischen wie eine Mutter geworden, stellvertretend für Clara. Seit ihrer Abreise vor drei Jahren hatte er kein Lebenszeichen von ihr erhalten. Die Erinnerungen an seine Mutter wühlten in ihm traurige Emotionen auf. Wäre sein Leben ein Buch, würde er viele Seiten seiner Kindheit und vor allem die, seiner Jugend, herausreißen, die Begegnungen mit seiner Mutter ausradieren. Da blieb nur wenig übrig, woran er sich gerne erinnerte, und das waren die Jahre bei den Großeltern in Ahrenfeld und später in Ellerbek.

Sein Glück lag jetzt in seiner eignen Familie, seine kleine Tochter, die er mit Freuden aufwachsen sah. Sie sollte nicht das einzige Kind bleiben.

Turbulenzen

Als Walter an diesem Abend nach Hause kam, lag zu seiner Überraschung ein Brief aus Argentinien auf dem Tisch. Es war nicht das erste Mal, dass seine Mutter, besonders dann, wenn er innerlich mit ihr abgeschlossen hatte, sich überraschend in seine Erinnerung schob. Wie kam sie nur an seine Adresse? Ach ja, sie konnte diese nur von Günter erfahren haben. Als Walter den Brief las, vergaß er für einen Moment die heimliche Bitterkeit gegenüber seiner Mutter. In ihrem Brief deutete nichts auf vergangene Zerwürfnisse hin. Im Gegenteil.

„Was schreibt Deine Mutter?" fragte Laura. Zum ersten Mal wurde sie mit der Existenz ihrer Schwiegermutter konfrontiert, wenn auch nur per Brief. Aber dieser reichte schon, das Leben der jungen Familie aus der Fassung zu bringen.

„Wir können nach Buenos Aires ziehen. Dort habe ich die Chance in meinem erlernten Beruf zu arbeiten. Zusammen mit Rinaldo, dem Mann meiner Schwester Hannelore, kann ich eine Bäckerei eröffnen. Deutsche Backwaren seien dort sehr gefragt, schreibt Mutti. Wenn wir fleißig sind, sind wir bald gemachte Leute und ich brauche nicht mehr als Hilfsarbeiter arbeiten." Er schloss Laura in die Arme. „Glaub mir, das ist für uns ein ganz neuer Anfang."

„Soll das heißen, dass wir hier alles aufgeben und nach Argentinien auswandern? Und woher wollen wir das Geld für die Überfahrt nehmen?"

„Das Geld werden uns meine Eltern leihen. Wenn ich richtig verdiene, zahlen wir es ihnen zurück. Laura, wir müssen nur „ja" sagen. Meine Eltern regeln dann alles Weitere. Außerdem sind da ja auch noch meine Geschwister Hannelore, Rinaldo-Walter, Jutta, Roberto und Adolf, die uns bestimmt helfen werden."

Laura spürte es siedend heiß über den Rücken laufen, hatte aber nicht den Mut ihren Mann von seiner hoch gestimmten Idee abzubringen.

Walter schrieb indes einen Brief an seine Mutter indem er sie bat, sich nach einer geeigneten Bäckerei umzusehen und die Formalitäten für die Einreise zu regeln. Für ihn begann nun eine neue Vision. Zu seinem Bruder Günter, sowie zu seiner Oma fand er seit seiner Heirat keinen Kontakt mehr. Stattdessen erwarteten ihn seine beiden Schwestern Jutta und Hannelore mit ihren Familien und sein Bruder Adolf in Argentinien. Wie sehr würden sie sich über ein Wiedersehen freuen und ihm bei der Eingewöhnung in Buenos Aires helfen. Mit Laura begänne er dort ein ganz neues Leben. Seine Gedanken kreisten nun mehr um den Neuanfang in Argentinien und seine eigene Bäckerei. „Deutschland lebe wohl!"

Clara und Siegfried bemühten sich unterdessen um die Einreise ihres Sohnes und dessen Familie. Mit etwas Glück fanden sie in einem der Außenbezirke eine Bäckerei, die Walter hätte übernehmen können. Auch eine Wohnung war in unmittelbarer Nähe frei geworden. Hannelore, Jutta und Adolf freuten sich über Walters Entschluss und waren bereit, ihrem Bruder und seiner Frau beim Neuanfang zu helfen.

Während Walter euphorisch Zukunftspläne schmiedete, quälte Laura ein schrecklicher Gedanke: „Wie werde ich es überstehen, meine vertraute Heimat, meine

Gewohnheiten, meine Eltern, Geschwister und Freunde, für immer zu verlassen und in ein fremdes Land ziehen, zu Menschen, die ich nicht kenne, ja die nicht einmal meine Sprache sprechen?" Jedes Mal, wenn die Rede auf Argentinien fiel, spürte Laura einen Kloß im Hals und konnte nur mit Mühe ihre Tränen zurückhalten. Sie teilte keinesfalls die Euphorie ihres Mannes. Andererseits mochte sie ihm nicht zeigen, wie jämmerlich ihr bei dem Gedanken „Auswanderung" zumute war. Laura litt zunehmend unter Kopf- und Magenschmerzen, sowie Schwindelanfällen. Ähnlich erging es Mutter Engel. Die Vorstellung, ihre Tochter für immer zu verlieren, und zu sehen, wie diese selbst im Vorfeld unter Heimweh litt, bescherte auch ihr ruhelose Nächte, die von Herzrhythmusstörungen begleitet waren. Ihre angeschlagene Gesundheit führte sie darauf in die Praxis ihrer Ärztin. Vielleicht wüsste diese neben einer physischen Therapie einen Ausweg aus ihrer Situation. Frau Doktor kannte nicht nur die Krankheitsbilder ihrer Patienten, sie wusste auch um ihre Sorgen und Familienverhältnisse. So manchem Kranken hatte sie neben ihrer Physiotherapie auch seelischen Beistand geleistet, oder ihm in freundschaftlicher Bestimmtheit die Meinung gesagt, wenn cs nötig war.

Zwei Stunden Wartezeit musste Engel Leitner einplanen. Die Patienten drängten sich im Wartezimmer. Als sich die Tür zum Sprechzimmer zum elften Mal öffnete, und das vertraute: „Der Nächste bitte" erklang, erhob sich Mutter Engel langsam vom ihrem Stuhl und schlurfte in gebückter Haltung ins Sprechzimmer.

„Sie sehen ja nicht sehr gut aus, Frau Leitner."

Mit einem Seufzer ließ sich Engel Leitner auf einen Stuhl nieder. Was sollte sie Frau Doktor nur erzählen? Sollte sie mit ihren Herzbeschwerden beginnen oder von dem Kummer über die bevorstehende Auswanderung ihrer Tochter berichten? Die Ärztin begann zunächst mit der Routineuntersuchung: Herz abhorchen, Blutdruck messen und fragte ganz nebenbei nach dem Befinden der Familie.

„Wie geht es Ihrer kleinen Enkelin?"

„Der Kleinen geht es gut aber…" Engel Leitner wischte sich über die Augen - „sie wird nicht mehr lange bei uns sein."

„Was meinen Sie damit?"

„Unser Schwiegersohn will in Buenos Aires eine Bäckerei übernehmen. Es laufen schon die Vorbereitungen für die Auswanderung."

„Darin lag also das gesundheitliche Problem", erkannte die Ärztin schnell. Nur mit Pillen war da nicht viel zu reparieren.

„Argentinien?" fragte Frau Doktor, „das ist doch kein Klima für Ihre Tochter! Wenn sie dorthin auswandern will, muss sie eine Top-Gesundheit vorweisen. Mit ihrem Herzklappenfehler wird sie niemals einreisen können. Schicken Sie Ihre Tochter mal her, ich werde mit ihr reden."

Engel Leitner war erleichtert, und nicht zuletzt Laura, die nun aus gesundheitlichen Gründen nicht auswandern durfte. Wortlos, ein wenig scheu reichte Laura ihrem Mann die Bescheinigung der Ärztin. Als Walter die Zeilen las, konnte sein Gesichtsausdruck die Enttäuschung nicht verbergen.

„Bist Du sehr enttäuscht?"

Walter fuhr mit seinem Löffel durch den Suppenteller. Erst nach einer Weile sagte er: „Für mich wäre ein Leben dort vorstellbar, eine eigene Bäckerei zu besitzen und meine Eltern und Geschwister in der Nähe zu haben. Meinen Chef hatte ich bereits auf meine schriftliche Kündigung vorbereitet. Aber sag´ mal, abgesehen von Deinem Gesundheitszustand, wärst Du mit mir nach Buenos Aires ausgewandert?"

Laura sah ihren Mann an und schluckte. Ihr Mitgefühl verbot es, ihm ein klares „Nein" entgegenzusetzen. Erst jetzt empfand sie, was es bedeutet, die engste Familie in unerreichbarer Ferne zu wissen. Es fiel Walter gewiss nicht leicht seiner Mutter in letzter Minute eine Absage zu erteilen. Wie würde Mutter es auffassen? Es käme ein vor Enttäuschung und Vorwürfen strotzender Brief zurück. Was aber sollte er machen. Sollte er allein fahren, Frau und Kind in Deutschland lassen? Das wäre keine Lösung. Bei Familie Löwenstern herrschte Wut und Enttäuschung. Alles hatte Clara in die Wege geleitet und nun die plötzliche Absage. Enttäuschung machte sich auch unter seinen Geschwistern breit. Statt einer bösen Antwort bekam Walter eine Zeitlang keine Post aus Argentinien. Clara hatte ihren Sohn wieder einmal abgeschrieben.

Das Thema Auswanderung nach Argentinien war passé, und Walter machte seiner Frau keine Vorwürfe. Vielleicht sollte es nicht sein – wer weiß… Stattdessen lag eines Tages ein Brief aus Mainz auf dem Tisch. Er trug den Absender von Karl Schneider.

„Hatte Dein Vater nicht versprochen, uns nach der Hochzeit zu besuchen?"

„Allerdings, es wird langsam Zeit, sein Versprechen einzulösen. Schließlich liegt unsere Hochzeit schon ein paar Jahre zurück" Hastig öffnete Walter den Brief. In der Tat, sein Vater kündigte seinen Besuch an.

„Er kommt am Samstag und wird einige Tage bei uns bleiben. Wir werden ihn gemeinsam vom Bahnhof abholen."

„Ein guter Gedanke, Dein Vater wird Augen machen, wenn er seine Enkelin sieht. Sie ist bereits drei Jahre alt."

In freudiger Erwartung stand die junge Familie Schneider am Bahnhof als der Zug aus Richtung Hameln einlief. Aus einem der hinteren Wagen stieg ein breitschultriger Herr mit einem Handkoffer. Walter erkannte seinen Vater, dessen schwarzes Haar inzwischen weiß geworden war. Er schloss seinen Sohn herzlich in die Arme. „Mein Junge, wie hast Du Dich verändert!" Sein bayerischer Dialekt war unverkennbar. Fast ein viertel Jahrhundert war vergangen, als Walter seinem Vater zum letzten Mal in dem Hamburger Kinderheim begegnet war.

„Das ist Laura, meine Frau, Vati." Karl Schneider umarmte seine Schwiegertochter.

„Und das ist unsere kleine Lore." Walter nahm seine Tochter bei der Hand. „Nun sag Deinem Opa guten Tag." Ein bisschen verlegen gab klein Lore ihrem Opa die Hand. Dass da noch ein zweiter Opa existierte, war ihr völlig neu.

Im Dorfkern, nahe der Kirche hatten Walter und Laura eine Zweizimmerwohnung in einem Bauernhaus bezogen. Bescheiden, aber hübsch eingerichtet, präsentierte die junge Familie ihrem Vater ihre erste eigene Wohnung. Es gab viel zu berichten. Erlebnisse von fünfundzwanzig Jahren mussten aufgearbeitet werden. Walter konnte nun frei und ohne Emotionen mit seinem Vater über seine Vergangenheit reden, über die Jahre des Alleinseins, nach der Auswanderung seiner Mutter. Karl Schneider hörte ihm zu und zeigte Verständnis. Aber auch er konnte nun leidenschaftslos über seine zerbrochene Ehe mit Clara reden: „Es war nur eine kurze intime Liebesbeziehung. Wir hatten uns danach getrennt. Unsere Ehe hatte, außer einem Kind, keine Basis. Allein die Moral ist keine Grundlage für einen Bund fürs Leben."

Walter nickte. „Du hast Recht. Liebe ist mehr als eine intime Beziehung. Wäre unsere Mutter zu Dir nach Afrika gezogen, wäre unser Leben anders verlaufen." Vater Schneider erzählte auch von seiner Zeit in Kamerun bei den Eingeborenen, und wie er dort seine spätere Frau kennen gelernt hatte und warum er wieder nach Deutschland kam.

Als der Abend nahte, schlug Laura vor. „Sicher willst Du auch Günter wieder sehen." Karl Schneider war nicht abgeneigt, im Gegenteil. Auch seinen Sohn Günter hatte er seit fünfundzwanzig Jahren nicht mehr gesehen. Ungeachtet vergangener Querelen machten sich Walter und Laura mit Vater Schneider auf den Weg zum Bahnhof, wo Günter mit dcm Abendzug von der Arbeit kam. Er traute seinen Augen nicht, als plötzlich sein Vater vor ihm stand. „Du bis in Veltheim, Vati?"

„Ja, es freut mich, meine Söhne wieder zusehen. Du bist sehr ernst geworden, Günter, dabei warst du früher ein so fröhlicher Junge."

Günter nickte bedächtig. Die Streitigkeiten zwischen den beiden Brüdern waren in diesem Augenblick vergessen. Auch für Günter war es ein Glückstag. Gerne hätte auch er seinen Vater zu sich nach Hause eingeladen, ihm von seinen Erlebnissen erzählt. Was aber würde Elsa, vor allem aber sein Schwiegervater sagen, wenn er mit Vater und Bruder im Pauls'schen Haus aufkreuzte? So hielt es Karl Schneider für besser, Elsas Elternhaus nicht zu betreten. Noch immer hatte er großen Respekt vor seiner Schwiegermutter, Friederike Niemeyer. Treffpunkte gab es auch anderswo. So lud Karl seine Söhne und Schwiegertöchter zu einer Tagesfahrt nach Hameln ein. Er wollte damit ein Zeichen der Verbundenheit setzen. Günter, Walter und Laura folgten mit Freuden der Einladung. Elsa blieb daheim. Sie tat sich schwer, Karl Schneider als ihren Schwiegervater anzunehmen. Lebensmittelpunkt waren ihre Eltern und niemand anders.

Die neue Verbindung mit seinem Vater versöhnte Walter mit dem Schicksal. Günter gewann wieder Nähe zu seiner Mutter, die sich ihrerseits bemühte, die Distanzen der Familien, hüben wie drüben, zu überwinden.

Epilog

Claras Besuch im Dezember 1949, war der erste vage Schritt auf der Suche nach Versöhnung mit ihrer Mutter und ihren beiden Söhnen in Deutschland. Hatte das Schicksal zwischen ihr und ihrer Familie eine Kluft gerissen, so wollte sie versuchen, diesen Abgrund zu bewältigen, solange sie noch die Kraft dazu besaß. Sie pendelte zwischen Europa und Südamerika, wo ihre Kinder ihrerseits Familien gegründet hatten. Sie erlebte die Entwicklung ihrer siebzehn Enkelkinder und durfte insgesamt um die zwanzig Urenkel zählen. Ihre zweite Deutschlandreise trat sie im Frühjahr 1955 an. Es war das letzte Wiedersehen mit Mutter Friederike. Anlässlich der Konfirmationen ihrer Enkelkinder reiste sie mit ihrem Mann wiederholt nach Deutschland. Ihre Mutter aber traf sie nicht mehr an. Sie starb im Juli 1958 im Alter von neunzig Jahren.
Anfang der sechziger Jahre gaben Clara und Siegfried eine große Abschiedsfeier für Freunde und Verwandte in Buenos Aires und zogen wieder nach Hamburg, wo sie eine möblierte Wohnung mieteten. Sollte es ein Neuanfang in der Nähe ihrer beiden Söhne sein?
Nach zwei Jahren Aufenthalt in Hamburg mussten Clara und Siegfried erkennen, dass sie den Anschluss an einen Freundeskreis, so, wie sie ihn in Buenos Aires erlebt hatten, nicht fanden. So zog es sie nach Argentinien zurück. Wie sehr hoffte Clara, all ihre Kinder, samt ihren Familien, Enkelkinder und Urenkel vereint in einer großen Runde zu erleben.

Claras letztes Wiedersehen
mit Mutter Friederike
Frühjahr 1955

Nach dem Tode ihres Mannes zog sie wieder nach Deutschland, wo Walter eine Wohnung für sie einrichtete. Hier wollte sie ihren Lebensabend verbringen. Doch die rüstige und ruhelose Achtzigerin zog es wieder nach Süd Amerika. Nach einigen Monaten, die sie dort bei ihren Kindern verlebte, reiste sie wieder nach Deutschland.

Der Abschied von Argentinien war schmerzlich, und Clara spürte, dass dies wohl ihre letzte Reise sein sollte. Sollte sie ihre Kinder Hannelore, Jutta und Adolf mit ihren Familien, und all die Freunde in der Kirchengemeinde, wo sie einst zum Gottesdienst die Orgel gespielt hatte, nicht wieder sehen? Das Alter forderte seinen Tribut. Wenn sie sich schon von geliebten Bindungen trennen musste, so waren es ihre Töchter Jutta und Hannelore und ihr Sohn Adolf, die später ihre Mutter, und ihre Brüder in Deutschland besuchten. Dennoch, mit neunzig Jahren plante sie wieder eine Reise nach Argentinien. Diesmal sollten Günter und Walter sie begleiten. Vier Wochen vor ihrer Abreise wurde Clara mit einen Kreislaufzusammenbruch in eine Klinik in Neustadt eingeliefert.

„Die Ärzte tun alles, damit ich wieder gesund werde. Dann fahren wir gemeinsam nach Argentinien", versprach sie ihren beiden Söhnen. Clara glaubte fest an eine Genesung und malte sich aus, wie sie Günter und Walter mit ihrer argentinischen Verwandtschaft zu einem großen Familientreffen zusammenführte. Auch Freunde und Bekannte sollten endlich ihre Kinder aus Deutschland kennen lernen, von denen sie ihnen oft erzählt hatte. Sie wollte ihren Söhnen die Kirche zeigen, wo sie sonntäglich die Orgel gespielt hatte. Dann hätte sich ein Jahrzehnte langer Traum erfüllt. Doch das erreichte Clara nicht mehr.

Sie verstarb am 7. Juli 1990 im Alter von neunzig Jahren und wurde auf dem Friedhof in Veltheim beigesetzt.

Was Clara ersehnt hatte vollzogen ihre Nachkommen zum Weihnachtsfest 1990. In Buenos Aires fand ein großes Familientreffen statt, wo Walter und seine Familie, sowie Günter von den Geschwistern und deren Familien herzlich aufgenommen wurden. Was bleibt, ist nicht nur das Bewusstsein: „Wir sind eine internationale Familie. Entfernungen sind heute kein Hindernis mehr. Im Zeitalter der Telekommunikation pflegen ihre Enkel und Urenkel regen Kontakt zueinander.

Die Welt ist zusammengerückt. Claras Nachfahren suchen nach ihren Wurzeln. So ist der älteste Sohn von Hannelore mit seiner Frau, aus Brasilien stammend, nach Deutschland übergesiedelt und arbeitet im Sozialdienst. Auch sie sind ein Bindeglied zwischen ihren Angehörigen hüben wie drüben. Wie schön wäre es, wenn Clara es noch erlebt hätte!

© 2022, Ursula Menzel
Herstellung und Verlag: BoD – Books on Demand,
Norderstedt
ISBN: 9783755791867